U0901213

朝内
166
人文文库

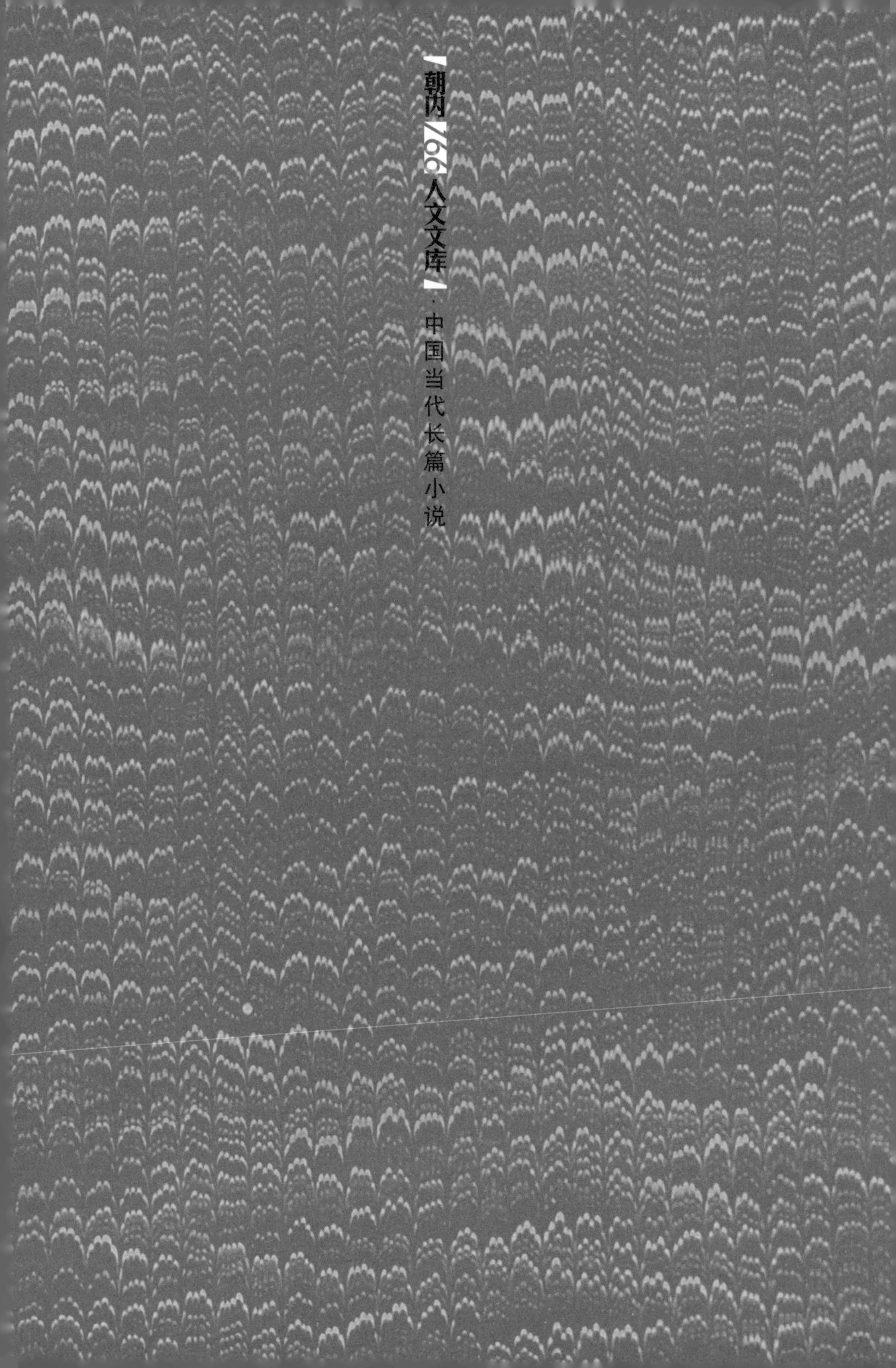
朝内166人文文库
·中国当代长篇小说

李六如 著

人民文学出版社

图书在版编目(CIP)数据

六十年的变迁:全2册/李六如著.—北京:人民文学出版社,2013
(2021.7重印)
(朝内166人文文库.中国当代长篇小说)
ISBN 978-7-02-010076-7

Ⅰ.①六… Ⅱ.①李… Ⅲ.①长篇小说—中国—当代 Ⅳ.①I247.5

中国版本图书馆CIP数据核字(2013)第216305号

责任编辑 李 宇
装帧设计 刘 静
责任印制 王重艺

出版发行 人民文学出版社
社 址 北京市朝内大街166号
邮政编码 100705

印 刷 三河市鑫金马印装有限公司
经 销 全国新华书店等

字 数 600千字
开 本 880毫米×1230毫米 1/32
印 张 24.375 插页6
印 数 5001—8000
版 次 1957年4月北京第1版
印 次 2021年7月第2次印刷

书 号 978-7-02-010076-7
定 价 78.00元(全二册)

如有印装质量问题,请与本社图书销售中心调换。电话:010-65233595

出 版 说 明

以“文库”形式荟萃本社历年出版物之精华，是国际知名品牌出版企业的惯例和通行做法。作为新中国建社最早、规模最大、读者知名度最高的国家级专业文学出版机构，人民文学出版社在自己六十余年的历程中，已累计出版了古今中外文学读物凡一万三千余种，沉淀下了丰富的精神资源，出版我们自己的“文库”不仅生逢其时，更是为了满足广大读者精品阅读的需求。

有必要对“朝内 166 人文文库”这样的命名予以简要说明：“朝内 166”是我们赖以栖身半个多世纪的所在地，从这里走出了一位位大师，沁透着一股股书香，这里是我们的精神家园与灵魂地标；“人文文库”似已毋须赘言；而随后还将对文库该辑所集纳之图书某一门类予以描述，我们的描述将是客观的、平实的，诸如“经典”、“大全”、“宝典”一类的炫丽均不是我们的选择。

“文库”将分门别类推出，版本精良、品质上乘是我们的追求，至于门类的划分则未必拘于一格，装帧也不强求一致。总之，我们将通过几年的努力，为广大读者奉上一套精心编就的、开放的文库。恳请广大读者不吝赐教。

人民文学出版社编辑部

二〇一二年五月

第一部

目　　录

第四章　革命运动在新军

第五章　亡命走钦州

第六章　暴风雨前后

第一章　如此家庭

一　商人养骄子

老远就可以看到高入云霄俨似屏障的连云、幕阜两大山，长二百余里、滔滔不绝地流下汨罗江口的一道河。若干峻岭和平原，盛产出口外销的茶、麻、油、纸，商业很繁盛。稻谷和红薯，供应本县七十来万人口的食粮也还有余。这就是距湖南省会长沙约莫二百里的平江县。它管辖东、南、西、北四乡，县城分东、南、西、北四街。比较稍大一点的商店，全是油漆铺面，金字招牌。一天到晚，来来往往，满街尽是人。还有丁丁当当，一片敲银洋数铜钱的响声。从反太平天国时候起，这个地方，曾经产生过很多反革命的文武官僚、大地主。拥有田租几万担的十几家，几千担的几十家，几百担的无数家，土地相当集中。秀才、举人和出外当幕的很多。从咸丰、同治到光绪时期，这是一个地主、官僚与商业资本势力极雄厚的地方，也就是后来革命斗争最残酷最长久的地方。

光绪十三年，季交恕出生在这个县城里。他的爸爸季晚和，由店倌出身，跟着他的伯伯季昌志，现在百万富商兼大地主全义生总商号的老板凌尚琴手下，当上了一名总管事，在总经理季昌志主持下，掌管平江、汉口、长沙各分号的进出口生意，并从中搭有股份。在交恕还没出世以前，虽则分居各灶，没有田地，然而近几年来，合伙搭红茶生意赚了钱，共有资本十来万，兄弟情厚，不大分什么彼此。

季昌志现在五十几岁，胖大个子，老虎脸，老鼠眼睛。因为他最会伪装，经常笑嘻嘻的，惯用小恩小惠拉拢人，所以大家替他安上一个绰号："笑老虎"。季晚和四十几岁，瘦长个子，山羊脸，沉默寡言，病多，笑容少，大家替他安上一个绰号："土皮蛇"。

"单靠做生意，是鱼口里的水，有时吃进，有时又吐出；买点田地，就稳当些哪，还可以向佃户加租，至少合得分半到二分多的利息。"有一天，季昌志向晚和说。两下商量一阵，拿起算盘，很精细地敲打一番，都认为对。晚和觉得昌志比自己想事周到些，不但连声道好，而且从此言听计从，更加信服他。

平江的流行话"有钱要有人"。昌志和晚和两兄弟，虽是没有读过很多书的旧式商人，却懂得"不孝有三，无后为大"的宗法理论。现在，虽则"财运好"，无奈"子星艰"。这是他们经常谈论的一件大事：

"怎么办呢？从外姓带一个养子进来吗？不能上谱。从外房承继一个侄子进来吗？怕身后被别人分家产。"昌志同晚和一样的意见。

"你也讨个小吧！生了男孩，如果有两个承继一个给我，若是一个就双祧①。"季昌志笑眯眯地对晚和说。

"对！不过，讨小是容易，就怕同你讨勤大嫂一样尽生女孩。"季晚和同意哥哥的意见。"西城善慧庵观音菩萨很灵，同到那里去许个愿，问个卦，好不好？"

"好呀。"季昌志欣然答应一声："嗳！听说北街刘再温顶会算八字看相，同去找他谈一谈。假如有子星旺的女子，你讨一个，我也想再讨一个，看她生不生男孩。"

过了一个时期。

---

① 一个儿子承继两房，即每房半个，叫"双祧"。这是清朝法律规定的。

“晚老，西街童老板家里，有一个丫头叫童少英，十六岁，照我算，她的八字子星旺。如果你相信，我可以去试探一下童老板的口气要卖多少钱。”刘再温特地跑到东街全义生季晚和那里答复他，以童少英八字如何好这一套神话，滔滔不绝地劝晚和把她娶来。

其实，少英并不姓童而姓王，原是绸缎店老板童紫云的佃户王老三的女儿。王老三住在西门外，种了童家一辈子的田，也贫苦一辈子。挨到四十岁，才娶一个老婆，生下这个女儿。刚刚把她养到十二岁，正可以帮他在家里种菜、上街卖菜的时候，自己就死了。老婆也生病，连本加利，欠上童老板七十串钱的债，才将少英卖给童家做丫头。经过邻居从中求情，仅找得三十串钱，合成一百串整数的身价。从此改姓童。

现经刘再温说媒，童老板定要六百串钱的身价。因季晚和看见她虽还长得不错，微嫌她的脚大了些，才减做五百串钱。

季晚和的大老婆吴越华，住在离平江县城五十里的泼头。童少英跟着丈夫另住县城全义生附近的砚泉巷：上下两进，两个三大间，油漆地板，侧面是厢房，算是这东街一所最漂亮的小公馆；而且有长工，有婆妈。可是童少英偏没好逸恶劳的习惯，仍经常自己洗衣服，下厨房。而季晚和虽是店倌出身，因为近几年发了财，也学会了摆架子，骂人：“有福不享，真是自贱。”两口子常为这些事情驳嘴。

就在这年，童少英还只十八岁，季晚和已是四十五岁的人了，生下这个儿子季交恕。

原来季晚和三兄弟，大小六个老婆，都从来没有生过男孩。“你真有福气呀！替我们季家接了代。”季晚和的脾气一下就改变了，满面堆起笑容，勤勤恳恳地亲自替童少英煎药、端饭、抱婴儿，连声称赞她；望着这孩子不断地喊“宝贝”。童少英也同样喜笑颜开地说：“你的福气。”她同一般人的想法一样，以为生了儿子，就可以提高自己的身份，不会再受气。

"晚和！恭喜你！有了'接代'的啦!"季昌志于交恕出世的那天,很高兴地走进砚泉巷晚和公馆里道贺,接连第二句:"下次生了男孩应该承继给我啦!"

"这当然。"季晚和很痛快地答应他。

"哈哈！那好。"季昌志张开嘴巴笑一声。

"恭喜！贺喜！顶好的八字啦。八个字:丁亥,丁未,丁丑,壬寅,天干三元格,一定会做大官,并且三丁是独财归库,还会发大财。"季交恕出世的这两三天,许多算命先生,一伙又一伙走进砚泉巷送"流年"。

照普通惯例,一本流年的酬谢,多则五百,少则一百文,然而晚和这一次不像以前那样吝啬了,至少酬一串,而且比平常也谦逊和气,亲自招待他们,一面倒茶一面问:"会做什么官？有几品[①]啦?"

可是,皇家的命官,谁也不敢乱许愿,算是胡瞎子胆大,唆一声:"这——恐怕有三四品。"

季晚和笑了:"哈哈！托你们的福。"封了四串钱的红赏封给他。

"好便宜的官,一串钱一品!""哼,做三朝吃鱼翅席,等到六十岁做寿,只好吃虾子。"砚泉巷一带,虽有一些人羡慕,也有一些人在背后这样讥笑。

"老弟,我们都上了年纪,我快六十岁,你也快五十了,就只有这一个男孩,以后你多管些做生意的事情,我多管些家务吧？我们辛辛苦苦赚几个钱,还不都是为后代子孙;不管你的我的,还不都是后人的。"晚和也觉得季昌志这些话说得对。于是两兄弟犹如一鼻孔出气,更加你我不分,视交恕就如掌上珍珠,比什么祖传家宝,还看得重些。

---

① 品,即等级,清朝的官阶分九品。

“长高了呀！小乖乖！怎么不胖啦？还要吃好些，穿厚些哟！你们要当心！”季昌志抱着交恕开玩笑时，对晚和夫妇总是这样告诫着，因见这孩子是将顶两房的人种，虽长得玲珑俊秀，然而这样瘦，是否能长寿永年为季家承宗接代呢？这不但昌志，就是晚和自己，也常为此而担心；究竟少英是年轻妇人，不在乎。

平江县一家最大的中药店景云堂，开设在东街全义生斜对门。老板吴小峰，也是由经商起家的大财主。他的药店，主要做批发，同时也做咀片——零售，无论参、茸、鹿、桂，膏、丹、丸、散，以及其他各种各样贵重补药，无不应有尽有。袁云亭，就是这药店里的有名中医。

“云老！请你看一看！能不能吃鹿茸？”季晚和亲手牵着交恕到景云堂请袁云亭开药单。

袁云亭笑嘻嘻的：“不能，不能，鹿茸性燥，太补了，小孩受不了，只能多吃些带温补的燕窝等类的东西。”一面说一面拉着小孩的手，照例按一下，马上戴上一副铜框子大酒杯一样圆的老花眼镜，拿起笔来，开一张助脾糕的药单。

于是每天除吃助脾糕以外，冰糖蒸燕窝，成为交恕的经常副食品；至于鸡、鸭、鱼、肉、糖、饼等，更是吃个不停。而且他要什么，就给什么，两三岁的小孩，居然夏季着纱服，冬季穿皮衣。

季交恕现已五六岁了，虽然一样瘦，却长得日益活泼。左右邻舍，都称道他是个好孩子。可是，愈大愈顽皮，小小的年纪，就跟着全义生那些年轻店倌和徒弟去妓女家里玩。学会了吃酒，吃水烟，打天九牌，赌双单，经常跑到邻家去偷看男女私生活，并且照样摹仿。所以邻家都讨厌他，咒骂他，不许他邀同他们的小孩一块儿玩。

“少大嫂，看你这位少爷。”住在砚泉巷口魏家祠堂旁边的桂大嫂，一手牵着她哭丧着脸的小女孩，走进砚泉巷晚和公馆里，向少英边喊边说：“把我的孩子咬出血来啦！你看？”她把手一扬，指着那女孩的小嘴唇。

这时，桂大嫂的内心虽很生气，却因她的丈夫胡老贵所开的木行，是专替全义生制红茶箱子的，故敢怒而不敢言，只是半吞半吐，隐隐约约的将邻舍的闲话，述说一些。

“对不起，等他回来我打他，不要哭。”少英拿出一些糖果，和颜悦色地安慰小女孩。在叫“请坐”“吃茶”当中，她从桂大嫂口里听到这些邻舍如何讨厌交恕的情形时候，就惊讶一声：“呀！”面色立刻改变了。

正当天气炎热的同日中午，忽然一阵狂风，墨一般的密云，豆一般的雨点，使气温下降了。然而少英的火气，并没有随着气温而下降。将桂大嫂送出去后，站在门口，就像热锅上的蚂蚁，走来走去，等着儿子回来。恰好这时，野马似的交恕，从外面一蹦一跳地奔回砚泉巷来了。

“来！跪倒！”季交恕刚一跑进大门，童少英就一手抓住他，赏了一顿耳光之后，拿着一根大篾片，叫交恕跪在自己面前，边哭边骂道：“这样不争气，偏要到外面去学坏事情。”将他的衣服脱光，劈劈啪啪地痛打一顿，推出门外，怒吼道：“滚出去！不许回来。”砰！关闭了大门。

少英对儿子虽一向很严，交恕也一向怕她，无奈爸爸娇爱，有所恃而不恐。现在赤身露体，虽是小孩，也懂得有点害羞，躲在大门外淋不到雨水的八字门屋檐下，面向门墙，一直站到爸爸回家来吃晚饭的时候。

雨过天晴，暮色已笼罩了大地。季晚和手里拿着一把蒲扇，从容不迫地由全义生走回来。刚一转弯，瞥见公馆门墙下站着一个全身光溜溜的背脊和屁股上一条条红痕的小孩，问道：

“喂！你是谁家里的呀？”小孩不作声，仍然紧紧地面靠着墙。晚和猛然用双手拉转他来一看，吃惊道：

“嗳哟——我的宝贝！为什么搞得这样？”

“妈妈打,她要我滚。”

晚和一听生气了,双手抱着他,走进大厅,气冲冲地往紫檀木靠椅上一坐,吼道:

“到底犯了什么王法,你打他?”不听完童少英的回答,就像响雷一样地震怒起来:“我这大年纪,才有小孩,五百串钱,讨得起‘小’,五千串、五万串,买不到亲生子,你晓得吗?”一面骂,一面抓着少英的头发,举起拳头乱捶一阵。

童少英本是有志气又有脾气的女人。从被嫁给晚和以来,早就为着做小老婆这件事心里极不舒服,加上晚和性躁口钝,没有什么话说,因而夫妇感情不大好。现在听得丈夫居然说出他从来没有说出过她所忌讳的这个“小”字,不由得不号啕痛哭起来。可是,虽很伤心哭,却不敢回手打,为的是怕犯法处剐刑。

交恕虽很顽皮,看见母亲挨打与啼哭,也感动了他的小心灵。突然往地下一跪,双手抱着少英,两眼望着晚和,大哭大叫:“爸爸!我听话,你不要打妈妈。”

从此以后少英总是愁眉不展。她想:孩子这样调皮,爸爸这样骄纵,太宽了,怕儿子学坏样;更严些,又怕引起夫妇不和。唯有送进学堂去,绊住他一双脚,免得到处乱跑。

“晚老!交恕这么大了,送去上学好吗?”正当大厅上摆满了鸡、鸭、鱼、肉、包子、粽子、雄黄酒,吃端午饭的时候,少英同晚和商量。晚和仅只点点头,等了一刹那,才答复两个字:“好吧。”

当时,孩子们读书,没有什么寒暑假规例,只是每逢阴历十二月和五月过年过节,各休息一个短时期。童少英乘着端阳节后开学的那一天,将交恕送进离砚泉巷很近的毛家巷药王宫里边的一家蒙馆去上学了。

蒙馆的教书先生,姓童名考卿,是个年约五十来岁,经常离不开一支尺多长旱烟袋的寒酸气十足的瘦长个子。这蒙馆共有十来个学生,大半是十岁左右的,统统读“学而”“先进”,也有少数读“幼学”的。交恕刚刚六岁，算是最小的，读一本另外的书，名叫《三字经》，这乃是当时儿童启蒙首先必读之书。

这本《三字经》，从头到尾，虽是三个字一句，好像很简单，然而开头就是讲人性善恶的什么“人之初，性本善……”，后面就是讲历代帝王历史的什么“周武王，始诛纣……”，“对牛弹琴”，当然引不起小孩们的兴趣。不到几天，他就向爸爸季晚和哭诉，不肯去读书。

“我的宝贝乖乖！你去读啊！买鸡蛋糕给你吃，爸爸送你去。”季晚和很耐烦地拿鸡蛋糕劝诱他的小孩。从此，就经常亲自牵着孩子，带着蛋糕，送上药王宫。于是鸡蛋糕，《三字经》，边吃边读，读了就背，背了又读。起初还好，可是后来越读越别扭，因为害怕童先生发脾气，只要背错一句，他就会鼓起眼睛咒骂，或将手上那一支竹杆铜斗的长旱烟袋，随意往孩子们的小脑袋上乱敲。更怕他打屁股。

“来！拿凳来！脱裤！”这就是童先生对付小学生常用的惩罚令。假如一旦下了这样命令，那就不管谁，必须由小孩自己动手拿一张四条腿的板凳，拉开裤子，服服帖帖地爬在凳上，将小屁股露出来，让先生拿着一支两三尺长的竹板子，劈劈啪啪地打一阵。这个，土话叫“吃笋”，又叫“笋炒肉”。交恕年龄虽最小，而吃笋的时候却最多。说也奇怪，不过半年光景，他竟变成了性情孤僻的傻样子，经常不作声，有时无故下泪。仿佛读书是做苦工，药王宫是监牢。

有这么一天，“嗳哟！痛。”季交恕双手抱着腹部摩。童先生以为他当真肚子痛，板起脸孔，手一挥：“好，你先散学回去！”从此，他就经常借故将书匣寄在小贩摊子上，躲到街头巷尾去玩。

晚和同少英，还时常称赞：“好先生！真会教书！你们看，我的孩子好规矩，好听话了，每天散学回家，坐在房子里，不是写字读书，就睡觉啦。”

但当他和她称赞童先生如何会教书，孩子如何守规矩之后不久，住在砚泉巷隔壁的一位老太婆，将她所听到交恕逃学的情形，一五一十地告诉了童少英。

腊鼓咚咚，将近过阴历年，快要放学的某一天中午，季交恕正背着一个小书匣，蚱蜢似的从药王宫一直跳回砚泉巷的大厅门前。

“来——跪倒！”童少英手里拿着一支竹板子，怒吼一声。“你逃学呀！”一手拉着他的耳朵。“跪下。”一直跪到太阳西下，季晚和将要回来吃晚饭的时候，才许他站起来。这一回，少英有所顾忌，故只作了一个雷声大、雨点小的样子，用竹板子在儿子身上轻轻地敲了几下，训斥一番，就完事。然而季交恕还觉得母亲太横蛮无情，不如爸爸疼爱他。

第二天，不知怎的他没有回来吃午饭，也没有回来吃晚饭。于是派人寻找，药王宫、全义生、左邻右舍和大街小巷，到处找不着。“被贩卖人口的骗走了呢，还是落在河里淹死了？”晚和同少英猜到这里，不约而同地大哭起来。只有一个老办法：赶快到龙王庙去许愿抽签，因龙王是掌管五湖四海的水神；同时，一面派人到各街巷敲铜锣，一面贴招告条子寻找。就这样闹了一个整晚和整天，毕竟从离西城很近一个经常上街卖菜的人家找回来了。从此，童少英再也不敢打他；季晚和还为他聘来一位先生教“家学”。

二　孤儿寡妇被人欺

原来季交恕出世的那一年，季昌志也讨了一个小，名叫秀香，也住在离砚泉巷不远的地方。季交恕刚刚三岁时候，他的二弟季柏年出世了，又二年三弟季治平也出了世。

“恭喜你！这该承继一个给我啦！”当季柏年出生的那一天，季昌志更加满脸笑容地走进砚泉巷，要季晚和履行以前的诺言，接着说：“我们还是合伙到乡下去买一幢房子，买些庄田，给交恕他们兄弟。”

当然季晚和心里也暗喜:有儿子给他,就可以承继他的财产,人财两旺,不好吗?毫不迟疑地答复他:“一定。一定给你,脱了乳,就交给你秀大嫂带。”

过后不久,距平江县城十五里地的濯水凌雍雄兄弟有一幢住宅,名叫凌家湾,将要出卖。昌志同晚和坐着布篷轿子去踩看,大小约共百多间,很漂亮。每人一半是够宽的。可是庄田太少,不过瘾。因为价钱贵,买主少,为着卡价贪便宜,经过中人谈来谈去,很久没有成交。料不到近从外面解甲归来的丘军门,看中了这幢房子,很快就说好了价钱,比季家的还价高得多,正在打毛契。于是昌志吓慌了,害怕凌家湾不会改姓季而改姓丘,只好要求凌尚琴出面替他们帮一手。

“你为什么卖凌家湾不先‘佲尽’过我呀?二十几岁的人,难道不晓得卖业是先要‘佲尽’亲疏内外的老规例吗?凌家湾还要姓凌,卖给我!”凌尚琴马上把凌雍雄两兄弟叫去训斥一顿。

凌尚琴原有同凌家湾一样大一样漂亮的住宅,可不要再买房子。只因他是这县里顶有钱有势的“土皇帝”“老太爷”,儿子是江苏候补道台,破落了的堂侄子凌雍雄兄弟,不敢不服从他。丘军门不是在职的提督,也不敢和他抢购。

于是看屋,踩田,打计开,写契等等,像煞有介事似的,全由凌尚琴派自己的管庄和管账的一手包办。昌志和晚和,都没有露出头面来,契上写的也是卖与本房叔凌尚琴父子管业。此时,季家两兄弟,虽如愿以偿地买到凌家湾,可是出了比以前不愿出的高价,还不能马上改写姓季的契据。

现在季昌志的姨太太刘秀香生下一个男孩,取名暑生。

“哈哈!晚和!哈哈!秀香真有福气!你有儿,我也有儿,有了‘亲嫡脉’该不绝代呀!哈哈!要是像勤秀,尽生一些赔钱货,那就气煞我啦。”季昌志于暑生出世后,走至砚泉巷,喜出望外地向晚和表示很得意，把秀香夸一阵。

“恭喜你！”季晚和仍是貌似老实，幽默地说：“暑生命好，柏年没福气。”

此时童少英站在旁边，没听懂他们两兄弟的内心矛盾，天真地跟着喊一声：“恭喜你！多添一个儿子啦。”

季昌志本着他一贯的伪善面孔，苦笑一下，掉转话头，给晚和一颗定心丸，道：“你身体不健康，好好疗养；店里的事，我可多管些。我们兄弟，分什么彼此，儿、侄都一样。”

光阴似车轮一样快地转过去，晚和的病体，一天重过一天，正当甲午中日战争的那年夏季，季交恕刚刚七岁时候，他去世了。季昌志也假惺惺地哭了一场，在砚泉巷主持丧事好几天。

“可怜！你年轻守寡，儿子小，住在县城内不合适，可同我家里一起搬到乡下凌家湾去住，同勤大嫂秀大嫂在一块，好关照些。”就在这年冬季，季昌志带着秀香走进砚泉巷劝慰少英道。“不要哭，保你们母子吃用不愁，明年延聘一个博学秀才来教交恕读书，有好的田地，同你们买些进来……”

这时，童少英心里正像一团乱麻，很伤心夫死子幼无依靠，也想着自己年轻，怕将来又会受苦，听到昌志这一番话，觉得伯伯这样关怀她，真好。扯起白孝服的下角拭一阵眼泪，扁一下嘴答谢他：

“好，一切由你家长，交恕兄弟全靠你伯伯照顾！他们长大了，会报答你的。”随即反问两句：“何时搬？凌家湾不是已经卖给老太爷吗？”

“过年就搬。老太爷租给我的。”季昌志这样哄骗着少英。

凌家湾的正中和东西两边的青石大门框，都刻有很精致地贴了黄金的浮雕。由正大门进去是三层大正厅，东西两边，各有两层大横厅。童少英带着三个孩子，移住在最后那一层的东横厅。这是须要经过一条长巷向东走再拐一个弯的五大间，还有一排厢房，虽还雅致，但很偏僻。因为寡妇是“未亡人”，偏僻些就不容易接近男人。尤其在做过官或有钱的所谓大户人家，这种规矩就更严。白门帘，白椅搭，灵堂上挂满了祭帐和挽联，静悄悄的好像一所庵庙。幸亏延聘了一位教书的老秀才锺莲舫带着老婆靖干娘一起住在这东横厅，算是有个女伴。小孩们，总是喜欢在外面玩。童少英，就只眼泪汪汪地在家里做做针线，扫扫灵堂，带着老妈子在横厅后面的园子内种种菜蔬，养养鸡，不说话，不出门。这是年轻妇女“守寡”的普通例规。

季昌志家里，虽则自己人口少，但加上管账、管庄、巡更、看门、煮饭、采买、轿夫、长工、跟班、老妈子等，合起拢来，共有十多个人，都住在凌家湾的正屋和西边。“富在深山有远亲”，县城里的朋友和其他地方的亲族，往来不休，不仅不显得寂寞，而且饮酒猜拳，打麻将，也还相当热闹。同住在一所房子，东西两边一对照，俨然是两个不同的世界。每天二十四小时，季交恕除吃饭睡觉也稍稍读一点书之外，总喜欢在这热闹世界里边混日子。他在县城，还只会打老牌天九，而现在学会了新兴的东西——麻将，居然不分长幼地同那些红男绿女，坐在桌子上一块儿大喊“碰”“和”。输了钱，可照例向账房先生那里去取用。因为他家里用钱，都是要经过季昌志的账房的。

“凌老太爷把凌家湾出卖给我们季老板，是真的吗？”搬家后不久，季昌志的长工们，探问跟班方曙。

“真的，就是前几天，在全义生写契的。”跟班方曙很确切地答复他们，于是大家才相信。因为方曙是跟着季昌志在县城全义生和濯水凌家湾两方常来常往的。

从此，季昌志年年置买庄田，已由平江县里的上等富商，成为这濯水地方的头一名大财主了。契上写的连凌家湾一起，统统是“季昌志父子管业”。只有一契是写“季交恕兄弟管业”的，庄名董家源，就在凌家湾很近的地方。同样有一所佃户住的大庄屋，很多山场,二十来口塘池,两座大堰,二百担租。

在东横厅教书的钟莲舫,原是濯水这地方的一个穷秀才,年约六十岁左右,长于口才,会写一手柳字,凡地方上做忧丧喜庆的写对联,打官司的写状纸,买卖和租佃田地的中人,都少不了他。因为钟家是旺族,他在地方上熟人多,有面子,所以季昌志对钟莲舫很尊重,不像对待其他穷人那样。

"昌老!令侄交恕这么大了,我同他做个媒好不好?"钟莲舫笑嘻嘻地探问季昌志的口气。

"好呀!只要有合适的。"

"舍间江背屋钟祥凡的女儿,名叫桓英,长得不错,脚也缠得小,今年十二岁,比交恕大些,正合适。"因当时一般习惯,都喜欢女方比男方大几岁,好早些生孩子接代,脚小才算漂亮,所以钟莲舫说正合适。

"啊哟!你们钟府上是做官的仕宦之家,我们做买卖的,恐怕高攀不上吧?"季昌志谦让一番。过后,经少英同意由钟莲舫做媒,出八字,下定,——订了婚。

从彼此相距不远的凌家湾和江背屋成为门当户对的亲家以后,濯水地方上的形势,起了变化——一切公事,不但要问过钟家,还要问过季家。钟莲舫在地方上的地位也就因而更高了。季昌志觉得凌家湾的房子虽然漂亮些,可是江背屋门前挂的官衔匾是"进士第",自不免相形见绌。

恰巧,湖北遭水灾,两湖总督张之洞奏请开捐助赈,季昌志不惜重金捐了一个知府衔。小孩暑生,也捐一个同知衔,替他的生母刘秀香请了诰封。当时在最没有社会地位的妇女当中,特别做姨太太的地位更低,姨太太生的儿子,叫"庶子",也不能同太太所生的"嫡子"平等看待。除非姨太太的儿子做了官,她才可以当上"老太太"或"太夫人"。现在,季暑生捐了官,请了封,刘秀香也就香起来了。设筵请客的那一天,穿上绣有鸟儿的女制服——霞帔,自然很威风。大家都改口叫她“秀太太”。

童少英因为不甘做妾，虽则有吃有穿，从没有冲淡过她心里的愤愤不平之气。而这一回，却受了秀太太的影响，也想替儿子季交恕捐一个官，以提高自己的社会地位。

“昌伯！交恕这么大了，何不也替他捐一个官？”恰逢季昌志从县里回来，坐在秀香房子内的藤椅上，兴高采烈地与大家畅谈季暑生现在捐官，将来可出外候补等事情时候，童少英乘此机会这么说几句。

“嘿！嘿嘿！”季昌志冷笑一声，房子内的愉快气氛，忽然消逝了。过了一阵，他才假装笑眯眯的神气，答复童少英：“正因交恕已经这么大了，十来岁的人，只要发奋读书过考，将会进学，中举，会进，点翰林，有官做的，不要再花空钱。暑生不同，年纪小些，离过考的时候还很远，难等。”

因此，童少英静默默地坐一阵也就走了，可是她心内很不舒服：为什么你的儿子小几岁，可以捐官，我的儿子大几岁，反不可以捐官呢？明明是做伯伯的有偏心，不公道。

过后不久，童少英才想到：我有三个儿子，读书、收亲[①]，都要钱用，而自己没有财权，不是办法。同时，又记起季昌志曾几次说过：近来买卖不大好做了，赔本的时候多。假如再赔本怎么办呢？只有多买点田地稳当些。

“昌伯！我想请你再买些田给交恕兄弟，好吗？”有一天，季昌志坐着三名夫轿子，从县城里回到了凌家湾，童少英领着季交恕，一手牵着季柏年，一手抱着季治平，走进刘秀香的房子里，向伯伯问安，同时把平素盘算很久的话说出来了。

此时，季昌志刚刚吃过晚饭，坐在长形的藤编的睡椅上，拿着挂在怀里的金链子上边的金牙签，歪着脑袋插牙缝。

---

① 收亲，即结婚。

"唔!"这只从来不发脾气的笑老虎季昌志,唔了一声之后,面带红色,鼓起一双细溜溜的鼠眼,把跷在左腿上的一只肥右腿,很沉重地放下来,往地板上一踏,砰然一声,作一个威吓的姿势,反问道:

"我不是早就帮你置买了董家源的庄田吗?还有钱在哪里呀?"随即把身子往睡藤椅上一倒,两腿一伸。

童少英愕然,半天没有说话,她想着:晚和在世,不说过共有十几万吗?还有盐票①、股份、店。虽然数目和店名弄不清,然而为数绝不止董家源这两百担租;凌家湾原是约定两家合伙买的,难道晚和死了,老太爷只卖给你季昌志一个人!这时候,她开始有些怀疑,愁眉蹙额地望一下自己的三个孩子,掉下泪来。过一会儿,才又轻声地复问季昌志这么一句:

"还有店股和盐票哩?"

季昌志一惊,坐起来,两只鼠眼珠,望着地板,光溜溜地旋转,约莫过了几分钟,才答复她:

"唔!店股子?我不是对你说过吗?近来生意难做,赔本。晚和去世,开堂设奠,念经做道场,连泼头几处家用,不要钱的呀?"

"盐票咧?"童少英也不示弱,紧接着又问一句。季昌志仍是把两只眼睛朝着地板,半吞半吐地答复道:

"盐生意也不大好,坏了盐船。"可是说不出哪些生意不好、赔本,坏过什么盐船,停了一下,才又断断续续的:"本——钱——,本钱是向老太爷借的,要还他,加上利息不少。"脸一红,很不自在的神气。

此时,童少英的嘴唇正在微微地颤动,打算再问。坐在笑老虎

---

① 盐票制度,起自咸丰年间,曾国藩为了筹军饷反太平天国设立的。办法是:不论谁到产地运盐,须向政府注册购盐票。每张票分五百引,每引分若干斤,而且划分了引岸。例如湘岸的盐票,就只许运销湖南,名曰官盐,利润最大。拥有盐票的人,可以持票自运,也可以将盐票出租别人去运。

旁边的秀太太,突然插上一句不相干的话岔开她:

“少婶子,钟先生说要替交恕做一个大书柜,我明天就叫账房先生去做一个吧?”她故意将这些话头打断之后,一手把少英拉起身来,用调解的姿势,劝她走开:“孩子们快要睡觉了,把他们带回去吧?以后再讲,昌老和晚老是兄弟,一家人,他会关照你们母子的,你可不愁没穿吃,宽心些。”

少英也就吞声忍气走开了,好似一个谜,终究猜不着,想不通。开始是年轻经验少,不懂得私有社会人心险诈的幼稚想法:昌伯口里,向来很仁义,对我们母子也很好,并且他与晚老是几十年在一起合伙做生意的好兄弟,难道会没良心吗?不会。后来,便是一般大家庭间相互利己的嫉妒想法:难道昌伯有偏心,想把晚老分内的家财,秘密交给泼头吴越华不成?最后,才想到:做买卖赚钱或赔本,总会有账簿的,到底赔了多少呢?真不晓得昌伯的葫芦里,装的是什么药。

从此,童少英虽然年轻,阅历少,经过这两年的亲身经验,慢慢地看出些季昌志的假仁假义与小惠小恩,由感激、信赖,逐渐变成失望、怀疑和不满。她的脑子里经常这样踌躇:夫死子幼,而自己又是最没有地位的小老婆,生在这炎凉世界,假如不依靠这有钱有势的昌伯伯照顾,寡妇孤儿,恐怕受人欺侮,真是“哑巴吃黄连,有苦说不出”。季昌志也从此看出她这些不满的表情。

“少婶子!交恕长大了就会收亲啦!将来三个媳妇,生孙子,你好享福。不过,人多房子少,东横厅住不下,还不早些打主意?”在季昌志指使下的秀太太,几次向童少英示意,要她搬出凌家湾,最后更露骨地说:“搬家费用,可算我们的啰!”

童少英一听,心内虽很愕然,也很气愤:搬!可是一转念:单兵独马,搬往哪里去呢?便整天整晚地左思右想,就像蚂蚁待在热锅上,感觉这日子实在难过。

“昌伯!我想请你买一所住宅,小孩多,免得在这里吵闹你们。”过了一个时期，童少英单刀直入地向季昌志这样说。

“到泼头去同越华一起住好些哟！何必另立门户？家用也不合算。”季昌志欣欣然面有喜色，紧接着补一句：“还有什么钱！哼！”狞笑一下。这么一来，逼得童少英有决心，有勇气些，又把上一次问过的旧话重提：

“昌伯伯！到底晚老份下，应该有多少店股和盐票？”

“还有什么盐票？我上次不是对你说过吗？本钱是借得老太爷的，盐票要抵债。”

“店股呢？”

“哼！店股。不赔本的，恐怕也只一两家。”

“哪两家？赔多少？还有多少？有没有账簿？我不识字，请你拿给交恕看看！我好打算——”童少英的话还没说完，季昌志立即从椅子上站起来，两只眼珠一横：“哼！你不相信我呀？好。等我回到全义生，拿给你去‘打独企’，‘三脚凳’[①] 就想造反！”气冲冲地把袖子一挥，大踏步地走出了房门。

这时，童少英就像醉了酒似的满脸绯红，尤其听到“三脚凳就想造反”这句话，比打她一个耳光那样还难受，不由得不一面啜泣，一面走回东横厅，忍气吞声，接连两三天没有起床。

“儿呀！昌伯伯没良心，吃了你爸爸的钱不算数，要我们搬家，还挖苦我是三脚凳。”童少英把季交恕叫到自己床前，痛哭失声：“你这么大了，为什么有书不读？天天跑到正厅去打牌，真不争气！有什么出息呀！都是你爸爸惯坏了。现在爸爸去世了吧，还想跟他们一样吃好的穿好的？你晓得吗？他们是欺死瞒生发横财，有报应的。你长大了，要忠厚正派啦！莫学他们坏良心！”坐起来，拿起手帕揩干自己的眼泪，“我是没过过你这样的好日子，从小就吃

① 平江土语。“打独企”就是独立。“三脚凳”就是四脚凳缺一条腿，没有独立资格的意思。

薯丝，像你这么大的年纪，我的爸爸死了，卖给童家里，吃残饭冷菜，还经常受骂挨打。你逃学挨打就会跑，我跑到哪里去呀……”将她过去怎样受苦和嫁给他爸爸以后到现在，如何受气、为难、有嘴没有地方说的情形，从头到尾，边哭边讲一大串。这像晴天霹雳，给了季交恕从来没有受过的刺激和震动。

“嗳呀！妈，你这样苦呀！昌伯伯真没良心！你不要哭！我长大了一定替你争气，一定忠厚正派。”季交恕边说边扁嘴，爬上床，抱着妈妈哭。妈妈也抱着他哭作一团。

同住东横厅的钟莲舫的老婆靖干娘，以为少英身体不好，跑进她房里去问候：“亲家母！贵体不好呀？什么病？请郎中[①] 吧？”

“气病了的。”季交恕站在旁边，不待少英开口，气愤愤地答复靖干娘。

童少英努一下嘴，示意他不要说什么。

“什么事生气？”靖干娘摸不着头脑。

“哼！昌伯伯没良心，吃了我爸爸的钱，欺死瞒生。”季交恕赤裸裸地说出来了。

童少英把手一挥，给交恕一个耳光：“不要多嘴！走开些！”

“怕什么呀！人家做得，我也说得，就是犯王法，不过坐牢杀头吧！”季交恕仍然站在母亲身边，气愤愤的，不啼哭，也不走开。可是，靖干娘就只站一下，问几句，走开了。

“你真不懂事啊！这样心直口快不谨慎！你晓得吗？我们是‘长子住在矮檐下’。”靖干娘走开后，童少英嘱咐交恕，以后不许乱说，意思是怕人家过话。果然，以后不久，钟莲舫把老婆靖干娘口里传来的话，告诉了季昌志。

有一天，季昌志从县城回到凌家湾的下午，叫少英带着交恕同到他的房子里，装着满脸笑容，问长问短。闲谈一会儿，从抽屉里

---

① 郎中即医生。

拿出几本账簿来，翻给童少英看。其中有两本是一个人的笔迹誊写而且崭新的账簿。道："你看！这是晚和的账，还有什么店股、盐票？我不会吃冤枉的，祖宗在阴间，也不会答应我。"扭转头来向着交恕："你为什么不到我这边来了呀？钟先生总说你聪明会读书，不要辜负他的教训，也不要乱信别人挑剔，说怪话，只要发奋，我的就是你的，还怕没钱读书吗？"季昌志站起来了，仍是笑嘻嘻的。他翻开一个"两合堂"的户头，伸出食指在簿子上敲几下："这是我和你爸爸合伙另积的三千串钱，因为怕泼头知道乱用了，所以没有告诉你们。如果你读书要钱，就连我这一半，也可一起给你，有什么彼此之分。"

第二天，季昌志就邀请了族、亲、友十多个都是帮他说话的凌尚琴、钟莲舫等人到场，依然拿出那几本账簿，说明他和晚和合伙的财产关系问题之后说："还有三千串钱，是我同晚和合伙积存给我们后代读书用的，可全部给交恕兄弟做读书费。"

"昌老！你真仁慈，真大方呀！"季昌志刚刚说完，钟莲舫马上竖起一个大指头。"难得！难得！哈哈！来，我们大家既然到了场，就在这账簿上签个字吧。"

"是呀，大家签个字。"凌尚琴接着响应他。

钟莲舫首先告奋勇，跑向桌面前，拿起一支笔，在预先写好了的证明字据上，签上"钟莲舫"三个字，毕恭毕敬地欠欠身子，用双手捧着墨盒和纸笔，送到凌尚琴面前，嘿嘿嘿微笑一下："请老太爷赏金笔，对不起，我冒失了，应该老太爷签头名的。哈哈，哈，哈！"于是其他的人，也跟着签了字。

当时少英心里气极了，她自忖：这明明是欺死瞒生发横财的圈套。不要他的，可是自己拿不出什么真凭实据，又没有人帮我说半句公道话，牛口里扯不出草来。并且自己是寡妇，多得不如少得，少得不如现得，算了，儿子小，无依靠，怎么得了。……越想越气越伤心。从此就开始每天以酒当饭过日子。

还在旧历端阳节以前，南方的气候，虽然热得早一些，但在凌家湾靠近山脚的东横厅，因为屋后森林比较密，大半天看不到太阳，显得阴气沉沉，很凉快，然而，童少英自季暑生捐官与自己想另买住宅时候起，就开始失眠。最近从季昌志邀请亲族友这回事情发生，总说天气太热，更加睡不好。经常三更半夜，等孩子们睡着后，一个人伴着洋油灯做针线。有时，长吁短叹："命苦呀！天！"有时，又自言自语道："走开些。""搬哪里？""搬泼头？""同越华一起住，不行。""搬董家源？"

这时，季交恕已经十多岁，个子长高了些，也略微懂了一点事，特别自受了童少英那回在床前的诉苦教训，给他的印象极深。现在他还没睡着，心里很难过。翻来覆去地想道："从生下来有记忆的时候起，没看见母亲有过一次愉快的笑。相反，这几年来，只看见她的眼泪像细珠似的经常沾在睫毛边。"他翻转身，偷偷地望望母亲：愁眉皱脸，又像要哭的样子。他于是奋身爬起来，情不自禁地吼一声："唔，他妈的！这成什么世界呀！"跳下床，一手拉着母亲："妈妈！你去睡吧，莫愁！我快长大了，总有你出气的一天。"

童少英立即放下针线，揩揩眼泪，笑了："好，睡。儿呀！你要发奋读书做官，替我出口气。"

三　走开些

距凌家湾不远的董家源，虽是一幢庄屋，也是瓦盖砖墙石门框，屋子不小，而且四周有围墙，正厅五大间，东边两横厅，西边一横厅，还有很多间土墙茅盖的附屋。种田的佃户陈吉三，一家十数口，住在东边。

不久，童少英毅然决然地带着季交恕兄弟，搬出凌家湾，住在董家源庄屋的正厅和西横厅。虽然房子可以住，但是她很担心：丈夫死了，多少浮财，完全送进了虎口，仅靠董家源一个庄和三千串钱，能不能供得起三个儿子读书成人？还有将来的婚姻喜庆，日久年长，处处都要钱用。因此，立即改变她过去在砚泉巷和凌家湾那几年吃闲饭的生活作风。亲自带着长工婆妈一起下地种菜、养猪、蒸酒、打豆腐，自己动手煮猪食、割薯藤、补衣服。省衣节食，刻苦耐劳，完全不像个富裕人家的妇女。正当夏季，她在菜园旁边，穿着一身粗蓝洋布衣，提着一大桶水浇菜的时候，同在那里浇水的陈吉三的儿媳妇雍大嫂，笑嘻嘻地劝她：

"少大嫂！你老板娘子，是收租吃饭的人家，该享福，何必同我们一样来辛苦？"

童少英满脸笑容，很愉快地答复她：

"我同你不一样吗？这算什么辛苦，我的爸爸，也是耕田种菜的。我小时候就会种菜，并且卖给童家还要扫地、洗衣、烧茶、蒸饭、倒尿桶，受骂挨打。"说到这里，眉毛一皱，两睫微有湿痕。

这位农家妇女雍大嫂，年二十几岁，老实诚恳，爱劳动，也会劳动，为童少英卖给季家后的第一个好朋友。她经常替少英帮忙种菜提水；少英也经常帮她买针线、鞋布，就像姐妹一样地同起同坐，谈这谈那，看不出是老板和佃户。

靖干娘和钟莲舫两口子，住在西横厅的西边。自搬来董家源后，她的丈夫钟莲舫，形式上虽仍在董家源教书，然而往凌家湾和江背屋串门子的时候多，因为那里酒饭好，而且借此可以增长自己在地方上声势，多捞几个钱。

"你怎么不查清家底就说媒呀？起初，我以为她——童少英和季昌老没有分家的，那还不错。一个买卖人家的庶子，三兄弟，就只有董家源一个庄，将来一分家，每人有几丘田？"当钟莲舫在上塅江背，谈到童少英从凌家湾搬来董家源的生活情形时候，躺在鸦片烟铺上的卸任知县钟盛才，把烟枪往盘子里一搁，坐起来，责备钟莲舫不会做媒，悔不该把他的侄孙女同季交恕订婚。

"木已成舟吧！好在这个子弟会读书。"钟盛才的侄儿，即季交恕的岳丈钟祥凡从旁插一句。

钟莲舫为减轻自己说媒的责任，慌慌张张地打断了钟祥凡的话头，瞎吹一顿：

“是呀！去年才开笔，今年就成了篇[①]，还会作诗对，四书五经读完了，不过有点懒。将来进个把学(秀才)是有希望的，假如生在我们钟家里，风水好，三两榜[②] 也说不定。”

“嘿！没有文风的买卖人家，‘黄鼠狼怎样吃得天鹅肉到’？”钟盛才气呼呼地将八字须往左右两边一撇，露出一口被大烟熏黄了的缺牙齿，反驳钟莲舫。随即慨叹一声：“咳！‘进士第’的女婿，哪一家是住庄屋的？丢脸！同佃户住做一起，成什么体统！”

不久，这些话，又由钟莲舫的老婆靖干娘，传到童少英的耳朵里边，她很生气。同时，她因搬到董家源以后，地方上一些“势利鬼”，对待她们母子，远不如在凌家湾。因此，她也不像从前那样客气，便对靖干娘发牢骚：

“这有什么奇怪？世上穷人千千万，庄屋不是人住的呀？”童少英用手掌沉重地在桌子上一拍：“哼！住大房子的，还不是欺死瞒生发横财。做官的，也不是姓钟的一家。靖叔婆！‘花无百日好，石头也有翻转时’。难道我们母子就会背时倒运一辈子吗？”

靖干娘一字不遗地传给钟莲舫。不久，又从她口里传转来凌家湾一句话：少寡妇真强梁，吃硬不吃软，总有办法整她的。

得此消息以后，童少英心里，有些惴惴不安：明知凌家湾对她不怀好意，因而地方上一般趋炎附势的人，统统倒在他那边，董家源好像是这濯水地方的一个孤岛。也明知钟莲舫两夫妻，不是善良人，挑拨离间，播弄是非，增加许多麻烦。然而他是延聘进来的

---

① 八股文分破题、承题、起讲、半篇、前股、中股、后股、束股。开始学做破题叫开笔，照次序最后学到做束股，才算是完整的一篇八股文，叫成篇。

② 一榜是指秀才，二榜是举人，三榜是进士，四榜是翰林。

先生，照例不满一年，不能解聘。什么“吃硬不吃软”呢？难道将有大祸临门不成？一灯如豆，坐在正厅外房纺纱车上的少英，一面纺纱，一面这样想，窸窸窣窣地掉下泪来。

季交恕读完书后进去了，他惊问：“妈妈又哭了呀？什么事？”少英默不作声。——怕儿子心直口快惹是非。

这年夏季，雨水特别稀，从旧历端阳节以后，将近一个月，蔚蓝色的天空，从没有起过半点云雾。一大片绿油油的稻叶，渐渐地变成淡黄色。可是，董家源因为有三道私堰，二十几口私塘，暂时还够灌注，所以童少英和陈吉三他们，并不显得怎样恐慌。而地方上其他财主和佃民，都纷纷议论：

“再过十天半月，龙王菩萨不发雨，怎么办呀？”“赶快接菩萨求雨啊！”这是地方人全体一致的呼声。

钟莲舫觉得这是一个有利可图的机会，向凌家湾秀太太建议：

“亲家母，这地方是你们的田地最多呀！再过十天半月不下雨，收成不好，佃户就会要你们减租咧。”

“那怎么办？”秀太太虽则因为生了儿子得了宠，成为凌家湾的权威，到底年轻经验少，提不出办法来，只答复这四个字。

“大家不都喊求雨吗？只有你们出来拿个总。”钟莲舫的意见，要凌家湾出来主持凑钱求雨的事情。

“好嘛！请你亲家叔公帮忙。”秀太太答复钟莲舫。马上把账房叫到自己房子里，将钟莲舫的意见告诉他：“怎么办？请你和莲叔公商量。”

于是，由凌家湾邀请江背和其他比较多一点田地的财主们，在张爷庙议事：（一）用款多少，由凌家湾先垫付，按田地多少照派；（二）老板和佃户平均摊派；（三）全由佃户出工；（四）接密岩寨的菩萨；（五）请处师——道士掌坛；（六）时期三天；（七）如果三天求雨不来，展期七天。

议过事后，立即派人去塅上打锣，叫地方各住户吃斋。第二天，张爷庙的门首，贴上了斗一般大的八个字，也就是代表当时社会意识的一副对联：

皇恩浩荡

龙雨淋漓

“嘿！真写得好。莲舫叔叔的这一手柳字，是我们钟家里的头一把手。”江背屋几个穿长褂子的秀才和童生，站在庙门口，指着对联称赞他。“忧丧喜庆，他都内行，这次求雨，布置得多么好，配当总管。”

张爷庙的正殿，坐一尊四五尺高木雕的菩萨，就是唐朝死难的官员张巡，老百姓称他为张老爷。他的案前，坐一个临时纸扎的龙王，左右两边，站一些虾兵蟹将。站在长方桌案前面，作法道士后面的地方绅士及其子弟们，则是轮班“占敬”① 的，像季昌志、钟盛才那样的绅士，都曾穿戴着朝服朝冠亲自去磕过头。

张爷庙的东西两廊、庙后的大厅以及临时架设的席棚内，摆满了吃饭的四方桌子二三十张。每天除开吃饭，整天整夜，求神拜忏，锣鼓喧天，有时抬着张老爷和龙王菩萨这一干神像，到各墩去打场——游行。

嘭，嘭，嘭，八把木把铁质的四眼铳，走在队伍最前列。接着是乓，乓，乓，四只直径二尺多长两个人抬的大铜锣。再就是拿旗子和高脚牌的仪仗队。后面是夹杂在队伍中间的，当，当，嘁，五个人一班，有小钹，又有小鼓的“操台”，共有十来二十班。几个处师，戴着黄布黑画油漆过、有五个尖、不像人也不像鬼的头巾，右手举起一把两三尺长、不像刀又不像剑的东西，装腔作势地走在张老爷的大木轿前面。一些头戴凉帽，身穿长褂子的土绅士，虽则大汗淋漓，也都不辞劳苦，跟在菩萨屁股后面作尾巴。

① 道士或和尚站在菩萨前面作法事，边念唱边作揖下跪时，站在他们后面的人，也照样跟着作揖下跪，这叫“占敬”。

一天，两天，三天，没下雨，延期。四天，五天，六天，七天，仍然没下雨。可是，人力和钱财，却花费不少。据他们报出来的数目百多两百串。

“五十个钱一斤的肉，二十个钱一斤的鱼，就是吃荤的，也用不得这么多。吃什么斋？求什么雨？耽搁我们车水的光阴。”地方上的农民纷纷议论。

董家源只二百担租，这一次的求雨费，竟被摊派为四十串。每担谷的价格一串钱，就要去掉五分之一，即或主佃各半，二一添作五，也要去掉十分之一。

“为什么凌家湾有两千多担租，只派几十串钱？濯水这么多田，难道别人家就不要出钱的吗？”童少英虽不识文字，却会打算盘，听到农民们的舆论，她也有些怀疑。因而塅上几次派人来收费，她就不肯出这么多。佃户陈吉三出不起，更不愿出钱。

“挖她的塘堰，看她出钱不出钱。”在凌家湾的暗示下，管理这塅上公事的钟团总放了些威胁童少英的空气。

“让他挖，我去县衙门里喊冤告状。”童少英捶胸顿足地大声说。可是，心里总不免有点担心。

钟莲舫是知道童少英的脾气的，看见她这样气愤，恐怕事情搞翻，会引起公愤，就从西横厅走出来，笑嘻嘻地劝她：“四十串是多了一点。不过，敬神是好事，亲家母马虎些，莫生气。我替你去塅上讲个情，请他减十串，好不好？”

“不！我是吓不倒的，不出瞎子钱。”童少英的口气仍强硬。

“陈吉三！这是你们自己利害攸关的事情。如果塅上当真挖塘堰，怎么办？少大嫂是有脾气的人，你要劝劝她，退财折灾。”钟莲舫急急忙忙地走往东横厅。

陈吉三是一位年纪大胆子小的老实农民，明知此事不公道，但又害怕塅上那班人的势力大，自己会跟着吃亏，只好劝童少英让步。僵了好几天，经过调停，才得到一个折中办法，打对折——二十串。

“听说照田地派是每担租五十文,不够就由凌家湾补贴,是昌老自己说过的啦,那我们董家源这个庄,就只应该派十串钱。”雍大嫂在问题解决以后的某一天,才听到这个非正式消息,告诉童少英道。“经手的人,就沾光啦!你看钟团总,不是穿了新制的绸衣服吗?听说钟莲老还托全义生到汉口去买好多东西咧!”

“到底是谁搞的鬼?偏偏欺侮我们董家源,真是乌天黑地的鬼世界!”童少英拉着雍大嫂的手,长叹一声。“唉!雍大嫂!我们做女子的真吃亏呀!寡妇更不是人做的,有丈夫挨丈夫的打骂,没有丈夫受别人的欺侮。”

“唉,谁不想做个男子!”雍大嫂皱起眉头劝她:“少大嫂,你要想开些,虽然是受气,有穿有吃,比我总好得多啰。不要把身体气坏了。”

现在虽然下了雨,没有成灾,估计今年的收成,将会减少两三成。如若把求雨的派款算进去,可能减少四五成,不够家用,那就只好动用那三千串存款的利息。这固然是童少英在治家计划上,不能不考量到的,然而使她最伤心,最痛苦,思来想去,很难解开的还是找不到依靠这件事。她经常愁眉蹙额地掉眼泪:“原先想依靠昌伯,落了空,翻了脸;现在搬来董家源,没有靠山,同样受欺。这种世界,只有有钱有势的为王,濯水地方住得下去吗?”但也想不出另一个可以使她们母子安居乐业的地方。

此时,天气还相当炎热,农民们正在收割,雍大嫂忙于晒谷,没有余闲到正厅来聊天。童少英更觉得有话无处说,越发寂寞了。每天除进菜园、下厨房、做针线外,更加喝酒,醉后就睡觉。

暮色已经笼罩了大地,半圆的明月,射进了正厅的房子里,仿佛像白昼。童少英没有点灯,醉醺醺地睡在那一张雕有花纹的朱漆的架子床上;同月亮一样灰白色的脸颊,显出两道泪痕。

“妈妈吃醉了吗?”季交恕从书房走进她的屋子里,木菩萨似的靠近床沿站一阵，轻声问。

“没有醉，你以为我喜吃酒吗？不！我以前是不吃酒的吧！现在要吃，生在这种鬼世界，不平！真不平！活得没有意思。”童少英边说边哭，坐起来，拉着交恕的手。啊，啊，啊，呕吐一会儿，继续道：“你晓得吗？你是没有爸爸的孤儿，我是没有丈夫的寡妇，无依靠。家务只有这么大，亲族朋友都欺侮我们……濯水地方住不得呀！”她把这地方有钱有势的同他们手下的判官小鬼多，独立门户很困难等情形说一大串，复又叮嘱一声：“不要乱讲。”

这时，季交恕边听也边哭，他的心就像要炸裂似的又痛又愤，道：“妈妈！莫哭！我一定发奋读书，学打，长大了替你报仇！你说不平，我就要打他一个平，看人家欺侮我们多少年？”举起小拳头晃几下，像是对他妈妈发誓的样子。

童少英立即走下床来，燃着灯，她的哭脸一下就变成笑脸：“嘻嘻！你说的话要算数呀！”

“濯水地方住不得就算了，搬回县里去，谁也不靠他。”季交恕鼓起眼睛，脚一跺。

“不好，住在县城里太繁华，也怕人家造我的谣言。”

“搬泼头老家，好不好？”

“同越干娘住在一起，不大好。”

“有丹叔叔在那里，怕什么？他来过两三趟，对我们蛮好啦。”

“丹叔叔好是好。不过，五十多岁的人，身体不好，吃鸦片烟，怕他寿命不长。”说到这里，她心里有点踌躇：“搬家也不容易。左邻右舍是好的，舍不得雍大嫂。”

收割稻子以后，天气好，正在忙于种杂粮。童少英牵着自己的两头黑山羊，拴在董家源斜对面的草坪上，马上就回来喂猪。

一会儿，外面嚷起来：“羊吃菜呀！少大嫂！”童少英一听到，急急忙忙地跑去一看，羊已不见了，不晓得是吃了谁家的菜。马上喊长工老吴去找。

“吃了钟团总昨天刚栽的一垄薯藤。”等了大半天，老吴才牵回一只羊报告童少英：“这是在钟团总屋里找来的，那一只杀死了。他发脾气，说你放羊吃他的庄稼，是违禁犯法，假如不是大家说好话求情，连这一只都要杀，还要罚你的钱。哈！真厉害！”老吴边说边摇头。

“真不争气！死畜生！杀掉它！”童少英握起拳头在自己的胸脯前拍几下，立即喊人帮忙将这一头羊杀掉了。

过了一个时期，北雁南飞，冷冰冰的空气，笼罩了董家源这一带的山林和田野，人们都开始穿上棉衣，早晚还有点发抖。这时童少英才下了最后决心：“也好，就搬到泼头老家去住算了，孤零零地住在这个鬼地方，抬不起头来。可是人搬田不能搬，怎么办？收租、粜谷、摊派等靠谁呢？不更麻烦更为难吗？索性卖掉它。”于是就找中人出卖董家源。早几年田价低，像这样好的庄所，每担租价十五串，而现在涨到二十串了，并有人愿意出二十串一担的价钱置买。可是照例非先“侭尽”过本家季昌志不行。而他硬只肯照十五串一担租的原价，但答应日后仍许照价赎回。

起初，少英不同意，想来想去：“好！就照原价，三十六计，走开些！搬往老家去。”就这样将董家源卖给季昌志了。

四　搬往老家去

泼头这地方，是由平江县通长寿街去江西的通衢大道，对河是收买花笺纸和茶油的献钟市。泼头湾里屋的房子也很大：正五大厅，东西两边各二大横厅，共有住房好几十间。季交恕的嫡母吴越华，和他的叔叔季丹鹤，住在西边。各有厨房、男工、女仆，俨然是两家大户。其实，季丹鹤虽在献钟经商开店，牌名厚康祥，但生意不好。越华自晚和死后，也不算富裕。然而那一套商贾人家爱面子、讲排场的旧作风，依然存在，尤其季丹鹤。

现在，童少英由董家源搬来泼头，为了节省，同越华一起过活，住西边。

吴越华，五十来岁，出身于地主家庭，是一位喜应酬，吃饭不管事的多嘴婆。她的哥哥吴显扬，就是这泼头地方管公事的土绅士。

“明年我的哥哥六十岁啦，我的侄孙也快要收亲。老吴，你去买几只鹅回来养着，好送礼。”吴越华叮嘱这位长工。

此时，童少英正在那里喂鸡鸭。她觉得：自己合共不过五个人，这一大群鸡鸭一个月就要吃两担谷子，差不多可养活四个人，实在不合算；每只鹅每天所吃的谷要抵两只鸭，如果养到明年，更不合算。少英心里这么盘算着。

“好鹅！一共五百钱，买到十只。”老吴从献钟街上回来，将肩头上所挑的那一只装有小鹅的篾篓子，往地下一搁，报告越华和少英。

“你为什么买这多？原来越干娘只说买几只鹅吧。”少英的语气，有点责备老吴。

“便宜，十只不算多，还有别的礼要送。常有亲朋来往，不要东西吃的呀？”吴越华不高兴。

“便宜？如果把所吃的谷子算上去，那就‘萝卜花了肉价钱’！不合算……”童少英将不合算的道理，算给越华听。

“我不会算。”吴越华嘴巴一努，走开了。

很快，过了旧历年，从正月初二到十五的上半月，来泼头拜年的亲族朋友很多，招待也很好。经常摆在西横厅桌子上的是八个大碟子——腊猪肉、猪肝、猪腰、猪耳、花生、豆干、酥糖、瓜子等类。每来一个拜年的，就喊请坐吃酒；寄宿的住客，则是每顿八大碗一次海参席，每天晚上，还有年糕、腊味碟子等吃“夜宵”。

童少英搬来这里虽不久，感觉到现在泼头的生活有些铺张，不以为然。但又有些顾虑：提出自己的节俭主张嘛？怕越华不同意，会闹意见。听水流舟不作声嘛？会大家一起穷。于是，走告季丹鹤，央求他劝告吴越华，一切家用宜节俭些，要改变晚老在世时的那一套阔绰排场。同时，打算今年不再专聘教读先生，元宵过后，把交恕送到田岩经馆学堂去读书，同丹鹤商谈了一下。

“我是这样过惯了的，我是‘大’，她是‘小’，有什么资格来劝我呀。晚老死了只几年，就把他撑起来的门面拆掉吗？用的是季家里的钱，又不是她童家里的。我是大姓大族，坐红轿，备嫁妆，没有花过谁一个卖身钱的。连买几只鹅送哥哥的寿礼都不行，那还了得。要告诉我的哥哥，……”吴越华板起脸孔，啰啰嗦嗦地答复季丹鹤，挖苦童少英。

季丹鹤虽然一向怜悯童少英，却又不敢得罪吴越华，怕她告诉她的哥哥。同时，也不敢把吴越华这些话，告诉童少英，怕她们吵闹。他半吞半吐地边说边咳嗽：“少大嫂！慢慢来！越干娘是大手大脚过惯了的，不高兴，一时说不通。”

这时，季丹鹤的小老婆连雪梅也在座，虽没有完全听明白这回事情的头尾，却早知道她们妻妾之间的不和。她联想到自己，不等少英回言，就插嘴：“是呀！少大嫂，怄气的日子多。一个人两个老婆，有什么好？还不是一天到晚吵吵闹闹，没有安静日子过。前几年，菊大嫂(丹鹤的大老婆)在世的时候，真气得我眼泪不得干啦！你比我总好些，有儿子，慢慢来。”季丹鹤知道她的话里有骨头，眉毛一皱，拿起一根扶杖，有力没气地走开了。连雪梅仍然继续说她的：“越干娘比菊大嫂老实些。不过，她娘家是这地方的大姓大族，有威风，她的哥哥吴显扬很厉害，在地方上谁都怕他。咳！没有娘家的你我，真倒霉！……”

童少英的脸色，突然变苍白了，低着头，玩味着连雪梅“没有娘家的你我真倒霉”这句话，心窝里冰窖一样的凄凉。想到从晚和死后，到处受气，除雍大嫂以外，似乎每个人都板起脸孔威胁她。正渴想有一个同情她的人，让她诉说这一番隐痛。

她们谈话的时候，季交恕在旁边，也间常插几句不相干的话：

“为什么人也可以同东西一样买卖？一个男子讨两个老婆，打老婆，女子就讨不得两个老公？真奇怪！”

童少英和连雪梅同时笑起来：“傻孩子！皇帝老子的王法啦。”

也许因为连雪梅的身份与自己相同的原因，童少英搬来泼头还不久，就对她有好感，这一回，烙下了更好更深的印象。于是打开话匣子似的，把晚和死后一些情形，不厌其详地和连雪梅畅谈一番，最后叮嘱她：“你不要说我还有三千串余钱呀！怕越干娘知道。”

连雪梅，湖北樊城人，比童少英小一两岁，很能干，也是十六岁时候，季丹鹤在樊城那一带销售花笺纸，被卖给他做妾的，没有生过孩子。

“少大嫂，你有三个儿子，愁什么？交恕兄弟长大了，你会有福享，不要气！越干娘也老了，天天吃药，争吵不会久的。”每当她们吵嘴时候，连雪梅总是这样劝少英。“越干娘还不是同我一样，屁都没有放过一个。”接着就说到她自己：“不生孩子，真气人。”

“我承继一个给你呢？由你选择。”这是童少英安慰连雪梅的话。

连雪梅满脸笑容：“真的吗？”

“真的。”

“丹老！少大嫂说，她把一个儿子出继，听我们要哪一个。”连雪梅立即跑去告诉丈夫。

季丹鹤正躺在大烟铺上烧烟泡，立即把烟枪往盘里一搁，坐起来，张口笑道：

“哈哈，少大嫂真懂事，虽然年轻，却抱大义，不像越干娘只顾娘家。”

“你说要哪个好？要大的？”连雪梅的意思要交恕。

“嘿！你们女人不懂得，照例长子不能出继的，除非独子才可以双祧。”

"柏年也聪明,可惜面上有麻子,不好看,要小的治平吧?"这是连雪梅与季丹鹤商量的话。

童少英同意了,只等择期请客写承继字。可是吴越华有点吃醋,又有点眼红,担心童少英将来会得到丹鹤的财产,自己分不到。

正在看好了期,准备请客写承继字的当儿,季丹鹤的旧病,一天厉害一天,沉重到整天整夜,只是伸长脖子,张开嘴巴,呵呵地喘气,不能睡,也很难说出话来。他担心自己病重,而治平写承继字日期,还差一个多月。又想到堂老弟季凤梧,很横强,想把他那一个经常生病的儿子季海涛承继给自己,虽被谢绝过,但若自己一旦死去,他来争继,把厚康祥这一个店霸住,怎么办?虽应该由胞侄承继胞叔,无奈连雪梅是异乡人,童少英是寡妇,对付他不了。

坐在大烟铺旁边藤椅上,伸长脖子边喘气边咳嗽的季丹鹤,想到这里,伸出一只手,向连雪梅招示,并作一个要纸笔写字的手势。

连雪梅会了意,随手在账桌上,拿一支笔,一张纸,递给他。

季丹鹤拿起笔,震颤不定地在纸上写着:"我只要治平承继为儿",下署"丹鹤遗嘱"十几个东歪西倒的字,往藤椅上一靠,气呼呼的,两只眼睛往上翻。连雪梅不认识写的是什么,马上叫季交恕进来念给她听,才知道:"哦!就是承继事呀。"往口袋里一塞,拿着痰钵子,扶着丈夫吐痰。

过了一天,西横厅东边的客厅内,坐满了问病的亲族朋友和医生。其中有三位是为丹鹤商量后事的:季凤梧、吴显扬和在厚康祥管账即丹鹤的妹夫余盘新。

季凤梧,绰号楚霸王,三十来岁,住在离泼头不到两里远的思源坊,也在献钟开有店铺。近几年,因为拉拢了平江县和长寿街的一些商界朋友,由献钟坐商,一跃而为驻汉口的号客①,发了财。

---

① 号客,是驻在大城市代为各县商店大批买货卖货的中间经纪商人。又叫坐号、坐庄。

他在地方上很有声势，横行霸道，是丝毫不讲客气的一个人。正当医生从丹鹤房子里走出来，季凤梧劈头问一句：

“你看丹老的病情如何？”

“老病，难治，恐怕难拖过今天。”吴医生边说边走，拿起一把油纸雨伞，喊一声“暂别”，扬长而去。因为做医生的，最怕在病人家里送终，会运气不好。

季凤梧将吴医生送出大门后，微笑一下，自忖：嘿嘿！厚康祥快会由我管吧：“盘新！你们现在有多少出进？多少存货？拿账簿给我看看！”两只眼珠流星似的左右扫射：“嗳！马上派人到田岩寺翠和尚那里去接好头，开斋堂，省些，到献钟开文堂去印讣文。”

余盘新答应一声“好”，将厚康祥的钱货出进，大概地说了一下，问：

“讣文上用谁的名字‘发丧’？是不是用季治平的名字？”

“哪个说的呀？用季海涛的名字。副牌子不行。”季凤梧一下变了脸，目不转睛地盯着余盘新。

“少大嫂不是答应将治平承继吗？丹老还有遗嘱。”

“你不晓得我老早就答应将海涛承继的呀！这是我们的家事，‘亲戚门外客’，用不着你来操心，赶快去安排丧事。”

“是呀！承继是大事，没有亲族到场不算数，把治平承继给丹老，没有问过越干娘的。凤老是他们的本房大父兄，我们做亲戚的，可以不管。”吴显扬左手端着一支水烟袋，右手拿着一根点烟火的纸条，替季凤梧帮腔。

余盘新正想争论几句，突然，连雪梅涨破了肺管似的叫“快来！”于是大家一起蜂拥进去，房子里的哭声和喊声，闹成一片。一会儿，房门外所烧的“见面钱”纸灰，随着秋风，飞满了西横厅，狼藉不堪，仿佛是这商贾人家快会没落的征兆。

丹鹤的遗体，虽当天就装殓入棺，停放在正厅，同时也分头派人去请好了礼生、和尚、喇叭手，本来马上就可以开堂念经做道场，可是乱哄哄地忙了好几天,因这道讣文拿不出去,只好让季丹鹤放在棺材内冷清清地睡着等。

到底讣文上应该用谁的名字发丧呢?大家争论不休。用季治平?凤梧强词夺理地说:小老婆生的是副牌子不能承继,当然遗嘱也不能生效。用季海涛?连雪梅和童少英坚持应照尽先由亲房承继的习惯,遗嘱是理应有效的。在一干亲族当中,因为吴越华反对童少英,吴显扬偏袒季凤梧,别的人也就不敢乱置可否说公道话。只有余盘新袒护连雪梅和童少英,认为由亲房承继是朝廷王法。可惜他的身份,在亲戚关系上,虽是同辈,而在社会地位上,乃是店倌,人微言轻,起不了什么作用。谁的势力大,谁就占上风,吵来吵去,讣文上写的头几句,毕竟是:"不孝男海涛,罪孽深重,祸延显考季丹鹤公,于某年某月某日去世。……"连雪梅和童少英,就只有含悲忍泪,垂头丧气,不服也得服。

"妈的!发了这么多洋财,还想发洋财!"季交恕因为听到连雪梅说季凤梧在汉口坐号贪污,人家都骂他发洋财,同时听说承继儿子,就可以承继财产的,因而气愤愤地这么说。

季凤梧曾经为这事打过官司,退过赃。听到这些话,大发脾气:"打死他!"手里拿根棍,到处找,"就是长了翅膀,拿铳打。目无父兄,还了得!抓到县衙门里去,牢死他。"就像孙猴子闹天宫。经过大家劝解才收场。

这时,童少英虽然怏怏不服,很心痛,但又害怕儿子得罪了前辈叔叔会犯法,只好暗中流泪,咬紧牙关不作声。

在一片嘈嘈杂杂的鞭炮声、锣鼓声、喇叭声以及四位礼生分立在灵堂两边大叫"就位""初上香""再上香""三上香"的喊礼声中,有些在灵堂里做零星事的所谓"粗工"等人,七嘴八舌地谈论:

"这算什么稀奇,有钱的人家,这样的事多咧!争什么继,还不是争几个臭铜!"

"是呀!我们这些穷鬼,有谁争!连老婆都养不活。"

"哼！争！一个老婆都讨不起,还讨两个！"

"还是两个寡妇可怜！"

"听到灵堂里的这些话吗?"四个礼生于饭后闲谈时,也牵扯到争继事情。

礼生当中,罗幼成是一位性直家贫,住在泼头教书的童生。吴显扬的妹夫周盛世,比较有钱。其他两位,乃是地方上不愁穿也不愁吃的老秀才。

"同是一家人,彼此都有穿有吃,谁承继都一样,何必争。"他们两位老秀才,只说几句两面光的话。

"嘿！你们两位的话,对是对;不过,天下事,总要分个是非,胞侄承继胞叔是正理,不管庶子不庶子。"罗幼成率直地说。

"那依你说,庶子同嫡子,没有什么分别啦?"周盛世质问罗幼成。

"哪个说没有分别？这不过是身份上的分别吧。"

"那为什么你说不管庶子不庶子?"

"我是指承继说的啦！你去翻'大清律'看看是不是！"

"嘿！我们是圣庙里吃牛肉的[①],只读过四书五经,没有看过别的书。"周盛世讥诮罗幼成不是秀才。但又感觉到措词不妥,马上转移话头:"你知道吗？据显扬说,少大嫂的儿子都调皮。要他们叫越干娘'大妈',叫少大嫂'细妈',季交恕硬不肯这样叫,真倔强,少大嫂教训不好,这也是两大小不和睦的一个原因咧！难怪越干娘生气。"

"两个都一样叫妈妈,有何不可？为什么一定要分'大妈''细妈'？载在哪本书上？我没有在圣庙里吃过牛肉,四书五经,是同你一样读过的,不要摆格。"罗幼成说此话时,眼红耳赤,像是很气

① 对孔夫子的每年春秋二祭,名叫祭圣。所谓祭以太牢,就是杀牛祭他。参加祭圣的要是秀才以上的读书人。童生没有资格参加。

愤的样子。“老实告诉你吧！我们这些读书人的孔夫子，比不上买卖人的财神爷，漫说你这个文昌帝君。”

“算了，算了，谈别的，事不干己，何必这样认真啰！”两位老秀才，一同站起来，拉着他们的手。“来！来！来！到灵堂里去看看！来了什么好的挽联么。”

三天一揽子的堂奠、念经、做道场的时间过去了。季凤梧因为是主持丧事的总管，大权在握，特别忙。吴显扬虽然名义上是被请来专门招待贵宾的陪客，也因为参与机密，并不见得怎样清闲。可是，他没有白费精神，除得到一般酬谢之外，据说，还另有五十串钱装腰包。

从此，童少英更感觉得孤立无援了，唯一的良伴，除连雪梅外，就是酒杯。她常这么想：那濯水“世界不平”，受欺侮。这泼头，也一样的“世界不平”，受欺侮。“到处老鸦一般黑”，怎样办？难道再搬开？往哪里去？寻死算了吧？不！舍不得三个孩子。只有另起锅灶，只有省几个钱送儿子读书，做官，撑门第。

第二章　由经馆到洋学堂

一　经馆第一年

旧历除夕，大家照例守岁，在一块儿嘻嘻哈哈地有说有笑，很欢乐。而童少英，仍单独坐在自己房子里的火盆边流眼泪。一直坐到金鸡三唱，将近"封财门"① 快要睡觉的时候，她把交恕叫进来，拉着他的手道："儿呀！不要玩了，睡觉吧，你明天又大一岁啦！"睁大两只眼睛，把儿子全身打量一下，站起来，并肩立着，微笑："你比我矮不了多少咧，长得快，好！"依然坐回火盆旁边："告诉你，明年到田岩经馆学堂去读书，不再延聘先生，省钱些。"

当时读书的学堂，大致分几类：高级的是全省或全县公立的书院；中级的是某些秀才或举人自设的经馆；低级的是蒙馆。还有些是地主资产阶级延聘教师专教自己子弟的家学，又叫家塾。

距泼头不到六七里的田岩经馆，为这地方最有名的学堂。因为一向教书的黄杏村是廪生②，三十多岁，曾经在长沙住过岳麓书院，并到过汉口一趟。大家都说他是眼界宽，见过大场面的人，而且诗文做得顶好，教过很多学生，有不少成了秀才的。在三年一届

① 旧历过年的晚上，都照例守岁到将近天亮时候，再烧香敬神，响一挂鞭炮，然后将大门关着，叫"封财门"。

② 成了秀才的，一旦考上廪生，就每年可以领取若干粮俸，所以叫补粮。凡童生应学台的道考，必须经廪生担保，所以又叫它为廪保。

的岁考中,凡经他所保的童生,没有落过空,至少每届总会考上一两个,所以这学堂的学生,总比别处多些,是“红馆”。

初一过后,童少英很忙碌地替交恕准备去田岩读书的被毯和衣裳。此时,来往拜年的亲戚朋友正多,大家一致说:

“少大嫂!还是新年嘛,过完正月再去,何必忙这样早?”

“不!读书是大事,我不像晚老那样娇他的。”童少英一面缝被子,一面答复他们。“十六就要去上学。”

元宵那一天,微微有点风,十来日的阴暗天幕,也显得更加低了一些,好像又要下雪的样子。第二天早晨,人们刚一起床,屋顶像铺了白棉絮似的,约莫有两三寸厚。

“嗳呀!落大雪,好冷呀!天晴去啊!少大嫂。”连雪梅不赞成交恕今天去上学。

“不!不行!这一点苦都吃不得?落钉也要去。”童少英斩钉截铁似的口气。

连雪梅因为痛爱交恕,又开口接续道:

“雪停再去,……”

“不!今天去,妈妈说得对,这一点苦都吃不得?”季交恕很爽快地说,不像以前读蒙馆时候那样——认为妈妈太横蛮无情。这可能因为屡次受了母亲的教训,也许因为年龄长大了些。

长到十多岁才开始离开家庭的季交恕,就在这白亮亮的十六日上午,跟着姑夫余盘新和长工老吴,一肩行李,三把雨伞,走出泼头湾里屋的大门好远了。

大门外的呼喊:“莫冻了呀!”“不要乱吃东西呀!”“发奋读书呀!”童少英和连雪梅的高音,震动了附近人们的耳鼓。

季交恕也三步一回头,五步一招手,叫:“好呀!你们进去啊!”慢慢地一步一步走过了对门那座小石桥。

童少英站在大门口,目不转睛地望着!望着!然后又站上大门口的石凳上,望着!望着!一片白地上的三个黑影子,愈看愈小,一转弯,看不见了。这时,她心里好像碰着一块大石头,呜呜咽咽地哭起来。

还没有吃午饭,余盘新同老吴,从田岩回转了泼头,报告少英道:

“黄先生这个经馆很不错,共有四十多个学生,今天上午到了一半。不过学生的年纪不齐,有的十七八岁,也有大到二十来岁的,交恕年纪最小。有钱人家的子弟多,贫穷人家的子弟也有,——”余盘新的话,还没有说完,少英就问:

“吃饭呢?”

“等我慢慢说啰。”余盘新接着报告道:“黄先生说:他们的功课每逢三、八,就是初三,初八,十三,十八,二十三,二十八,这六天是文期。由先生出题目,各做一篇文章,一首诗,当天交卷。每逢二、六是讲期,由先生讲经书或历史,其余是自修的日子。嘿!今天跑一趟值得,我们做买卖的人,也多得一点知识。”

“什么自修啦?”童少英才听说过这个新鲜名词,吃惊似的问。

“哈哈!我也外行,黄先生告诉我:自修就是自己看书,自己学。少大嫂,老话说,‘三代不读书会变牛’,难怪你要送交恕读书。我就是太读少了,吃亏!咳!”余盘新言下有感慨。

“难道耕田做工的,都是牛吗?你为什么不多读几年书?”

“不!这是说,不读书就没知识,并不是真正变牛。耕田做工的,还不是因为没有钱读书不起。我若不是父亲那时候的木匠生意好,连三年书也读不起!不像交恕命好,爸爸会赚钱。”

“好!莫扯太远了啰!经馆学堂吃饭,怎样搞的?你谈谈!”童少英很着急地追问余盘新。

“啊!伙食吗?有四个搞饭菜的‘爨夫’,每个学生每天凑一升米,油、盐、荤、菜蔬的好歹多少,听各人自便。有钱的可以多吃,吃好些;钱少的可以少吃,吃差些。先生同爨夫每天轮流吃学生的。”

“烧柴呢?要多少钱?”

“不要花一个钱，由爨夫在本地柴山上去砍伐，尽量烧。”

“谁肯让他们砍？”

“随便，不管谁的柴山，都可以砍的。黄先生说，这是所有经馆学堂照例的老规矩。”

“哦！”童少英点点头。“好！多谢你！劳了神，吃午饭去吧！”

田岩这学堂，设在黄杏村家里，瓦盖土砖墙，正屋上下两大厅，中间一个大天井，东边两横厅，西边一横厅，作为馆址的正厅和东横厅，合共有三十来间房子，相当宽。季交恕和年龄小一点的学生，都住在靠近先生这边的正大厅。

四十来个学生，在上学初期，都很循规蹈矩的二、六听讲经书和历史，三、八作经义和策论，不作八股了。

“唔！为什么作义论啦？”季交恕很惊讶地问先生。

“前两年维新变法，康、梁[1] 他们，不是主张废八股停科举吗？因为慈禧太后反对维新，没有实行。”黄杏村模模糊糊地答复他：“现在还只许废八股，科举照旧。”

这是季交恕第一次所听到的什么“变法”“维新”，也不懂得康、梁是谁，没有问。

南方的春季，天气温和，雨量很多。从上学以来，差不多一个多月，没有见过太阳，乡下的泥路滑得很，不能出馆门，这就使得学生们不能不叫苦闷。

于是，东横厅很热闹了：下象棋，打纸牌，赌双单，谈女人，讲故事，经常三五成群地挤在一起。

季交恕打牌是拿手，赢钱的时候多。所以，周郁这位“窗友”看中了他，经常走往正厅，偷偷摸摸地朝交恕眨眼，打手势，叫他过东横厅去玩。最近就约他“抬轿子”[2]。

---

① 康、梁，指康有为、梁启超。

② “抬轿子”，是二或三人约定暗号和手法赢别人的钱。

“先生,你看!周郁又叫我去打牌!”季交恕大声喊。

住在隔壁房里的黄杏村一听到,马上走出来,面对面,碰见了周郁,吼一声:“干什么!”

“先生!周郁不正派,要我合伙抬轿子搞钱。”季交恕很有气似的指着周郁,报告黄杏村。“我不干,他说我是蠢家伙。”

“岂有此理!经馆不是赌博场呀,谁叫你们打牌,不读书?”黄杏村一面跺脚一面骂:“见利忘义,这还了得,……”立即跑过东横厅周郁的房子里,将纸牌和骰子一起搜了去,但没有责罚他。

从此,季交恕和周郁,虽则仍有往来,但没从前那样亲密了。

连绵的雨季过去以后,就是软软的微风,暖烘烘的太阳,照得田岩这一带的花和草,红红绿绿,格外鲜明。经馆里的学生,每天老早吃晚饭,蚂蚁似的一大群,嘻嘻哈哈地去散步。有的一面行走,一面诵唐诗;有的待下来猜拳,高喊“三星”“五魁”;有的看女人,吊膀子,说说笑笑。

有一天将近黄昏,周郁从外面散步回来,走进季交恕的房子里,哈哈笑道:

“快去叫爨夫来,我请你吃鸡,你出酒。”撩起夹长袍,从裤里边拿出一只很肥的死阉鸡,往季交恕的床底下一抛。这可能因交恕年纪小些,所以唆使他出面叫爨夫。

“为什么把鸡放在裤裆内?”交恕很惊奇地问。“多少钱?为什么买只死鸡?”

“哈哈!你真外行,偷来的。要自己拿钱去买鸡,那还算经馆学生!”周郁边说边做手势,将他在散步时候怎样偷鸡的情形,得意扬扬地吹牛皮。

季交恕皱起眉头,像是不爱听的样子,想道:偷东西是最可耻的事情,学生偷东西,还成话吗?记得前几年在濯水,有人偷了凌家湾的谷子度荒,被他们捆绑打死了,这是因为穷。为什么有穿有吃的人也做贼?不是好东西。从而正言厉色地拒绝他:“赶快拿出去！我不吃。”

周郁因害怕交恕报告先生，依然将那只死鸡从床底下拿出来，往自己的夹裤里边一塞，狞笑一声：“你真是个书呆子！经馆学堂偷柴、菜、鸡、鸭是常事，不算贼，又不犯法的。偷人都行，偷只把鸡怕什么，唔！”三脚作两步，溜出他的房门时候，车转身子，轻声地这么说一句：“好，看你正经。”

秋高气爽，金黄色的太阳，微弱无力地斜映在山顶上。季交恕和李杜他们一大群，从田岩上塅散步回来。

“呀！快看！小娘。”季交恕刚刚叫一声，大家就提起脚步，急急忙忙地往前走。近前一看，果然是一位面目清秀，年约十四五岁的小脚姑娘，身上穿的是绿夹袄、红夹裤，头上梳的是抓髻，脚上穿的是红鞋。她跟着一位三四十岁的半老徐娘，手里拿着一束敬菩萨的残余香纸，低着头，迎面走来。恰巧在一条东面是水，西面是旱地的隘路上碰着。

此时，季交恕抢前一步，走在排头，故意站在旱地这边，侧着身子，作让道的姿势，轻轻地说一声：

“小娘，当心些！”待那姑娘从迎面走近自己身边时候，他就靠拢去，伸手拉她一下：“呀！走过来些，怕跌下水啊！”小姑娘抬头瞥他一眼，微笑一下，拉着他，仍然低下头来，转过身去向前走。她们俩，都没作声。

“哪里的？同我的老婆面貌差不多。”走在交恕后面的另几位，待她们走过去以后，七嘴八舌地大声说。

“放规矩些！”那一位半老徐娘发脾气。

第二天。

“先生在家吗？”田岩上塅的张明经，怒气冲天，刚刚走进这学堂正厅的大门，狮吼虎啸一样的大声喊。随即步入黄杏村的房子里，将昨天他的老婆和女儿，从娘娘庙敬神回家，在路上碰着学生调戏他女儿的经过，向先生告状：“男女授受不亲，是我们中国几千年的礼教吧！读圣贤书，不遵守圣贤的规矩，……她还是没有订婚的闺女啦！这还了得，……”

先生也觉得：虽还不算调戏妇女，然而事关“风化”，并且张明经是自己的亲戚，她又是没出嫁的闺女，这比赌钱，打牌，偷柴、菜等事情大得多。于是连忙打躬作揖，向他道歉：“明老！对不起！这真是败坏孔门的礼教。我没有教好学生，改日一定要惩罚他们，请暂宽容一下吧！……”

张明经去后，黄先生坐在椅子上，正在踌躇：叫他们退学？那就会走一大批，就会减少自己很多的收入，并且这回事，李杜也在内，这样做不得！做不得！只好二、六讲课时，顺便训斥一番算了！

此时，周郁是高兴极了的样子说：“嘿！也有今日。”同赵再云一伙商量后，立即偷偷摸摸地走进黄杏村的房子里，用苍蝇一样小的声音，向先生作假报告：

“先生！你不知道，季交恕和李杜他们经常出去调戏女人，坏得很。听说昨天的事，不单是调笑咧！不过人家不好意思明白说出来。如果不从严惩罚，把他们搞走，那就会打坏先生这经馆的招牌。”

“是呀！我晓得。”黄杏村明知这学堂里是周郁坏，季交恕同李杜并不错，然而这回事情，闹得不小，应该惩罚一下。可是又想到周郁虽是周道台的亲侄孙；而李杜也是李藩台的本家。只好另想一个不严不宽而又是一般学堂里照例的办法敷衍他们，于是道：“好吧，拜孔夫子。”

当天晚上，正屋大厅的两旁，同二、六讲课一样，坐满了全体学生，黄先生坐在中央，全堂肃然。八九十只眼睛，亮晶晶地一齐望着季交恕和李杜，俨似是坐堂审犯人的形势。然而季交恕，仍是很自然地坐着，满不在乎。可是坐在他身旁的李杜，却很担心，偷偷地侧着头靠拢他的耳朵边：“你不要承认拉过那小娘的手呀！”季交恕把嘴巴一努：“这有什么？好汉做事好汉当。”

首先听到的是黄杏村的很洪亮的声音：

“……到底是哪个拉张小娘的手？”

“就是他。”赵再云马上站起来，用手指着季交恕。

“是不是你？”黄杏村问。

“是我。”季交恕答。

“你为什么要拉她？”

“我怕她跌下水，危险。”

“胡说！‘男女授受不亲’，不是孟夫子说过的吗？你犯学规。”

“先生！孟夫子也说过‘嫂溺援之以手’，那我就不算犯学规啦！”

黄杏村向大家瞥一下，微笑，掉转了话头：

“那些不干不净的话，是谁说的？”

“张灿说的吧？”“何祝瑶说的吧？”“李杜说的吧？”互相推诿，大家都不承认。周郁坐在赵再云旁边，用手推他一下，他才说：

“是李杜领头说的。”

于是你辩我驳，哗啦哗啦地哄一阵。最后只听到先生一句：“明天拜孔夫子。”

第二天，刚刚吃过早饭，周郁他们，很忙碌地在正厅的中央墙壁上，贴上一张两尺多长的朱红纸，上面写着“大成至圣孔子先师神位”十个茶碗一样大的字。靠墙放着一张桌子，桌上摆着插线香蜡烛的香炉和烛台，地下铺着两床红毯。过了一阵，黄杏村、张明经同诸葛亮出台一样，踱着方步，从房子里走出来，站在正厅东边。随即燃起一挂劈劈啪啪的千子鞭。就像上刑场一样地拉着季交恕和李杜到孔夫子牌位面前去磕头。无奈这两位坚决不下跪，也就只好让他们昂然地站着，静听先生宣读训词。这训词中最重要的是“非礼勿视，非礼勿听，非礼勿言，非礼勿动”那四句孔夫子的格言。

从此，季交恕、李杜和周郁他们，俨然成两党，时常有斗争。

二 读洋书

第二年，仍然是旧历元宵后的第一天，天气很晴朗，也不冷。刚刚吃过早饭，由长工老吴挑着行李，把季交恕送过田岩经馆去上学了。快要动身时候，童少英很高兴地把儿子牵进自己房子里，异常郑重地叮嘱他：

“儿！要记得我昨晚嘱咐你的话呀！发奋读书，好过考。你知道吗？今年家里养这么多的鸡鸭，是准备你做入学酒的。”说完，同连雪梅一道，嘻嘻哈哈地送他出大门，不像去年今日那样依依不舍，没有哭。

今年的窗友，比去年还多些，其中仍有李杜、周郁和赵再云。

因为今年要过考，季交恕和李杜向先生黄杏村建议，增加了文期，由每旬三、八改为三、六、九。

现在，反对“新学”的守旧派，尤其那些老举人和老秀才的势力虽很强大，然而黄杏村还算不错，开学不久，他就号召学生买“洋书”，并开出一张书单：《新民丛报》《日本国志》《盛世危言》《泰西新史揽要》等好几种。

“这都是最时髦最流行的东西呀！前几年我们湖南陈抚台、黄臬台①，浏阳的谭嗣同，广东的梁启超那些维新派在长沙办时务学堂的时候，都是主张停科举，读洋书的。听说别省的‘新学’风气也很盛。今年过考，说不定会从这些洋书上出题目咧！你们要留神啦！”黄杏村将书单开出后，特别唤起学生要注意考试问题。

“这是一件天大的事啦！”先生去后，学生们三三两两的议论纷纷。

“难道四书五经就烧掉不要了吗？假如没有一个定规，从别的

---

① 陈抚台指陈宝箴，黄臬台指黄遵宪。

书上乱出题目,那就谁也考不上。”学堂里大多数人既怀疑,又担心。

“八股是从明朝朱洪武才开始有的,年代还不很久,废掉也未尝不可。至于开科取士,是从汉唐以来就有的,怎么能停?那我们这些读书人,还有什么出路?”赵再云专从自己个人打算。

“听说我们湖南的大绅士王先谦、叶德辉是反对废科举读洋书的。他们说康、梁离经叛道,未必科举废得成!”周郁把希望寄托在这两个顽固派头子身上。

唯有李杜因《古文辞类纂》读得最熟,长于散文,他觉得:外面亲戚故旧多,如果废科举,自信可以出去当幕,做官。因见叔公李元度,就是在他的亲家曾国藩那里当幕出身的。不说出自己的意见。

季交恕因年龄还小,无所谓。但也认为:只要学会写作,据李杜说,出外当幕是有前途的。“识时务者为俊杰”,多看点洋书,有什么不好。

从长沙买到这些洋书以后,有些学生,把它们安安静静地摆在桌子上染灰尘;也有些人只把它们当闲书看。而季交恕,则一页一页地翻过去,比别人认真些。可能是厌故喜新?也许被好奇心所驱使?他觉得比读《东莱博议》《古文观止》《御批通鉴》等老书,更有兴趣;特别对《新民丛报》,还加上若干圈点在上面。

这《新民丛报》,是梁启超主办的每逢初一十五在日本出版的半月刊。内容有政治、时事、地理、历史、军事,以及法国的孟德斯鸠、卢梭等人提倡民权的学说。这是销路最广,影响最大,为年轻读书人最喜欢阅读的刊物。

“啊!还有什么欧、亚、美、非、澳五大洲!还有什么英、美、俄、日、德、法等这么多的‘列强’!过去说天下十八省,那就不对啦?嘿,嘿,好书!好书!梁启超的文笔真好!”季交恕一面在阅读,一面就惊叹:“世界上有这么多的列强,中国又这么贫弱,前几年甲午战争,连日本一个国都打不赢,还割去了台湾,假如列强打中国,怎么办?单靠变法维新讲文的,是不是真能'保国保种'?什么叫'君主立宪'呢?君主是皇帝,什么是立宪?不知道。台湾在哪里啦?"还有很多很多这一类的疑问,纠缠在他的心里。

这经馆学堂里的风气,比去年有些不同了。虽还不免有偷柴菜,谈女人等类的事情,但有不少的人是认真读书,为的是准备过考。季交恕同李杜这十多个年幼学生,就喜欢谈时事,大家都叫他们做"时务派"。

今天是三月三踏青[①]的日子,田岩黄家山底下的大片桃林,一眼望去,好像是涂了胭脂水粉的美人,真可爱。"我们就到那里去吧?"这是经馆学堂里一致的呼声。吃过早饭后,一大伙浩浩荡荡地走出了馆门。由下塅往上塅,在黄家山桃林底下,溪水旁边,碧油油的草地上坐下来,西扯东拉,嘻嘻哈哈谈一阵:

"今年的考试,该不会停吧?"很多人关心这个问题。

"中国该不会亡吧?"季交恕说,好像很担心的样子。可是多数人不作声,只有李杜这么说一句:

"不会亡。"

"唔!很难说!"季交恕又好像有什么心事似的,蹙着眉额,摇摇头。"梁启超《论民族竞争之大势》那篇文章说:'今日列强对中国,是以殖民政略为大本营,以铁路政略为游击队,以传教政略为侦探,以工商政略为先锋。'四面环攻,不危险吗?难怪他说非富国强兵不行。"

"快要过考了,国家大事,用不着我们小百姓操心。"周郁冷笑。

季交恕立即站起来,有气似的大声喝道:"亡了国怎么办?就考上了,还不一样当亡国奴!"伸出一个小指头指着周郁:"梁启超说:'中国的国民,都应有爱国思想,下焉者只知有家而不知有国。'

---

① 照例三月三日就休假野游,名叫踏青,古时叫修禊。

你就是个下焉者，不配当国民。”

“呀！交恕真有一套呀！说得对。”李杜竖起一个大指头。周郁正想争辩时，大家拍手大笑：“回去啊！走走走！”

于是边走边谈：“康、梁他们总说要办报馆，读报章，到底报章是什么书啦？”大家都猜不着。

“台湾在哪里？什么是‘立宪’？”刚一走回东横厅，季交恕把闷在心里很久的疑问问大家，都说不晓得。可是李杜毫不思索地乱扯一通：

“这也不晓得！台湾就是福建省，靠近江西那边，出席子。我们有个堂叔叔在台湾做过官，送过我们一张很好的台湾席。”因为他说得有凭有据，大家信以为真。

季交恕走过正厅来，马上就去问黄杏村：

“先生，报章是什么书呀？”

“我也没见过，听说只有大地方才有卖，你写封信到汉口去问问你叔叔。”

“前几年，甲午战争，日本割去了我们的台湾，那地方在哪里呀？李杜说就是福建省，靠近江西那边，是不是？”

“是吧？”黄杏村的眼睛朝上翻，口里唆一声，马马虎虎地答应这两字。季交恕得到先生的证明，更相信李杜的话是一定不会错的。

“‘立宪’是什么？查遍《康熙字典》，没有这两个字的解释，而康、梁他们总说要‘君主立宪’，什么道理啦？先生！”

黄杏村瞠目无以对，马上板起脸孔，手一挥：“读书去！用不着管这些，只要学会梁启超的时文，就了不起啦！你还管那么多？”

在平日，季交恕总认为先生脾气好，容易亲近。而这回，碰了钉子，心里很难过。同时，反觉得老书好读些，不懂得的地方可以问，不像这些洋书，什么目的、团体、组织、问题一类的新名词多得很。于是又回转头来向后转，——一天到晚读老书。

可是，他心里依然放不下，过了几天，重新拿着这些洋书，翻来翻去，更注意找那些有什么“报馆”“报章”一类的章节看，仍然不懂。忽然想起先生说过写信到汉口去的话，于是提起笔来就写：

曙叔大人　尊前　伏维

福躬安泰

财祉吉羊。迢遥千里。怅望依依。敬禀者。侄僻处乡间。知识有限。迩乃从长沙购得一批洋书。始悉读书必先爱国。国强然后家安。维新变法。大势所趋。侄虽年幼。宁忍置若罔闻。亟欲购买专载新闻时事之报章一部。借广见闻。不知汉口有无此书。如其有之。敬恳

大人代购一部。迅即寄回。书价多少。容候奉还不误。敬请福安

堂侄交恕敬禀

季曙阶乃是在汉口茶栈里“吃洋务饭”的经纪商人，也曾读过十多年书，多少有点新知识的。过了一个时期，寄回来一封很厚的复信：“……汉口无此类专载新闻时事之书，有之，其唯日报乎？兹寄来《申报》三十张，此乃上海所出版之唯一日报，汝若需购，可再来信。……”

这两天，交恕房子里特别热闹，连先生在内，好像拾了宝贝似的，一大群人争着看《申报》。“啊！原来每天有的，不是书呀！”大家很惊讶，因见《申报》上面印有某月某日的日期。

这《申报》是中国出版最早的日报，纸张很薄，只能印一面（不同于以后的《申报》）。辕门钞①、行情、广告，占了很多的篇幅，其他，则是国内外地方新闻，电讯很少，长短文章，虽有也不多。

“这有什么好，时文少得很，于我们无关。”多数学生不高兴，但也有少数人反对这种说法的：“这才真是‘秀才不出门，能知天下

① 辕门钞，是粘贴在衙门口的各种文告。

事'啦！见多识广，怎么不好？"

现在，先生和学生算是从洋书上所想象的"报章"这个谜，看到了现实的东西。黄先生最高兴，于下次文期所出的两个题目中，头一个就是《报章论》。

季交恕所写《报章论》的头一段："世界广漠无垠之场。有一大动物焉。不胫以走。不翼以飞。忽而庄。忽而谐。忽而讥笑。忽而怒骂。其庄严也。有如'春秋'。其诙谐也。有如'笑林'。此何物哉。非报章乎。……"不管报纸是不是动物，几千字全是这一类空洞无物的废话。

然而黄先生不但连声称赞："梁笔！梁笔！好文章！"而且用浓墨从头到尾地加上密圈。卷尾的总批："全篇笔调，有如游龙活虎，天马行空，定必出人头地。"并在卷首批上两个指头大的字："发看"，但没有指出文章的内容好歹如何。于是，同窗们争相传看好几天，有的居然把它抄下来，作为自己作文的范例。

"这还不是吃《新民丛报》的饭，时文有什么好？一碗清汤。古文才是腊肉，有味道。哼！"周郁的鼻子朝着赵再云一熊。

"像你死啃经书，做老古董，又有什么味道？"赵再云对周郁的态度和从前有些不同了。"《新民丛报》说，三纲五常的旧教育，把十几岁的青年，变为八十岁的老翁，同槁木死灰差不多，这些话对。"

"我是孔孟之徒，你去做康、梁之徒吧。"周郁把眼一瞪，手一挥，走开了。

站在旁边的另几位，望着他俩冷笑。季交恕和李杜肩并肩地走拢去，一手拉着赵再云道："梁启超说要进步，你今年真进步了。"从此，他们这三位渐渐地变成了好朋友，和周郁仍是不和睦的。

"讲书呀！"轮值的学生，从正大厅喊到东横厅。同窗们各人挟着一条凳子，急急忙忙地从自己房子里，走进正大厅，分东西两边坐下，听先生讲书。

黄杏村坐在正大厅中央的方桌旁边,因为乡下没有钟,就在桌子上,燃起一根线香,这比凭眼睛看太阳计时的方法准确些。他近来很少讲古文。今天,大家手里所拿的是一本毛边纸线装的"会墨"。

"讲头一篇。"黄杏村将他自己手里那一本"会墨"翻开,昂起头,向东西两边瞥了一眼。"这是一篇顶好的文章啦!"

"嘶——"几十个学生一齐把"会墨"翻开,裂布似的响了一声,首先看到的题目:《中国应否借外债论》。再看作者姓名,谭延闿。

主讲的黄杏村,起初还镇静,同平时一样,文绉绉地念一段,讲一段。可是越讲越兴奋,突然就像发了疟疾一样,全身震颤头儿摇,高声朗诵起来:"中华贫弱之国也。有主张借外债者。有反对者。谓外债可借乎。何以解于埃及也。谓外债不可借乎。又何以解于日本也。……"从头到尾,没有看到一句应不应借外债的确切主张。然而黄杏村居然张开一只手掌,在自己的大腿上一拍道:"好!到底是'会元'[①]。抄下来,读熟。"

从此,正大厅和东横厅,就像和尚庙念经似的嗡嗡不断的一片声音,只是没有敲木鱼。尤其季交恕的嗓子,比任何人更响亮有劲。并且每逢文期,定要超额写两篇。因而先生很高兴,逢人便瞎夸他是"高足弟子",今年会靠得住进学——成秀才。

这经馆背后,靠近一座长约两三里的矮山,山上有一条小路通落鼓大墩,一拐弯就到了献钟。因为近,所以黄杏村也经常到这街上去走走。某天,碰着余盘新,一同走进厚康祥的账房里就开口:

"盘老!令内侄交恕今年一定有入学酒吃咧,请告诉他的妈妈。"

"未必有这好的运气吧?那就要仗先生的福。"余盘新很匆忙地将刚才放在椅子上的一叠换洗衣服拿开,扬一下手:"请坐。"

---

① 录取进士那一榜的第一名叫"会元"。

“嘿！靠得住，学会梁笔的，是正合时宜的当令货。”黄杏村一屁股坐下来，把季交恕怎样用功看洋书，学梁文等情形告诉他。可是，余盘新不大懂文墨，只好连声答应：“啊！啊！”

献钟和泼头，仅隔一道河，不久，余盘新特地过河去，将黄杏村的话，转告童少英：

“前天，黄杏老说，交恕很用功，会作‘良’文，今年靠得住进学。”

“哈，哈，哈哈！有这好的事呀？”童少英笑得嘴都闭不拢来，“那就要请你做姑夫的来吃喜酒。”大概是疏忽？也许是忘记了？并没有说平常应该说的那一套“请坐”等客气话，让余盘新站着。又问他：“什么‘良’文啦？”

“大约就是讲文章做得好啰。他还讲了一些什么文，什么文，我都忘记了。”余盘新说完就转身准备走。

“请坐！请坐！献钟更近些，就请你派个人叫他明天早回来，只说我有事，好吗？”少英说。余盘新答复一个“好”字，坐一下就走了。

今天，算是童少英从丈夫死后这几年中最快乐最高兴的一天。余盘新去后，她立即走到西横厅后面的竹园旁边，数一数大小鸡鸭，够不够用？又走到厨房对面的猪圈外，打量打量那四只猪，估计等今冬做入学酒，只差八九个月，能不能养肥？还有一连串这类的问题，都一齐涌现在她的心里。

第二天早晨，东方才微微有点亮，她就起床，出去大门外走了好几趟。正好，天朗气清，刚从地平线升上来的太阳，照得对门山顶上那一大片竹林，绿菁菁的，实在可爱。转瞬间，这边河岸上，忽然出现一个也是绿色又有点点红色的人影。童少英心里一震：“这一定是交恕。”因为他身上平日穿的是绿长袍，红背心。愈看愈近，当真是他。

“呀！你回来了！交恕。”童少英老远就提高嗓子大声喊。

“交恕！黄杏老说你今年会进学。请他来吃餐春饭，就更会传授你的本事，好不好？”童少英坐在桌子边，一面吃早饭一面说。季交恕答道：

“好，何不连学生一齐都请？”

“也好，横直鸡鸭是现成的，只要买些鱼肉。朋友是要的，钱用了可以再赚回来。你今天就回学堂去约他们。”在平日最讲省俭的童少英，这一回很慷慨地答应了。

分作两次摆在泼头湾里屋西横厅的蛏干席春饭，每次是两桌，每桌只花串把钱，头一次请的首席是黄杏村。

吃过饭后，“去拜望令寿堂吧！”这时，吴越华已经不在世了，黄杏村是叫季交恕领他进去拜访童少英。

西横厅下首，靠近大天井那一间油了蓝色门槛的，就是童少英招待客人的外房。黄杏村踏进房门槛，欠欠身子，拱拱手：“贵体健康！早该拜望。”童少英叉起两臂搁在右胸前回礼：“请坐。”婆妈手里端着铜茶盘，站在旁边，待他们说完这些应酬话，立将茶盘里盛着的白地磁质金边盖碗茶献上去。黄杏村端着茶，一屁股坐在靠茶几的椅子上，又把那文绉绉的八股话搬出来：

“令郎真不错，会梁文，府上福厚，个把秀才，易如探囊取物，今年一定靠得住。”

在童少英听来，虽还有些不明白，却知道这的确是说儿子今年会进学的事情，因前几天余盘新说过，故敢大胆开口说：

“没有这样好的福气吧？先生！千万拜托！请你多用点心教交恕！如果今年进了学，用猪羊送年，还应当厚谢几十串钱，给你先生做衣服。”

当时的货币，虽已开始改用铜元，然而一般物价，仍很便宜，一串缗钱可抵一百枚铜元，或一元二角龙洋，能买到猪肉二十斤或一担谷子。所以黄杏村很高兴地大声答道：

“靠得住，靠得住！包他进学。”在横厅收拾桌凳碗筷的人们，都很清晰地听到他很洪亮的这十个字音。

“儿呀！先生说你会‘良’文，到底是不是说你的文章好啦?”将黄杏村送出门去后，童少英问交恕。

“哦！梁文就是梁启超的文章，妈妈！梁启超主张兴女学，男女平等，禁止缠脚咧！”季交恕有点不好意思似的脸上一红：“他还主张禁止早婚，我为什么今年底就要收亲?”

童少英笑起来：“男女平等是顶好的，恐怕做不到！如果你考到秀才，入学酒收亲酒一起搞。双喜临门，多么荣耀呀！明后年生了孙子又做三朝酒，哈，哈，哈！”

从季交恕开端，请吃春饭的交际气氛，充满了这经馆。“你也应该请先生同我们吃饭啦！”大家都这样开玩笑。除最少数贫苦学生外，这三月间，就成了“礼尚往来”的春饭月。彼此交情好的一部分“同窗”，就“换帖”“拜把”，——结盟兄弟。

本来，季交恕与李杜两家，相距不远，在还没有换帖以前，早已亲如兄弟，现在是盟兄弟了，有了“世谊”。因而相互间的礼物酬应，更加频繁，什么“世伯呀！”“世叔呀！”“世伯母呀！”“世叔母呀！”彼此都称呼得非常亲密。童少英也很喜欢，一切赠送不吝惜。从此连三绊四，这些学生们的家长，交恕不认识的很少。

“年轻人有本事，门路宽啦！”泼头一般人，因见交恕交结了比较有门第或有势力的少年子弟往来，都如此称赞他。交恕自己，也觉得现在不像从前那样孤立无援了，还想更多地交结一些有势力的朋友。

三　应科考

正是炎热如火的太阳，照在天空，田野里耨禾锄草的歌声，河堰边咕噜咕噜的车水声，互相交响的时候。经由献钟泼头那一带，络绎不绝地奔赴县城应考的童生中，有一位乘布轿，穿纺绸长衫，貌成年而实则十来岁的翩翩少年,是谁呀?这就是黄杏村“包进学”的季交恕。

县考有五场,时间个把月,除娼、优、皂隶[①]子弟不许应考外,不论年龄大小,没有其他资格限制。因与府考道考不同,也不要什么报名手续,所以赴考的人数就很多。童生的势焰也很大,赌钱闹娼是常事,官厅也不干涉他们的。

现在,第一场考试发榜了。

“发了榜啦!发了榜啦!”这是东街紫云公旅馆里童生们的一阵很尖锐很嘈杂的喊声。住在偏东角那一间僻静房子里正在关着房门看洋书的季交恕,听到“季交恕‘开点’[②]啦”这一句。他心里猛然一怔,马上披起长衫,风驰电掣般奔往月池塘附近的下西街考棚前,抬头一看,果然不错。黄杏村在泼头吃春饭时候的印象,在他脑子里闪映了一下,又仿佛听到“靠得住”三个字的声音。

南门和宋家巷那一带,公开或半公开的妓女,约有百把几十家。这是交恕小时候,跟着全义生的年轻店倌们去玩过的,现在还记得。可是,那些妓女,因害怕童生吵闹打东西,有的下乡,有的就藏在本城“躲考期”,但也有硬着头皮不躲的。

这位第一场开点的季交恕,看过榜后,就欢喜若狂地同着李杜、赵再云他们一大伙,经常由月池塘、新街坳、宋家巷、南门一带,整日整夜“打茶围”,再也不关着房门看书了。

第二场刚考完,还没有发榜。因去年多少有点虫害,城厢内外的粮食买卖,忽然紧张起来,一串钱一担的谷子,现已涨到一串五百文还买不到。

“马上就会有饥荒啦!全义生闭粜,怎么办?”大街小巷的舆论沸腾。紫云公旅馆叶老板更恐慌。听说客饭也将涨价。

---

① 娼是妓女。优是演戏的。皂隶是差役。

② “开点”,即第一名。

"还有周公馆、张同福、景云堂他们,不都有谷子在城里吗?"童生们在大厅上吃完晚饭后,围着叶老板问。

"他们几家合拢来,还没有全义生一家的谷子多。凌老太爷势力大,他所管的公谷,如像万担廒的积谷,孔庙、刘公庙、财神庙……的庙谷,多得很。不论涨价跌价,开粜闭粜,他们那几家,总是跟全义生一道的。"这是叶老板答复他们的话。

天气很炎热。第二天,紫云公旅馆正在开午饭,叶老板打着赤膊,慌慌张张地从旅馆门口跑进来,大声叫:"嗳呀!街上的谣言很大,乡下来几千条籴谷的扁担,挤在全义生,水泄不通。"

季交恕同这旅馆里的很多童生,立即丢下饭碗往东街走。果然一伙又一伙的市民和童生,纷纷从大街小巷拥往全义生门前看热闹。其实,籴谷的扁担不过几百条,但人多声势大,好远就听到一片吼声:

"没有饭吃啦!""籴谷啦!""只顾你们有吃,我们就应该饿死呀!""狗骨头!你们吃的饭是哪里来的呀?""为什么闭粜?""为什么涨价?""赶快开仓!""老子要籴谷。""一串钱一担。"

那一大群身子高、拳头大、理直气壮的农民们,手里拿着扁担和箩筐,威风凛凛地挤在全义生店门外,一直延伸到店内的大厅和二花厅。再进去便是凌尚琴自己住的后花厅。因为有县衙门派来的姚哨官,率领着十来二十个头扎黑包巾,身穿号褂子,手拿马刀的丘八(兵)老爷,守在进后花厅的石门框两旁护卫着,不能进去,所以凌尚琴仍敢泰然自得地睡在里面抽鸦片烟。

季交恕挤在那人群中间边看边想,心里很不平:妈的!你们这些人,只晓得自己享福,不顾人家死活,岂有此理!他就举起手大喝一声:"打进去啦!"于是大家喊"打进去!""打进去!"劈啦!啪啦!排山倒海般冲进了后花厅。

枯瘦如柴的凌尚琴,猛然从烟铺上爬起来,老鼠窜洞一样地往后面厨房里跑,躲在长工的床铺底下。住在尚琴对面房里,胖如肥猪的季昌志，到底笨些，骆驼似的，刚刚走到那花厅通厨房后面的旁门口，就被一群拿箩筐扁担的赶上来，一把拦住了。

“呵哟！老乡！对不住！对不住！莫吵！莫吵！马上开仓，不要进来！”笑老虎季昌志，用伪装和平解决的口气，把两只膀臂向左右伸开成一字形。

此时，姚哨官带着几个兵，挤进了后花厅，连声吆喝：“出去！出去！”并一齐举起马刀，半推半拉，装作就要捕人的形势。可是拉开这个，那个又补上了缺。季昌志只好张开臂膀照样劝老乡：“莫闹！莫闹！开仓。”

“那就要马上开仓，不要说空话。”一位围在昌志跟前穿破蓝布褂裤的高个子这么说。

“何必这样急啰？那是老太爷的仓啦！”季昌志这两句话的余音，刚刚钻进人们的耳朵里，而那位高个子的巨掌，就劈啪一下，从昌志脸上发出响声来。

“打得好！”挤在人群中的季交恕就像自己考上了秀才似的拍掌大笑，喊一声：“不开仓减价，大家都不要走！”挤在后花厅的农民们，声震屋瓦地同样叫。群情忿激，形势越发紧张。

这时候的后花厅，仿佛是两军决战的最后阵地，互相僵持了好几十分钟。姚哨官向着季昌志，不断地眨眼打手势；忽然改变态度道：

“好吧！你们让开一点，不要闹！请季老板进去同老太爷商量。”

不一会儿。“好啦！好啦！请退！”季昌志从厨房后面走出来传令：“马上开仓。”全义生门口，贴上了一张白纸条，上面写着十一个大字：“立即开粜，每担一串二百文。”砚泉巷的那一排谷仓开门了。很多飞蛾从仓内飞出来，还有些积存好几年的陈谷生了虫。接着周公馆和各家的谷价，虽没有回跌到原价，但也接二连三地同样降为一串二百文。这一年并没有什么饥荒。

“发了榜呀！”刚才吃过早饭，住在紫云公的童生们，一齐拥出去看榜。季交恕以为自己头场考第一，这第二场总不会是第三、四。他不慌不忙的，将挂在壁上的纺绸长衫披上，走到考棚前，挤进人头波动大汗如珠的童生群中昂头看。“嗳呀！”从头排看到第二排，每排五十名，竟没有看到自己的名字：“难道丢了吗？算了！他妈的！打茶围去。”他自己一面叽叽咕咕地说，一面从人丛中气愤愤地挤出去了。“不到黄河心不死”，刚刚挤出去，复又挤回来看全榜。一直看到第四排的头一个名字才是季交恕，上面点着一个大红点，乃是一百五十名之下的第一名。这才大吃一惊：“呀！跌得这么厉害！不行！不行！打茶围不是好事，不搞这一套。”

于是，第三场、四场、五场，才步步地恢复到头排第十一名“终场”。照惯例，凡县考终场取在头排的童生，能享受知县太爷的一顿公宴，大家引以为荣的。童少英得到这喜讯，兴奋得一连两三晚睡不着。黄杏村更认为他的眼力看得准，送年的猪羊和谢钱靠得住，只希望学台的道考提早些。

西风渐紧，北雁南飞，洞庭湖边，岳阳楼上，到处是从各县来此应考的童生。起初是府考，即岳州府辖的巴陵、临湘、平江、华容四县的童生合考。

由知府主持的府考是三场。季交恕到岳州后，同廪保黄杏村一起住在巴陵旅馆。第三天就开始考试。终场发榜乃是“前十名”第二。看榜后，黄杏村走进交恕房里，几个哈哈，张开方口称贺他：

“交恕！恭喜贺喜！一定靠得住，除县考府考终场的‘案首’①外，凡前十名，只要不犯大岔子，也照例一定要进的。”把身子往交恕床上一倒，猛然又站起来：“嗳！不过你是初次过考，要格外留神啦！道考和县考府考不一样，很严的。告诉你，第一，不许带‘夹带’②，连一点字纸都带不得呀！要不然，就会坐牢；第二，在考棚

① “案首”，即第一名。

② 密带书稿入场叫“夹带”。

号子内，不要同别人交头接耳，怕误会你是请别人‘杀枪’[1]，不然的话，就会马上抓出考门；第三，不要弄坏卷子，不要写错字，不然的话，就是文章好，也考不上。”说完，走出了房门，马上又折转身子叮嘱他：“嗳！见了学台沉着些！不要怕！”

“芝学台到了，马上开考”的消息，一下传遍了岳阳全城；学台衙门口挂出了定有日期的考牌。

本来考牌上规定的考试时间是第二天早晨，可是因为人多，头一天晚上就开始入场。这是一场很堂皇也很滑稽的压轴戏。

约莫在头晚十二点钟前后，考棚内，一位头戴红缨尖顶大帽，身穿袍褂的瘦长个子，这就是学台芝恒荣，高坐中堂。左右两侧，站着一班又一班，都是头戴红缨帽，但顶子颜色不一样的大小官员。下面便是头戴篾织尖帽，手执长竹板片的差役。再就是身穿前后都缝有“亲兵”两字的号褂子，手执大刀的“亲兵”。共约一二百人，分排站在大堂门内外的两旁。几十对红字夹黑字写有官衔的很大很圆的吊灯笼和手提的四方扁灯笼，亮闪闪地照耀着挂在这大堂门外一对几尺长“考试重地”“禁止喧哗”八个大字的“虎头牌”。真是威风凛凛，比在戏台上的什么皇帝出场堂皇得多。

离虎头牌不远的左侧方，站着一排头戴黄铜顶子，身穿袍套的廪保。点名官站在芝学台旁边的另一台子上，手里捧着名册——府考取录的名册，按各县序列，用很高很长的声音点名。

头上戴着无顶红缨帽，身着套子，脚穿长靴，胸前挂着长约尺余、宽四五寸、中间有某姓某名三个或两个大字的青蓝布卷袋，手里提着小墨盒的童生们，听到喊出自己的姓名时候，各自答应一个“到”字，恭恭敬敬地走向学台台前，领取自己的文卷。这卷上写好的是“某字第某号”，其姓名是“弥缝”在卷角上看不见的。领到卷子，然后依次由台侧走进第二重大门，仍然是灯烛辉煌，两边站满

---

[1] 私请旁人代写文章叫“杀枪”。

了一大堆检查“夹带”的人。

“抓出去！”从一位戴近视眼镜，年约四十多岁的老童生身上，搜出一条浅蓝色仿佛有黑格子的纺绸腰带。检查官一细看，乃是一条一条的小字，马上被抓出去了。站在台前听候点名的童生，见此情形，都不免有点发抖。

“沉着些！不要弄坏了卷子！”当季交恕去接卷时，廪保黄杏村从旁边轻声地叮嘱他，生怕他出岔子，会影响自己的谢礼和猪羊。

天快亮了，恰好点名完毕，开始“封龙门”①。季交恕依照卷子上面所写，坐在西字第八号的长棹凳上。一会儿，传出来两个题目：首题是四书上的“君子喻于义，小人喻于利”的经义；次题是“中西兵政得失比较论”的策论。

“呀！哪本书上的？”刚一看到这个次题，季交恕心里，就像打雷似的轰了一下。“不管它！暂把首题写好再说。”

这时候，西字号子里，鸦雀无声，仿佛是无人之境。其实，有很多昂头望着天，或在号桌上用双手支着脑袋望着地的人们。

又一会儿，微微的响声，起自西字第八号的后一排。季交恕扭转身子往后看，正有人鬼头鬼脑地递纸条。一会儿，又看到在木栏杆号子门外走来走去监场的人，也静悄悄地传进纸条来。他一边看一边自忖道：

“这大概就是请人杀枪，买秀才那一类的鬼把戏？不管它！”低着头想了又想：“首题倒容易，正好！我是最喜欢君子好义，最讨厌小人好利的。”于是，提起笔来，不很久，就痛快淋漓地写了一大篇。可是写到次题，就不能不搁笔细思：“大概兵就是指军队，什么是兵政呢？”双手抱着头伏在号棹上，约莫十几分钟，没有答案；抬起头来望着天：“到底外国军队是如何的？完全不晓得。就讲中国的算了吧？那也只记得《御批通鉴》上所载的汉朝赵充国有过什么屯

---

① 考棚各门上锁贴封条。

兵,唐朝有过什么府兵……清朝的反而不晓得。这又如何比较中西兵政的得失呢?”他不停地左右张望,两只眼珠,时而往上翻,一直延到晌午炮,还没有动笔。

这时,左方第九号正在抄誊次题,而且写得很多了,似乎是“下笔千言”的人材。交恕歪着头,瞟视他一下:“盖兵政得失。无分中西。何以言之。兵贵多乎。秦苻坚投鞭断流。卒败淝水。贵精乎。孙武子著书立说。徒乱东周。此所以无得失之可论也。……”本来这是“离题万里”的空文章,然而季交恕却觉得他的文笔好。过了一会儿,又扭转头朝右看第七号,仅仅写上了“中西兵政得失比较论”九个字。不到五分钟,就听到号门外面喊:“交卷啦! 交卷啦!”马上就有很多人纷纷地收拾卷袋,接二连三地出号门。

“怎么办? 就交一半白卷算了。”此时,季交恕心里卜卜地响,慌慌张张,跟着他们一起交了卷。走进巴陵旅馆,虽多少有点表现不自在的神气,然而内心却很泰然。他觉得自己年轻,前程远大,下届再来。

黄杏村站在旅馆大门口,刚一看到季交恕,就跟着他的屁股后面边走边问:“今天的文章得意吗? 拿稿子给我看看!”走进房子里,伸出一只手索稿子:“这篇经义写得好,靠得住,靠得住,还有次题的稿子咧?”

“没有了,就只这一篇。”季交恕答完这一句,转身往外走。

黄杏村脸上的肉微微有点颤动,一手抓住他,惊讶地追问:

“为什么只一篇?”待交恕将没有写次题的原因和理由答复后,他就大发脾气:“那完蛋! 只要文章写得好就行的吧! 为什么这样古板? 定要比较得失? 你落第,不连我也跟着倒霉吗? 唔!”很沉重地跺脚捶胸,走出了房门。

很快,第三天就发了榜。被“挑取”的童生,第四天由学台亲自“复试”,第五天又发榜。平江这一县照定额考取了三十二名,季交恕没有“挑”,当然不在内。

巴陵旅馆,一百多位童生中,今年一共考取了三位新秀才。“贺喜呀!恭喜你高发啦!”一片嘻嘻哈哈的道贺声,劈劈啪啪的鞭炮声,一下子,把这旅馆内五进房子的每一个角落都震动了,立即发生很大的变化,一个旅馆,表现出两种不同的情形:

“先生!先生!我进了啦!我进了啦!”正在吃午饭,一起住在第二进大厅的张灿,看了复榜回来,拼命地把自己关着的门锁,大拍特拍,高声狂叫,当作黄杏村的房子。

“真讨厌!吵煞人,进个把学,有什么了不起!”也是同住在这第二进大厅,虽被挑取而没有考上秀才的李杜,从床上爬起来,打开半片房门,伸出一个头,现出一副苍白的面孔,两只浅红色的眼眶,对着张灿发脾气:“白天碰鬼!那是你自己的房子吧,你自己锁了的。”马上缩转头去,哗啦一声,关着门,整天整晚地睡觉不起床,也不出来吃饭。

这旅馆里的老板和账房等人们:

“张相公!要不要什么?冷不冷?……”时而走进张灿的房子里,笑眯眯地问长问短献殷勤。可是,再也不到季交恕房子里去;而且要茶要炭,半天喊不来。黄杏村也不理睬他。

“哼!个把秀才算什么!难怪母亲说如今是炎凉世界,真可恨!发奋吧!”这次情形,在季交恕脑子里烙下了又一个很深刻的印象,马上就叫轿子回平江。

童少英在家里,老早就把赏赐“报子”① 的红纸赏封准备好了。可是,等到现在,只听到献钟来的人纷传张灿进了学。“难道交恕没有考上吗?”叫老吴到献钟余盘新那里去打听。

“黄杏老今天回来了,交恕没有考上。”童少英从余盘新那里得到这个消息,整日没有起床。

---

① 持着报条往考上秀才的家里去报喜的叫“报子”。

"明年不要再读书了,到厚康祥学生意去!"过几天,少英一见交恕回来了,气冲冲地说两句,就往厨房里走。吃过晚饭,她的面色才稍微和蔼些,渐渐地问及过考的情形,道:"算了吧!被钟盛才料中了,我们季家没有文风,明年改行学生意。"

"不!我不学生意。"

"不学生意就耕田。"

"交恕!学生意好呀!你妈妈说得对,你看我们季家里哪一个不是做生意发财的?要像昌伯伯又发财又当绅士,多么好呀!"连雪梅从旁插几句。此时,她还没有了解到童少英并不是真心要儿子改行。

"那不!不!要读书,不学做买卖,我就是讨厌他们那些赚冤枉钱的人。"交恕这么说。少英也不再说什么了,把手一挥道:"早些睡觉去!"

她在这一向,虽则因为季交恕没有考上秀才不愉快,然因不久就替儿子成了婚,这也是一件可以得到安慰的大事情。从此,她就不像以前那样忧闷了。

四　家学一瞥

将近旧历年关,献钟天主堂的邱云山,从长沙带回来消息:"当真要废科举办'洋学堂'啦。"季交恕相信是真的,因为梁启超在《新民丛报》上面讲过,只有办新学,才可以懂得声、光、化、电诸格致,才可以通晓时事救国家,他心里十分高兴。然而童少英却有些怀疑:钟莲舫、黄杏村都说自己的儿子一定会高发。老早就有的科举,难道一下就废得掉吗?官从哪里来?于是逢人便问是不是真会废科举。

泼头湾里屋附近,一向教蒙馆,穿大袖粗布衣,古式宽头厚底鞋,背微驼,年约六十岁左右的罗幼成,头脑虽极顽固,而性情却很刚直，为当时社会上最正派一类的人。据他自己说，从十几岁起，曾经过了十多届考，因为没有遇到知己学台，所以屡次不得志，如今还是个穷童生。他劝少英不要乱听谣言，很气愤地说一大堆：

“少大嫂！这个我内行，科举是多少年的朝廷制度啦！废不得的，不要听那些吃洋教的造谣！他们那些人，总说我们中国什么都不好，洋鬼子就是他们的祖宗，放个屁都是香的。难道我们列祖列宗传下来的科举就是狗屎？什么维新，什么康、梁！洋奴！”

童少英听了罗幼成的话觉得很对，大约科举不会废。

过了十来天，泼头湾里屋旁边那一排饭店里的墙壁上，贴上一张奉上谕废科举、办学堂的大告示。另贴一张改县立天岳书院为县立小学堂的布告，并载有课程、学费、膳费、什么费等若干条章规。

“呀！这还了得！世界真是越变越坏了！要这么多的费用，像我们这些穷人，哪个读得书起？做得官到？又不做买卖、做画匠、学武艺，要什么算学、图画、体操这一套！”刚才看过那两张文告的罗幼成，在饭店的长亭内走来走去，大发牢骚。在那里闲逛和过路吃饭的往来客商，都说他的意见对。其中仅一位坐轿子，穿黑缎棉马褂，蓝缎棉长袍，由县城去长寿街的，似乎是读书人，又像是做买卖的过路客，正在吃饭，插了这几句：

“其实差不多，听说小学堂毕业算洋秀才，中学堂毕业算洋举人，大学堂毕业算洋进士，出洋的就算洋翰林。”

“哼！洋秀才！”罗幼成鼻子一耸，脚一跺，怀着一肚子闷气走开了。

季交恕将刚才在饭店里所见那两张文告的大意告诉童少英：“妈妈！过年我就去考洋学堂？”少英默然不作声。过了一阵，才用半可半否的口吻，带着懊丧的神气，答复一句话：“打听一下再说。”

旧历年过去了，来往拜年的亲戚朋友，虽有些不是读书人，也不尽是男人，然而废科举这件事，大家却很关心地说：“洋学堂一定会办不成。""科举废不了。""洋学堂出来,还不是到汉口茶栈里当个把翻译。""要等三年才能得到一个镀金的洋秀才,成色差得多。""洋秀才不响亮。"于是童少英坚决不答应儿子考洋学堂。季交恕闷闷不乐,觉得母亲顽固,但不敢也不忍违抗她。

有人提议:离县城七八里的甲山屋,过去做官,现在虽然穷了,也还有千把担租的凌家,今年将延聘一位有名的凌秀才教家学,比黄杏村的学问好些。并且房子大,清静,学生少,最适宜于读书。少英深以为然,就决定要交恕到那里去读书。

甲山凌家的房子,除正屋三层大厅,东西各两横厅,屋后一排大谷仓,和其他富户的公式建筑差不多。可是,为全县所没有的几百亩地宽的大花园里边,还有一座西式洋屋,一道绿菁菁的竹堤和弯弯曲曲的塘水,仿佛是一道河流,楼台亭榭十多处;而且有戏台,有假山,有可以巡回游玩的小艇,还有木本和草本的花卉好几百种。

领着七八个学生的凌秀才,就住在这花园附近的西横厅,仍然是教他们读经史、梁文这一套。不过增加了地理、西洋史等书,这就是比田岩经馆好些的地方。

约莫在春末夏初,来一位剪了辫子,手里拿一根"文明棍",穿短衣、皮鞋,三十岁上下的留学生,引起大家很惊讶。因为他们从来没有见过这样奇形怪状的人。

"他是谁呀? 干什么? 哪里来的?"季交恕带着惊异的神气,探问刚才拜了把的同学凌翥翔。

"又没有出家做和尚,为什么剪掉辫子? 真难看! 不像个中国人!"站在旁边的另一位这么说。

"他是我的堂叔叔凌雍雄,刚从日本回来的。"凌翥翔简简单单地答复。

"啊! 他是东洋留学生呀!"季交恕的脸上显出一种很羡慕的神情:"梁启超说:'明治维新把日本变成一个强国,中国应该多派留学生去日本。'咳！可惜我没有钱！"接着莫名其妙地问一句："嗳！他是不是康、梁维新派？"

"不知道。"凌翥翔也同样莫名其妙。

从此，季交恕对凌雍雄的印象很好，逐渐亲近他，间常问："日本文怎样？日本话好不好懂？明治维新以后是不是真正强盛？为什么霸占我们的台湾？……"凌雍雄也就只将日本如何强盛，中国如何贫弱等表面情形，大概地同他谈一谈。

这位凌雍雄就是凌家湾大地主凌明献的姨太太所生的儿子，凌尚琴的堂侄。在他的父亲死后，开始破落，由哥哥经手将凌家湾出卖了，等到自己捐官，在湖北候补时候，差不多成了光棍，乃不得不搞上一名官费出洋。他在日本与湖南的黄兴、宋教仁、陈天华等一起搞革命，因闹"取缔规则"被驱逐归国的。瘦长个子，好饮酒，性躁，豪爽，正派，有骨气，喜助弱抑强，惯打抱不平。可是，每逢酒醉就骂人，所以有人替他安上一个绰号："雍癫子"，也有的叫他"狂生"。

不久，凌雍雄的老婆李乔崇，也从日本留学回来了，带着儿子一起由县城搬来了甲山，在凌翥翔的大花园园门上，挂起一块"启明女学堂"五个大字的木牌。

这花园位在甲山大屋的西边，由上西横厅那一条长巷通过去的，但在正屋大门外，另有一个坐北朝南、不常开的园门。由此进去，便是一道两边夹有竹林的长廊，经过迎熏阁，再拐弯过乐余亭，向北走，就是现在启明女学堂监督李乔崇借住的洋屋。这洋屋虽然有点西式，其实只有一层的五大间，很高，厅子很大，全部装满玻璃。对面一座戏台，中间一个很阔的荷花池，四周都是走廊。由走廊西门拐弯，通过一条半明半暗的长巷，走出去，乃是靠近山边的另一个花园，名叫上花园。四面苍松翠柏，绿树成荫，仿佛是这甲山屋的世外桃源。凌雍雄借住在这上花园里边的那屋檐下悬有"岁寒轩"木匾的五大间房子里。除筹备女学堂而外，他只是饮酒赋诗,表现一种郁郁不乐的神气。

启明女学堂的招生广告贴出去了。站在县城月池塘看广告的人一大群,都很惊讶:

“怎么女子也进洋学堂啦!”“女子读书有什么用?”“岂不女子也可以成洋秀才?真奇怪!”“男子都读书不起,谁还有空钱送女子读书啦!”大家望着那广告大发谬论。一位秃头鼠眼的老者,从此地经过,抬起头,指着广告胡说八道地乱骂:“不是好东西!难怪驱逐回国,没有事情干,就开堂班,除开南门的婊子,谁去?”气愤不过地踮起脚尖,将广告一手撕下来,捏成一个团,望望然而去。

很久没有人报名。因而就只有凌翥翔的老婆、弟妇和妹妹,加上他两个亲戚姓李的媳妇,一共五个学生。

上花园的牡丹,正在吐蕊,正在盛开。好几盆茶杯大一朵的红牡丹,摆在岁寒轩厅子里。凌雍雄坐在厅子中间那一张紫檀木圆桌旁边,自斟自酌地饮午酒。

此时,满怀愉快心情去上花园游玩的季交恕和凌翥翔,在这园子里欣赏过那几排梯田似的小山坡上的牡丹花以后,顺便走进岁寒轩。

“来,来,饮酒!”凌雍雄仍然坐着不动,只是手一挥,叫翥翔道,“拿两把椅子坐拢来。”于是,他们这两位分东西两边坐下。桌上仅仅摆有一碟花生,一碟皮蛋,一壶酒,一个墨盒,一支笔,一张纸,纸上写了几行字。季交恕坐在圆桌东面,斜斜地瞟视一下,像是一首诗。

“雍老叔!你在做诗,还是写信?”季交恕扭转头望着凌雍雄。

“做诗。”

“拜读!拜读!”他伸过手去拿来一看,乃是一首“咏红牡丹”的七绝诗:

娇瓣红颜绿护持
人间富贵似花枝

一朝风雨摧台阁
看尔繁荣到几时

季交恕拿着这首诗,仔细吟味好几遍,觉得这里面有骨头:“难道是骂他堂叔凌尚琴的? 不会。大约是骂其他有钱的财主?”不知道这是骂清朝的。本想问个明白,但又怕他酒后发脾气。于是,瞪着两只眼睛四面望:这厅子里西边墙壁上挂的四片挂屏是郑板桥画的墨竹,东边墙壁上的四片挂屏是米南宫写的行书,中央墙壁上挂的一幅中堂是赵子昂画的马,觉得很雅致脱俗。回转头再看米南宫写的四片字,才发现那中间挂有一个淡黄色木框子清玻璃里面嵌有一个穿短装披长发的相片。

“哈哈! 翥翔,快看! 这是哪个披发道士的神像!”季交恕站起来,一手拉着翥翔,指着相片笑道。

凌雍雄正在酒醉颜酡,从椅子上奋身站起来,沉重地在桌子上拍一掌:“嘿! 哪有这样好的道士! 吃红薯的真不晓事。”

季交恕也就奋身往外边走,凌翥翔一手拉住他:“贤弟! 你的话也说得不对,这是陈天华。雍叔醉了,我们再吃一杯!”

彼此仍旧坐下来饮酒,交恕无话,翥翔笑眯眯地问雍雄:

“雍叔! 留学生都是剪陆军头,西洋头的。陈天华为什么披着发不结辫子啦? 为什么蹈海寻死啦?”

凌雍雄因为凌翥翔很老实没脾气,为他所喜爱的侄儿,于是转怒为笑,半醉半醒地说出一大堆平常不大乱说的话:

“你晓得不晓得? 你们头上这个猪尾巴,是怎样蓄起来的?”

凌翥翔口呆目瞪:“不晓得。”

“告诉你吧:原来我们汉人是留长发,没有辫子的。就是明朝镇守山海关的吴三桂那个狗奴才,勾结满鞑子打进关来,夺去我们的天下,满鞑子定要汉人跟他们一样蓄辫子。还下令:‘留头不留发,留发不留头。’为这件事,不知杀了多少同胞啦! 所以太平军一起义,统统剪辫子,留长发。陈天华留发,也就是要光复汉族的意思。”端起酒杯喝一口:“满鞑子骂太平军为‘长毛贼’、‘发匪’。很多不晓事的老百姓,也跟着说长毛、长毛造反,岂有此理!尤其我们湖南,我们平江那一伙湘军头子。——”说到这里,忽然中止了,没有说出哪些湘军头子,哪些事。他拿起那一把白铜酒壶,咕噜咕噜地连饮几杯,用力地吐一口涎沫:“呸!你们读什么书呀?连自己的祖宗都不晓得!唔!”走往东边房门口的藤睡椅上倒下去,两腿一伸,睡着了;猪肝色的脸皮和额角上,涌出雨点似的汗珠。

此时,凌翥翔还照旧坐着,一面端着酒杯一面看那首诗。而季交恕的心,微微有点跳,走到岁寒轩的走廊上,轻步地游动,想道:读了这么多年书,学的什么呢?连自己的祖宗是汉人都不知道。还跟着李杜他们讲谁在平江县上塔市堵截长毛,谁在外面同长毛贼打仗有功劳,真是岂有此理!李杜这个家伙!

挂在岁寒轩走廊上的竹格笼子里的伯劳鸟,吱吱地叫一声:“客来哒。”季交恕抬头一看:有一位个子不高,脸圆,体胖,头顶上梳一个日本式大髻的女人,从大花园走进了岁寒轩。她就是凌雍雄的老婆李乔崇。

“乔叔母,你来了,雍老叔醉了呢。”季交恕首先打招呼。

“哦!他总喜欢吃醉。”她走进岁寒轩,在东边房子里拿出一张薄毯替雍雄盖上。大家又接着闲聊:

“乔婶婶!陈天华蹈海的时候,你还在日本吗?他为什么寻死?”凌翥翔问她。

“在。陈天华是华兴会的。他在日本留学界提倡革命排满。中国驻日公使要求日本政府颁布一个取缔留学生的规则来限制他们,激起了很多留学生又气愤又反对,闹成有名的‘取缔规则’风潮。陈天华气不过,就这样蹈海死了。你们雍叔还不就是为这件事被驱逐回国的。”

“你为什么没被驱逐?”季交恕很天真地问乔崇。

“我是专门读书,不同他们搞那一套。”

“那你就不是维新派啰？雍叔是的吧？”

李乔崇笑起来：“我不是的，雍老也不是维新派。康、梁同孙、黄[1]两派不对头的，在东京闹得很凶。”她也没讲清个所以然的道理，就这么说：“我是学教育的，不管这些，你们也只有专心读书的好。”

“哦！还有这么多的什么派！”季交恕心里很惶惑，问了一些关于明治维新以后的事情，关于日本教育制度的事情，同凌翥翔一道退出了岁寒轩。

过了好几天，季交恕在凌翥翔的书房里，发现几种秘密读物：《扬州十日记》《嘉定三屠记》《洞庭波》……前两种是记载清朝入关、屠杀汉人及汉人如何反抗清兵的老书；后一种是记载清朝政府自鸦片战争以来，如何卖国媚外，主张推翻帝制，建立中华民国这一类的新刊物。还有陈天华所著流传最广影响最大的一本小册子《猛回头》，乃是比较通俗的鼓词体。这书里边说：

> 拿鼓板。坐长街。高声大唱。喊一声。众同胞。细听端详。我中华。原是个。有名大国。……到今天。割了地。赔了款。快要灭亡。……这就是。满鞑子。为虎作伥。转瞬间。西洋人。来作皇帝。少不得。又喊圣皇。……还有那。维新党。拥君主。倡立宪。胡汉一堂。这议论。都是个。隔靴搔痒。当时事。全不懂。好像癫狂。……要知道。这朝廷。原是个。名存实亡。替洋人。做一个。守土官长。压制我。众汉人。拱手降洋。……要学那。法兰西。改革弊政。要学那。德意志。报复凶狂。要学那。美利坚。离英独立。要学那。意大利。独自称王。……改条约。复政权。完全独立。雪仇耻。驱满族。复我冠裳。……

“呀！这些书从哪里来的？快借给我看看！”季交恕边看边拿

---

① 孙、黄，指孙文、黄兴。

着走。

凌翥翔一手拖住他:“那不行! 这是我们雍叔从日本带回来的,在我房子里看就可以。”

“唔! 怎么一回事呀?”看过这些读物以后,季交恕边想仍边看《新民丛报》,但对梁启超的信仰,开始有些动摇了。

五 洋学堂里

光阴真过得快,不知不觉地就是端阳。甲山屋这一堂家学,由于受了凌雍雄的影响,决定下半年停止。凌翥翔将要去武昌考学堂。季交恕想同去,因得不到母亲的允许,只好勉勉强强考进了本县的学堂。

这学堂离县城只有一两里路,地名坪上,即以前的天岳书院,现在改为县立小学堂。当时大家都叫它做“洋学堂”。监学周鸿虽是一个举人,但监督余训慎,乃是一位不识字的由湘军当兵出身,近才告老归家的提督军门。因为庚子年八国联军入京,慈禧同光绪逃西安时候,他是保护过“圣驾”的大员,被封为五等男爵,赏穿黄马褂,所以叫他余爵帅。这学堂的学生不满百人,年龄大小极不齐,其中仍有李杜、赵再云、周郁。穷学生比在经馆时候的更少,因为费用要多些。季交恕便想起罗幼成所说“要这么多的费用,我们这些穷人怎么读得书起”那句话来,觉得现在一年的费用,要抵过去读经馆的三年。假如将来到北京去考京师大学堂,听说每年要花不少的大洋,出洋留学就更多了。如今,我三兄弟一共只有三千串存款的利息,不够用,年年蚀老本,难怪母亲坚决不许我同翥翔去武昌。将来毕业后怎么办呢? 又觉得:这洋学堂与经馆的功课,并没有很大的区别,除每周几点钟算术图画等,还不都是经、史、国文那一套,有什么“洋”? 一些教习,除开一位教算术图画又兼教地舆的王先生以外,像黄杏村他们这些人,还不都是本地的土货,更不见得有什么“洋”。只是每周的什么日曜、月曜、水曜、火曜、木曜、金曜、土曜七天中的日曜日休息一天，算是从东洋日本学来的新东西。这还不错，可以到启明女学雍老那里去聊聊天。可是，很多人反对日曜日，说这会荒废子弟读书的光阴。会不会取消，还难说。

开课不久，从长沙买来十多张世界地舆图和中国地舆图，分别挂在讲堂和自修室的墙壁上，学生们像小孩子看猴把戏似的纷纷围着瞧。因为这是他们从来没有见过的新东西，也是学堂里很少有的新设备。

“啊！快来看！李杜。台湾在这里，离江西还很远啦，你胡扯。”季交恕首先看中国舆图，特别注意找台湾。找了一阵，才发现李杜前两年在田岩经馆学堂里所说是错的。李杜走过来一看，脸上忽然发红，表现有惭色，答道：

“台湾出席子是真的。”

“我不相信。”季交恕连这句真话也怀疑。

“啊！世界是六大洲！”“不！世界是五大洲！”大家争论起来。

“王先生！到底世界是五大洲，还是六大洲？”他们一同走进地理教习王子和的房子里，赵再云首先开口。

“舆图上不是画得明明白白，欧罗巴洲、亚细亚洲、澳大利亚洲、阿非利加洲、南亚美利加洲、北亚美利加洲，六大洲吗？哪个说是五大洲？”地理教习王先生没有说明也可能弄不清南北美洲合而为一就是五大洲。因而李杜又反问：

“为什么《新民丛报》说世界五大洲？恐怕印错了？”大家对这舆图很怀疑。王顾左右而言他。季交恕就趁此插嘴提出另一问题：

“王先生！请问你，台湾有些什么著名的出产？是不是出席子？被日本割去了，何时才能拿回来？”

这时，正在受窘生气的王子和把桌子一拍道：

“真问得出奇！我是教你们学地舆的，又不是皇帝，怎晓得何时拿回台湾。我也没有去过台湾，怎晓得那里的出产？”大发脾气，吓得这几位学生纷纷如鸟兽散去。

过了一个时期，县立小学堂改称为小学校，添设中学班。有些年龄大或国文成绩好的如季交恕等人都升了班。凌雍雄私立的启明女学堂，取得了公家津贴，由甲山搬到县城卢家坪，也改称为启明女子师范学校，附设女子小学班。两校的教职员和学生人数都大大地增加了；特别引人注意的，启明女校的“广东婆”① 一天一天多起来了。不过教习当中，也同样都是些老先生。只有教“洋文”、数学、体操这类的所谓洋教习，是这两个学校合聘或者是兼课的。

这年，新来一位刚从日本回来穿皮鞋、短装，和尚头，手持一根“文明棍”，走起路来，身子笔直，年约三十岁左右，教英文同时也教点把物理化学的洋教习，是由凌雍雄介绍两个学校合聘的。他姓邹名士庸，长沙口音，有些学生听不懂他的话，也有的说看不惯他的怪样子。

“快看！两个没有辫子的假洋鬼子！”每逢凌雍雄和邹士庸出街，便有许多男女老少围着看。尤其小孩子，一群一群跟着他们屁股后面边喊边追。

邹士庸住在凌雍雄的学校里，带回来一些新出的禁书，其中有同盟会最近出版的《民报》。可是凌、邹这两位，都把它当作祖传秘方一样，谁也不给看。只是逢人讲些什么“洋鬼子会灭亡中国……”“台湾、高丽灭亡后，五家人共一把菜刀……”等亡国惨痛的故事，有时骂骂康、梁是牛头不对马嘴的立宪派。虽则有些年轻学生喜欢听，而在那些自命为孔门弟子的教职员，尤其周鸿特别讨

① 中国各省只有广东妇女不缠脚，所以当时一般人讥笑大脚女学生，就叫她们为“广东婆”。

厌他们,告诫学生道:“康、梁还不过离经叛道,孙、黄那两个家伙是乱臣贼子啦。你们不要听凌雍雄他们胡说。”

春雨过后,三阳街的浮桥涨高了。淡黄色的晨曦,照射着这桥上往来如梭的行人。这时,从县城那边过来两乘四人抬的官轿:第一乘是绿呢的,前后还有好几个骑着高头大马,身挂腰刀的人儿;第二乘是蓝呢的,也前后有好几个穿黑色号褂子的亲兵。一会儿气势汹汹地一直抬过坪上,冲进了学校大门。这就是来此参加这学校成立纪念会的爵帅余训慎、知县罗钦哉。

现在宣布开会了。白发秃头的余训慎,首先走上讲台,东扯西拉地骂一顿康、梁不该维新变法,又说了一些庚子年他在京津的亲身经验,骂一顿洋鬼子:

“洋鬼子真可恶!庚子年八国联军① 打进北京,同我们打了好几天,因为洋兵的火药太厉害,打不过他们。洋兵好野蛮啦!在北京、正定、张家口、山海关一带,到处放火杀人,到处奸淫抢劫。在皇宫内外抢的东西,还一大堆一大堆,堆在公使馆内正式出卖呢!康有为、梁启超那班东西,还说洋人如何富,如何强,这就是他们的富,他们的强。”停一会儿若有所思,扭转头,向着坐在这礼堂西面那一排的教职员和东边那一排的来宾席扫视一遍,又慢慢儿地张开嘴巴:“我们南方算是托老佛爷② 的福,没有遭洋灾。你们只有用功读孔夫子的书,不要学那些古古怪怪的洋气。”

这时,很多人的视线都集中望着讲台上的余训慎——态度很庄严;再看看教职员席上的邹士庸——脸上有点红;又看看来宾席上的凌雍雄——鼓起两只眼睛。接着便是罗钦哉和其他来宾讲话。

余训慎的这一番话,虽是站在慈禧方面的夹生饭,却引起一部

---

① 八国联军,是美、英、法、德、奥、日、意、帝俄的军队。

② 老佛爷,指慈禧太后。

分认识虽模糊而对国事很关心的年轻学生的注意，散会后，三三两两地闲扯起来，表现出各种不同的思想和态度：

“余爵帅的话，真有趣呀！假如他不说，我们还不晓得什么八国联军有这样凶!”赵再云带着惊讶的神气。

“洋鬼子真可恨！不把我们中国人当人！一个公爵的家眷，都拉去轮奸，像我们这些老百姓的妇女怎么办呢？什么八国联军！八国强盗!”季交恕坐在自修室那明亮亮的窗底下，跳起来，握着拳头说。此时，日已晌午，太阳光从窗外射进来，反映到他的脸庞上显得绯红，颈脖子上的血管蚯蚓似的膨胀起来，越说越气愤。“假如我们平江也有洋兵，今天开得成会吗？还不是各散四方！成个什么国家！难怪孙、黄他们要革命！对不对?”

李杜皱起眉头望窗外。何祝瑶咬着牙关不开口。自修室里的空气，沉寂了两三分钟。

“这有什么文明啦！北京、天津的老百姓真遭殃！咳!”另一位同学，顺着自修室里的长桌子踱来踱去地叹息。

“洋鬼子真厉害！可怕！义和拳没有洋枪大炮，余爵帅他们也只有刀矛，怎么打得过八国的洋兵?”周郁伸出舌尖，摇摇头。

现在是快要开午饭的时候了。梆，梆，梆，一阵梆筒的响声，传进了自修室，于是谈话中断了。

大厅上，摆上了十多桌筵席，坐满了教职员和来宾。凌雍雄坐的那一桌，全是老八股先生，谈话间，也涉及刚才余爵帅所讲的八国联军问题：

“中国是五千年先圣列贤所创造的文物之邦，蛮夷[①]小丑，如何瓜分得中国了，劝你不必‘杞人忧天’，天不会塌的。”一位六十岁左右，满口银灰色胡子，走八卦方步的所谓茂才公（秀才）王汝和，手里端着酒杯，朝着凌雍雄冷笑道。“最可担心的还是那些什么洋

① 蛮夷，指洋人。

教、洋书、新政、新学、新潮流，会糟蹋我们孔夫子的大成殿。”此时，凌雍雄态度还算好，轻声地答复道：

“不错！洋教是可担心的。洋鬼子借传教为名，诱骗老百姓，替他们做侦探，当走卒，包揽词讼，所以义和拳反对洋教。不过洋书是应该读的，读了洋书，世界知识就多些，不会醉生梦死当亡国奴。”

同在这一席的另一位来宾，白发，脸上很多皱纹，大概同王秀才的岁数差不多，只是嘴上没有须，显得年轻些。然而他的道统观念更浓厚，开口尧、舜、禹、汤、文、武、周公、孔子；闭口仁义、道德、三纲、五常、圣门弟子，这就是县里有名的所谓孝廉公（举人）胡肖岩。不等凌雍雄的话说完，他就用指桑骂槐的语气，望着王秀才长叹一声：

“唉！汝老！什么洋教、洋书、出洋，真是世道衰微，人心不古啦！废科举，读洋书，不是‘以夷变夏’[①] 吗？自己学洋人，就是自己亡自己的国，自己甘心当亡国奴。”胡肖岩端着酒杯，边说边叹气。“可惜得很！我们湖南从曾、左、彭、胡，[②] 那班中兴名臣凋谢以后，越来越变坏了。你看！谭嗣同、唐才常不是跟康、梁送了性命嘛！现在又有些跟孙、黄跑的乱臣贼子，也同样是敲阎王老子的门哩！什么康、梁？什么孙、黄？半斤对八两，都不是好东西。”

这时已经有了几分醉意的凌雍雄，再也忍耐不住了。立即虎起猪肝色的红脸皮，放下酒杯站起来，复又坐下去，两只眼珠，好像快要爆炸似的，望着胡肖岩问道：

“怎么半斤对八两？你是不是中国人？哦！难怪！你姓胡。”特别用沉重的音调，说出这个“胡”字来。

“中国人怎么样？胡不是人姓的呀？”饮了几杯也多少有点醉

---

① 夷，指外洋。夏，指中华。

② 曾，指曾国藩。左，指左宗棠。彭，指彭玉麟。胡，指胡林翼。

意的胡肖岩，同样鼓起两只眼珠。他没有意识到凌雍雄的话是说他不该拥护满洲“胡人”，反对孙、黄，并不是说他不该姓胡。

“唔！真是醉生梦死！”凌雍雄张开五个指头在桌子上重重地拍了一下。

胡肖岩也立即拍桌大怒：“什么话！谁醉生梦死？”

于是你一句，我一句，争辩的声音，越说越洪亮。其他筵席上的谈话被打断了，一齐望着他们那一桌发笑。许多学生，三五成群地站在大厅门外看热闹。

“举人到底是举人，胡肖岩说得对。”周郁竖起一个大指头晃几下。

“放屁！康、梁怎么不好？”李杜很激昂地这么说。赵再云不断地点头：“对。”

“康、梁与孙、黄，到底是不是半斤对八两一样的呢？”何祝瑶从旁插一句。季交恕边听边想：当然孙、黄比康、梁好，不一样。但一转念：到底好在哪儿？哪儿不一样？分不大清楚。他没开口，只是望着余训慎走过去劝解他们：

“莫吵莫吵！亡国不亡国，是有天命的，明朝军师刘伯温的烧饼歌，也只说‘满地龙蛇走马，五洋大闹中华’，从没有听说过洋鬼子会灭亡中国的。莫争吵！莫争吵！请再吃一杯！”拿起杯子，各敬一杯，这才停止了争论。

过了几天，凌尚琴派人到启明找凌雍雄，说老太爷有要紧的事，请他到全义生去面谈。

“你为什么同胡肖岩吵嘴？”凌尚琴因为平日就知道这个堂侄好吃酒闹脾气，还不敢一下就摆出前辈架子和老太爷的威风，从烟铺上坐起来，轻声地问一句，仍旧往铺上一倒，呼呼地继续抽大烟。

凌雍雄坐在靠近大烟铺旁边的藤椅上想道：这一定是余训慎、胡肖岩他们在尚叔面前告了状，照直说吧：“没有吵，只因为他们太顽固，‘火烧眉毛尖’只顾眼前，还说中国不会亡，不应该废科举，我同他驳了几句。”

凌尚琴立即从烟铺上爬起来，厉声道：“你不要跟孙、黄那些革命党胡说八道！诛九族的啦！剪了一个辫子，还可以蓄起来，砍了一个头，那就再没有第二个申公豹①。”

像凌雍雄这样豪爽的人，现在老太爷面前，也不敢如何反驳，很快就起身告辞，愤愤地走出了全义生，慢慢地边走边想：“顽固势力这样大，如何斗得过他们呢？”忽然对他自己的热忱怀疑起来了，有些沮丧神气。可是走回启明，他又忽然兴奋起来：“他妈的！杂种！可惜没有枪杆子，一起杀掉他。”马上跑进邹士庸那间很偏僻的房子里，将刚才在凌尚琴那里的情形告诉他：“我们湖南的守旧派真多！维新派也讨厌，非一起搞掉不行。”气冲冲的满头大汗。

邹士庸正在看书，摇一下头，拍一下凌雍雄的肩膀：“老凌！你不要这样性急，扮蛮！坐下来慢慢地谈吧！到处乌鸦一般黑，怎么一下杀得尽呢？只有暂时忍耐一下，把这两个学校办好些，把革命种子播下去，有朝一日，不怕那些家伙不低头的。你看现在国内外的形势！”将手里的那本书展开来交给他瞧。

这天是日曜，恰好，季交恕也在座，尖起耳朵听着。他估计：凌雍雄和邹士庸恐怕就是革命党？但又不敢明问。记得李乔崇在甲山上花园说过她的丈夫不是维新派，可能有点边？又记起学校开纪念会那天，凌雍雄说“怎么是半斤对八两”这句话时，两片嘴唇皮，屡屡有点颤动。他在邹士庸房子里坐了一阵，终于忍不住问道：

“雍老叔！到底康、梁同孙、黄，是不是半斤八两一样的呀？”

“不一样。”这一回，凌雍雄才坦白地告诉季交恕：“康、梁是保皇党宪政派，他们同孙、黄虽同样讲救国，但康、梁只主张维新变

---

① 神话小说《封神演义》里边有个名叫申公豹的，他的头被人砍下来，仍然可以接上去。

法,开明专制。就是只讲政治革命,保存皇帝,反对种族革命的。孙、黄不同啦,他们是革命党,主张推翻满清,改君主专制为民主共和,就是讲政治革命又要种族革命的。怎么是半斤八两?……”打开话匣子似的说了一大堆。

“哦。这样的呀!明白了,明白了。”季交恕立即站起身,满脸是兴奋的神情。接着问:“雍老叔!我们平江有没有革命党?”

“你说有没有?嘿嘿!”凌雍雄笑嘻嘻地回答。

“我看有。”

“在哪里?”

“远在天边,近在眼前。”

“在眼前怎样?”

“在眼前嘛,我也想来一个。”

凌雍雄和邹士庸哈哈大笑。邹士庸连点几下头:“好——。你为什么想来一个?”

“过去满人进关杀汉人,现在又卖国。不革命会当亡国奴。世界不平的事情太多,也非革命不可。”

“对。”凌雍雄和邹士庸,接着就谈了一些东京同盟会总部和康、梁宪政派相互论战的事情,同时也谈到宪政派在国内的影响:

“最讨厌的是康、梁宪政派。很多年轻后生子,把《新民丛报》当作宝贝一样。”凌雍雄拿着那本书边瞧边跺脚:“现在梁启超的《饮冰室文集》销路真不少啦。”

“不错,康有为,尤其梁启超,文笔犀利,很受一般年轻读书人的欢迎;君主立宪的主张,也博得许多士绅的同情。”邹士庸眉毛一皱,“这是我们将来的隐患。不过,现在《民报》写了这么多反驳梁启超的文章,宪政派的影响将会减少的。”

接着又谈到会不会瓜分中国的问题:

凌雍雄叹一声:“唉!瓜分就不得了,各霸一方,那就四马分尸,将会比印度、高丽亡国还更惨。”

“雍老叔说得对，就是怕瓜分，怎么办？”季交恕这么插一句，皱着眉头，用双手拍膝盖，表现一种很忧愤的神情。

“瓜分不了。”邹士庸摇摇头。

“哼！很难说。”凌雍雄也照样摇一下头：“从甲午年日本割去台湾以后，英国租借威海卫，法国租借广州湾，俄国租借旅顺口和大连。……你争我夺，还不是‘老虎借羊’？并且划分势力范围①，造成了瓜分形势。”

“不错。正因为列强分赃不匀，互相争夺，美国就主张‘门户开放，利益均沾’②，这么一来，当然瓜分不了。”邹士庸立即起身，打开箱子，取出另一本书，翻开来，递给凌雍雄道：“你看！这就是反驳《新民丛报》‘革命可以召瓜分说’的一篇文章。”

正当凌雍雄接着那两本书，一屁股坐在藤椅上，双手捧着瞧的时候，季交恕问道：“邹先生！照你说，美国就好些啰？”

“嘿！有什么好？因为他是后起，恐怕英、法、日他们瓜分中国，他就插足不上，所以提出‘门户开放’。”邹士庸猛然站起身。“美国那个家伙更阴险啦！乙巳年，为了他苛待华工而掀起的全中国的抵制美货运动，你忘记了？”

“哦！对，对，对。”季交恕记起了那年买不到美孚煤油，改燃茶油灯那回事。这时，凌雍雄把书一折坐起来了。季交恕的心里，就像小孩儿见了糖饼，忍不住地问道：

“雍老叔！那是什么书？”

凌雍雄将那本封面上印有两个大字的书，昭示一下：《民报》。

---

① 各帝国主义，借租借地为侵略基地，扩大势力。英国将长江中部，法国将广东、广西、云南，德国将山东，日本将福建，划为他们各自的势力范围。

② 这时，美帝国主义后来，而英、法他们都已经有了势力范围，不许美帝插进去。因此，他就提出“门户开放，利益均沾”主张，这是，一方面要中国把各处大门都打开，任听他们自由出入；一方面要求各帝国主义放宽尺度，允许美帝在他们的势力范围之内插一脚。

“我借去看一下,行不行?”季交恕立即伸出一只手,走近前去。

“拿去看不行。砍头的啦!”凌雍雄仍将这书交给邹士庸,答道。“下礼拜来我这里看。”

太阳已经西斜,快要开晚饭,季交恕不由得不起身回学校了。可是,《民报》是什么书呢?大概是讲革命的?就像口渴思饮似的挨过一个礼拜,吃过早饭,马上就跑过河去借书看。

这《民报》是同盟会总部主办在日本东京最近才出版的月刊。它的内容就是根据同盟会的“驱除鞑虏,恢复中华,建立民国,平均地权”这四条宗旨,宣扬资产阶级民主革命的主张,但主要是反满。头几期有好多篇驳立宪派的文章:《排满平议》《论立宪必先革命》《论中国宜改民主政府》《驳‘新民丛报’之非革命论》《请看立宪党之真相》《驳革命可以召瓜分说》……

从此,启明女校就成为季交恕的礼拜图书馆。《民报》之外,他还看了些《游学译编》。一面看,一面想起“四书”上面“国必自伐,而后人伐之”,也想起《古文辞汇纂》上面的“物必先腐,而后虫生之”那几句文章:“清朝这样腐败,就是自召瓜分自取灭亡,非推翻它不可。梁启超反对革命的话听不得。”

很快,学校放暑假了,下半年又照常开课。可是,教英文的教习换过了人,因为邹士庸有革命党嫌疑解聘了。于是纷纷传说洋学堂里有革命党,凌雍雄是头子。知县罗钦哉,经常派人到启明去光顾他。

现在,凌雍雄固然有些胆怯,却还相当镇静。可是他的老婆李乔崇,很替丈夫担心,生怕经过艰难创造的女学堂会被摧残,力劝凌雍雄道:

“雍老!我屡次劝你戒酒,你不听。不吃酒则已,一吃就醉,一醉就胡说八道,骂人,惹是非,何苦呢?你在日本,革命,革命,还不是被驱逐回了平江老巢。假如再出乱子,还到哪里去找新窠?那我是不跟你做逃犯的啦!依我说,替地方做些事情,办教育,办实业，不一样救国吗？难道少掉你一个就革命不成？”

凌雍雄靠在启明女校礼堂西边那一间房子里的竹睡椅上，闭着眼睛，双手抱着后脑，仿佛是在沉思。过了一阵坐起来，两口子相互对看一阵以后，他才开口：

“也好，就听你的，明年开办一个启明女子分校，搞实业。不过酒是要吃的，有张嘴巴，话也要说的。只要没有行动，难道就会要你当寡妇吗？不会的。”

以后，即开始筹备启明女子分校，教刺绣、织布和国文算术这一类。校址在县城月池塘靠近圣庙西边的君子巷。这一回，比前几年初办启明女学堂时候的情形不同了，不仅贴在月池塘的招生广告没有人撕掉，而且马上就有人来报名。

现在，季交恕和凌雍雄已成为忘年之交了。季交恕对自己的本族和亲戚，到处写信替启明介绍学生。等到第二年开学时候，献钟那一带，连交恕的老婆钟桓英和他的堂妹妹在内，一共来了十多个有钱人家的小姐。此时，童少英虽然经常生病，觉得自己不识字吃亏，很赞成女子读书，同意媳妇进学堂。

坪上和卢家坪、君子巷这三处的学校，都早已照常开课了。可是正当春光明媚，花草争妍，季交恕快将毕业的时候，而泼头湾里屋突然传来一个不幸的消息：

“交老！你妈妈病了，要你同桓大嫂一起回去。”长工老吴从泼头到这里来传报口信。

“什么病？厉害不厉害？”

“不厉害，只是从昨天起，有点发烧未起床。”

当下，季交恕的心，卜卜地响，额角上，涌出些密密麻麻的汗珠。因为他知道童少英原来的身体并不坏，但自父亲死后，到处受欺不得志，受了很多刺激和酒伤，所以近两年经常生病；也知道她是很坚忍很吃苦的，假如不是病重，决不会派长工来叫他们回去，愈想愈着急。时钟刚刚响十一点，他就马上请假过河雇轿子。

暖温温的太阳，正直射在人们的头顶上，两乘轿子，已经过了三阳街的浮桥。沿途是一大片绿油油的禾稻，农民们又高亢又响亮的歌声，很可以使人心旷神怡，然而坐在轿子里的季交恕，却另外有一种相反的感觉。似乎这种温暖，这种愉快，都不是他的，都在威胁他。还很怕这无情的季节，就会把他亲爱的母亲吞噬去。想到这里，簌簌地掉下几点眼泪来。还没到夕阳西下，飞也似的就已赶到了泼头饭铺，看到了湾里大屋的垛子，他心里一跳。

"你们回来了，真热啦！"童少英看见自己的儿、媳，立即从床上爬起来。她脸颊通红，两个眼眶上的睫毛透湿，呜呜咽咽地拉着交恕的手。"昨天起就发烧，口干头昏，请郎中吃药，他说是肝火上升。"

季交恕一见母亲的神气变了样，心里异样地难过。他坐在少英的床沿上，伸手过去按按她的脸皮和背脊，就像沸水一样地烫手。此时连雪梅同婆妈，带着柏年、治平和交恕的两个小女孩鸣皋、浩然，一个男孩铁钧，走进少英的房子：

"哦！你们回来了。"面对交恕两夫妇笑眯眯地说一声。同时，反过脸来问少英："吃了这服药好些吗？"

少英还没回答，季交恕问妈妈的药单子放在哪里，从桌子抽屉里边找出来一看，乃是酒苓、黄柏这一类的凉药，分量也很重。但据他的妈妈和雪婶说，一连吃了两三服，没有退烧，而且从昨晚起，更加厉害些。

"换过一个郎中吧？"季交恕提出这个意见。于是另请一位本地的中医看过，结果，烧的程度更高些。又另请县城里有名的一位中医，仍然不退烧，并且有时还说胡话。大家都说她"有邪"——有神鬼作怪。连雪梅坚决主张接菩萨，请道士"祷路"。

这两三天，泼头湾里屋的气氛很紧张，医生、道士、菩萨、客人，挤满了西横厅。然而少英的病，并没有丝毫减少，甚至一天厉害过一天。自然，年轻的季交恕没有主意，只是慌张、忧虑、啼哭，想不出有什么挽救母亲的方法来。

两天以后的早晨，童少英突然从床上跳下来，坐在一张四方矮柜上，眼睛通红，两只手向左右张开，作纺纱的姿势，嘴里咕噜咕噜说一些听不清白的呓语。季交恕同婆妈扶着她上床去安睡，她身子很沉重，幸而连雪梅从旁帮一手，才没有摔倒。过了一阵，神志又稍清些，听到她一句很微弱的喊声："交恕，"突然又停止了。

交恕坐在她的床沿上，马上回转身子，弯下腰，低着头，靠拢去问她：

"妈妈！叫我吗？哪里不舒服？"

"是！活不成啦！"呼吸很短促，气喘一会儿，才又说："我没有伸过腰，你要带着两个弟弟争气！"嗡嗡地哭几声。

"争气——"季交恕刚刚说出这两个字，眼眶里的泪水，瀑布似的迸涌出来，心窝里就像刀割一样，再也说不出什么话了。

"少大嫂！你宽心些！病就会好的。"连雪梅插进来劝说她几句，伸出一只手，在她的额角上按一下："呀！烧得很咧！"少英没理会，忽然睁大两只眼睛，奋身坐起来，用尽力气叫一声：

"我的儿呀！"目不转睛地望着交恕，又望望柏年和治平，握一下拳头说："世界太不平！真不平！"忽然倒下去，迷迷糊糊不说话，原来很红的眼珠，一下变成灰白色。

连雪梅愕然。季交恕满脸愁容，流眼泪。此时，余盘新两夫妻领着另一位姓张的中医进来了。

"没有希望！赶快预备后事吧！"张医生看完脉，走出房门后，轻声地告诉余盘新。

就在这一天的下午，大家正在吃晚饭，婆妈慌慌张张地从少英房子里跑出来大叫："断了气呀！"同时又听到季交恕在房子里狂叫"妈妈"的哭声。于是正在西横厅吃饭的其他人都一齐拥进去。

一会儿，哭红了眼睛的连雪梅，带着很沉重而悲哀的神气，邀同余盘新两夫妇走出来，站在西横厅少英的房门外商量：

“盘姑夫！要请你劳驾！我们季家的本房父兄都在外面做生意，隔得远；少大嫂真可怜，同我一样没有娘家。”她边说边揩眼泪：“虽则钱不多，有儿孙，面子要紧，三天堂奠，三天道场，恐怕省不了。”

“当然。不过三天堂奠，三天道场，那就总要好几百串钱哩！现在她的钱，为了儿子读书、收亲，用去不少，所剩不多了。依我之见，不能照晚老、丹老他们死时候的场面一样，你看如何？”

“那就三天道场两天堂奠好不好？”连雪梅和其他的亲族都同意，但其结果，并没有省出多少钱来。

不久，启明女子师范学校的女监学高山，也是从年轻守寡到现在，从儿子凌翥翔两兄弟去武昌读书以后，惦念心切而生病，把他们召唤回来了。

“呵哟！你回来了！好吗？……武昌有些什么学校？……”丧事过去，季交恕回到学校时候，在启明会见了凌翥翔，拍着他的肩膀，很亲热地叙一阵寒暄，问一阵武昌情形。

“今年武昌加办了很多的学校啦。湖南会馆也新办了一个湖南旅鄂中学校，听说张制军[①] 提倡尚武，明年就会开办一个陆军中学堂，完全不收费。”

“那下半年我们一起同去考陆军中学，好吧？”季交恕刚一听到“完全不收费”这一句，特别感兴趣。

“陆军中学毕业是要吃粮打仗的啦！如果你们吃得苦，那是顶好的。要革命也只有拿枪杆子！”凌雍雄站在旁边怂恿，并竖起一个大指头，朝着他们两位晃几下：“这才是英雄好汉。要不然，就是秀才造反，三年不成。”

季交恕显现出一种很兴奋的神情，答道：“对！我也这么想，吃苦不成问题。”

凌翥翔立即随声附和：“好！你去我也去。”

---

① 张制军，指张之洞。

第三章　从 军 路 上

一　到长沙那天

秋高气爽，季交恕和凌翥翔由县城一同动身去投考陆军中学；两乘小轿，两担皮篓，兴高采烈地下长沙。季交恕初次到省城，好比刘姥姥进了大观园，坐在轿子里伸出半个头来左顾右盼。从小吴门一直到药王街，觉得繁华热闹了不起，比平江县和岳州府到底不同些。

长沙旅馆是药王街一家最漂亮的旅馆：上下两进，中间一个大天井，东西两边，统统是亮晶晶的玻璃窗。老板娘年约三十左右，品貌俊俏而又风骚。她的父亲姓汤，曾经在长沙县衙门当过差役，现在还活着。她有两个养女，长名茶花，十五岁，次名海棠，十四岁，都长得娇小玲珑。

女老板娘女住在长沙旅馆第一进门口的三大间南屋。季交恕和凌翥翔就住在她斜对面的西边那一间大正房。

"杨拐子，快叫人把西边那间大正房打扫干净些。茶花！海棠！快来替少爷铺好被毯。"季交恕和凌翥翔刚一走进长沙旅馆坐在大厅上吃茶烟时候，这位女老板，因见他们穿着和行李都漂亮，堆起满脸笑容，非常热烈地打招呼：

"两位少爷到过长沙吗？"

"没有。"交恕说。

"我只到过汉口。"翥翔一面答复一面问她:"长沙城内有哪儿条最热闹的街?"

"八角亭、坡子街。"

"酒菜馆、戏园子多吗?"

"戏园子虽有不大好。酒菜馆就多啦,顶大顶好的是天然台、春华楼。"

"还有什么好吃的名菜吗?"

"有,齐长兴的烧鸭,玉楼东的麻辣子鸡、汤泡肚尖,李合盛的牛肉……"

这时,从东边房子里走出来一位身上歪披着一件蔚蓝色大花摹本缎夹长袍,脚上拖着一双青缎鞋,手里端起一根广东水烟袋,年约二十来岁的高个子,面色清癯,显得比女老板还老些。当女老板正在这厅上同季交恕他们说话打交道时候,他就从旁插嘴:

"你们两位贵姓? 台甫? 三兴街的李合盛有好几家啦,有老牌子的,有新牌子的。新开的岭南酒家最好,……"

"是呀! 长沙城里,邹少爷很熟,上馆子、玩班子、看戏,门门都内行,哈哈!"粉脸油头的女老板站起来颂扬他一番之后,腰肢儿扭,两只流星似的眼珠,娇滴滴地望着邹诗显边说边笑,好像特别亲密些。

就在当天吃过晚饭,微微有点热。季交恕走进自己房子里,随手拿出一块手帕,擦擦脸上的汗珠,脱下身上穿的那件夹湖绉绿长袍。两个眼眶,稍微有点红润,一声不响地往床上倒下去,双手抱着头,若有所思:为什么离乡别井,抛妻室、弃儿女呢? 何日又重逢呀? 钟桓英白中带红的面孔,仿佛就在眼前。母亲啦! 唉! 长叹一声,淌下几点眼泪。想到这里,忽又奋身爬起来:"唔! 匈奴未灭,何以家为!"立即打开箱子捡出一本书来看。

女老板房子里啪啦啪啦的牌声,响彻人们的耳朵。同时,来了一伙手拿胡琴和小鼓的卖戏者。一会儿,凌翥翔从外面走回来,还同来一位三十来岁的矮个子,面色微黄,肩头略耸,牙齿有点发黑,这就是他的伯伯现在长沙县做教谕老师的凌又云之子凌正畴。叙过寒暄略谈一谈投考陆军中学事情之后,凌正畴悄悄地出去了,不一会儿又走回来站在玻璃窗子外边向弟弟凌翥翔招手,叫他出去看打牌,因为他和女老板是很熟悉的。于是凌翥翔一手拉着季交恕:"来! 同去看看!"

时钟是下午九点多了,女老板房子里的那桌麻将牌,已经换过一次庄,打完了八圈,快要开点心吃夜宵时候。坐在旁边看牌的季交恕和凌翥翔不好意思去染指吃东西,喊声"少陪"就走。可是,女老板伸出双臂,固执地挽留:

"不要走! 不要走! 吃杯酒吧!"嘻嘻地艳笑一声,柳条般的腰肢又几扭。

"妈妈! 一共四块!"正在吃夜宵,茶花和海棠,于收拾麻将牌后,将所抽的四块头子钱,交给女老板。

"哦! 表呢?"季交恕吃过夜宵回到自己房子里,拿表看时间,则挂在那件夹湖绉长袍纽扣上的怀表不见了。

旅馆里的客人、老板和茶房听说失了东西,一窝蜂似的簇拥在交恕房门口:"失了什么呀? 省城里的贼多得很,失东西是常事。为什么出来不锁门?"像是责备交恕不小心。

"为什么有这么多的贼?"

"坏人多啦!"没有人说这是因为穷苦失业的人多。季交恕也就误认为长沙同平江一样的"人心不古",心里很不痛快。

凌正畴站在人群中间,跳来跳去,虚张声势地怒吼:"这还了得! 等我写个条子给警察局,要搜!"

女老板因为他是老师衙门里的少爷,不得不马上下令搜查茶房、厨房和账房,结果是一个"没"字的回答。

季交恕觉得凌正畴这样关心他,很够朋友,显露出一种感谢的表情:"正哥! 你真好,关心朋友!"

"这算什么,应该的。你是初出茅庐的人,何况你同翥翔是盟兄弟,我们也一样是兄弟。我是老长沙,你有什么事,尽可找我来帮忙。"凌正畴靠着椅子背,正在甜蜜蜜地这么说着,忽然张开口打一个哈欠,展开两臂向左右斜伸,眼睛皮往下垂,说不成话了。季交恕以为他有了什么急病,惊讶地问:

"正哥!哪里不舒服?有病吗?"

"没有病,快叫茶房到老板娘那里去端两盒鸦片烟来!"

此时,凌翥翔正坐在桌子旁边写家信,猛然一震,扭转头望着凌正畴:"你发烟瘾吧?"站起来,抢着叫茶房从女老板那里端来了烟盘和烟枪,摆在他的床铺上。一会儿,娉娉婷婷的女老板,带着茶花和海棠,端着两盒鸦片烟,走进这西房,叫一声:"正少爷!"马上又嘱咐茶花:"茶花!伺候正少爷烧烟。"邹诗显端着一根水烟袋,也跟在她屁股后面进来了。

季交恕满心留恋怀表是母亲遗物,同时又联想到泼头湾里屋的风景依稀,因而很讨厌这房子里的大烟味、女老板的荡笑声,坐在桌旁半晌不说话。但一看茶花和海棠,天真活泼,就像是两枝出水芙蓉,心里又稍微舒畅些,和她们闲聊几句。可是,一转眼看到轮流在翥翔床上吸烟的凌正畴和邹诗显,总是比较云土、广土,谈得兴致勃勃,他心里又涌现起另一种不愉快的感觉:两个好好的年轻人,为什么都吸鸦片烟,岂不会断送终身吗?这是外国害了中国的,难怪林则徐要禁止鸦片烟进口。但因和他们两位是初交,又不便信口说什么。如此想着的季交恕,不禁有点愤慨,有点瞧不起他们,站起身来想先睡。恰好,大厅里的时钟,很响亮地"当"一下。

"哦!转了点啦!"女老板她们才起身告辞。

现在房里除凌翥翔和季交恕两位主人以外,就只剩下一个客人凌正畴,仍腻腻细细地倒在床上滚烟泡。但一谈到刚才女老板和邹诗显在房子里的表情时,他立即放下烟枪坐起来,轻声地慢慢说道:

“他们两个是有关系的啰。狐狸精的斧头好厉害。”马上倒下去，拿起烟枪呼呼地又抽几下，两只眼睛闭得紧紧的。

“哦！有关系的呀！她有没有丈夫?”翥翔和交恕不约而同地发出这一个疑问。还没有等到他的回答，季交恕从平方椅子上站起来，走向烟铺前，弯着身子，放低声音跟着问:“什么狐狸精？斧头怎样厉害?”

可是，抽鸦片烟的人，哪怕天塌下来都不着急。凌正畴依然闭紧眼睛，抽完了那最后的一个泡，然后爬起来，拿着茶壶，作深呼吸似的喝一口，才从从容容地答道：

“老板娘子把邹诗显迷住了，砍他好几百块啦！多么厉害！她的丈夫杨拐子也甘心自愿当王八。好在邹诗显是衡阳的大财主，没有考上学堂，花点钱也不要紧。”随手拿起茶壶来又喝一口，接连说:“她是药王街有名的骚货。花言巧语同什么妖精一样迷过很多的人，所以大家叫她狐狸精。”

凌正畴因为烟瘾过足了，精神很振奋，虽然同翥翔一起上了床，熄了灯，仍然叽叽咕咕不断地谈些长沙市内的丑恶事情。季交恕正在昏昏欲睡的迷惘中，忍不住地叫一声:“翥翔！睡觉吧！明天再谈啰。”

二　懵懂一时

第二天刚一起床，季交恕就说:“吃过饭去打听考期，如果有时间，过河去岳麓山看看好不好？听说那里的风景很不错。”

凌翥翔答应一声:“好。”

凌正畴摇头道:“考期早着呢，我知道，帮你们去打听过。还是去岳麓山吧。”因此吃过早饭和茶烟，他们这三位就动身过河去。正在准备锁房门走的时候，女老板打发茶花来请打牌。

“我们去岳麓山。”季交恕首先答复她。

"明后天去也行！我还是陪你们一路去，哪里都熟悉。"凌正畴说。

凌翥翔仍是平常一样地无所谓，不在乎："也好，打几圈。"望着茶花笑嘻嘻的。

女老板房子里的外厅，已经坐好了两位：邹诗显和另一位穿深蓝色素缎夹长袍，左手无名指上戴着一只很粗的金戒指，年约四十左右，大肚子，脸上有点麻，操平江口音的高个子，好像是商人。彼此打过招呼，问过姓名后，女老板才嘤嘤地介绍："这是在三兴街坐号的张老板，你们同乡。少爷请坐！要要烟吧？"

"他们不要烟的，我来。"凌正畴代答一句，毫不客气地往烟铺上一倒。

此时，女老板手里端着一盘茶，两碟瓜子和花生，很妖媚很殷勤地献给这三位少爷。然后扭转脖子向内房，叫一声："茶花！海棠！来检场！"

本来四位牌角，除张老板外，就是住在这旅馆里的邹、凌、季三人。预先约定的是十块钱一底，打八圈。季交恕"手气好"，上场坐庄就打了一个清一色的三翻。还只打七圈，他就赢了一副半底。刚刚第八圈开始，是张老板坐庄，而季交恕又和了一个五百和的满贯。这位商人老板，怒气冲天地将拿在自己手里的牌，朝桌上一摔，故意把对面交恕铺下来的牌冲乱了，因而他就说这一牌不算数，一奋就起身："不打了！"抵赖不出钱。

凌翥翔和邹诗显很老实地作证："我们大家都看过，不错，是贯和。"

"莫发气！再打过，再打过！"女老板一手拉住张老板。

"那不行！欺侮人不行！怕钱痛，就不要打牌！自己冲乱了的，还怪人家，抵赖，难道连老板娘的头钱，都一起不要了吗？"凌正畴站在桌子旁边，头几摇，手几挥，大声地嚷着，装作一个打抱不平的姿势。

张老板大概也知道老师衙门里的凌大少爷不好惹，于是马上就转口说大话："我并没有说不出钱啦！输一二十块钱算什么，只要在算盘上边刮一下就行了，不过手气太不好，心里有点起火。"马上从口袋里掏出几张纸票，点一点，往桌上一搁："好！来！再打四圈。"

八圈打完，季交恕赢三底——三十元；女老板的头子钱八元；凌翥翔不赢不输；邹诗显仅输五元；张老板输得最多，三十三元。他就像受了伤的野兽，摆出一副狰狞面孔，马上选出"东""南""西""北"四张牌来，将骰子一掷："再来！再来！换过庄，加四圈。"凌翥翔和邹诗显同声答应"也好"两个字，就开始砌牌。凌正畴仍然躺在烟铺上看《肉蒲团》不作声。而季交恕看见他这种可鄙的神气不高兴，拒绝他："不打了，原来说只打八圈的。"立即起身走。

"你一个人赢了钱，好意思走呀？"没有听清楚是谁的声音。狐狸精很慌忙地从内房跑出来，一手拉住他笑嘻嘻的：

"季少爷！莫走！莫走！就再打四圈吧！喊茶房到天然台去叫菜来。"一面拖开牌桌子旁边的椅子叫"请坐"，一面从自己的衣襟上抽出一条香气扑鼻的手帕，替交恕擦去额角上的汗珠，表示十分殷勤的样子。

此时，凌正畴听到"去天然台叫菜"这句话，似乎很感兴趣，马上改变旁观者的态度，从烟铺上爬起来，用臂膀碰碰交恕的身子："贤弟！有拿又有吃，还不好吗？就再打四圈，多拿他们几块钱上天然台吧！"

季交恕觉得自己打牌是能手，也好，横直陆中招考还无期。于是九圈、十圈，这一场战斗似的牌局，起了变化——张老板一面打牌，一面清点自己的钱票，恰已够本不输了。他就摆计脱身，悬起膀子看看手表，向女老板使了一个眼色："老板娘！请你来接场，我约好了朋友五点钟见面。"掉转头向着季交恕他们那四位拱一拱手说："对不起！少陪。"拿起钱票就走了。由女老板补上他的遗缺，接着打下去，一直继续到暮色冥冥才终止。

这一天的牌局终结怎样呢？唯一胜利者的季交恕，虽然仍是胜利，但由三十元降到十一元；不赢不输的凌翥翔输了二十一元；原来只输五元的邹诗显，现在输五元七角；女老板输二元三角。

吃过晚饭，凌正畴从大厅上走进房子里来，向着季交恕笑道：

“贤弟，你算手气好！赢了钱，要请我们上馆子吃菜啦！”

“可以。”季交恕答应了，但又补一句：“不过翥翔输了太多，早该收场的，那他就不会输，我也会赢得多些。”

“他输点不要紧啰！有甲山那么大的房子、千多担租、信诚当铺的股份，比你我阔得多。”边说边把手里拿着的水烟袋，递给翥翔道：“只要人健康，视如吃了药，视如年成不好，少收一二十担谷。”说完这几句风凉话，仍往床上一倒，拿起一根铜签子蘸烟膏。

凌翥翔心里虽也不免有点难过，但又觉得大家都输，反正是盟兄弟交恕一个人赢了，于是说：“横竖肉烂了在汤锅里，还不是一样。”似乎无所谓。然而这一句话，却提醒了季交恕，他心里默算一会儿：

“唔！怎样四个人打牌，他们三个一共输了二十九元，而我只赢得十一元，还有十八元呢？难道张老板赢去了？”

凌翥翔愕然应声道：

“是呀！怎么搞的？钱不对数呀？”

凌正畴依然横卧在铺上过烟瘾，听到他们这两位的话，鼻子里喷出一缕白烟，打一个喷嚏，哈哈大笑起来：

“真外行啦！女老板招待你们同祖宗一样，为的是什么？吃西北风？‘九九八十一’，还不是赢在头钱里？”再没有半句提醒或劝告他们的话，坐起来喝一口茶，仍旧倒下去。

季交恕和凌翥翔面对面笑一下，仿佛睡醒了似的细算一算：女老板的头子钱除付四元酒菜费以外，竟净得了十四元。

“哦！难怪正哥说女老板厉害。”

“哼！厉害，开店做生意的人，有几个不厉害的？今天还算好，只是多抽了一点头子，硬明堂，没有抬轿子。”凌正畴边说边熊鼻子，“哼！假如不是我在场，恐怕不会这样轻松哩！”唱了这几句“丑表功”，便起身告辞：“明天再来。”

交恕和翥翔一同送他出去，站在长沙旅馆的门口张望。因为时间不太晚，穿梭似的行人和东洋车，还往来不绝地走去走来。

“长沙城里真热闹呀！”季交恕说。接着第二句：“明天去打听考期。”

“着什么急，正哥答应帮我们打听，他熟悉些。”凌翥翔的两只眼睛仍然望着街上。可是季交恕总有点心上心下似的想着陆军中学在武昌，不晓得办得怎样，于是又说：“你明天去找找正畴吧。”翥翔答应一声：“他明天会来。”

在门口站了一阵，他们这两位肩并肩地回转到自己的房门口，正在拿出钥匙开房门。

此时，狐狸精带着茶花和海棠各自拿了一点东西，跟在他们的屁股后面艳笑，尖着声音问道：“少爷呀！去哪里来？送点东西给你们两位吃。”音波很长又很软。随手将茶花手里拿的一瓶汾酒，海棠手里拿的一包皮蛋和花生，递给凌翥翔。这因为今天打了一天牌，她知道翥翔喜欢饮汾酒，喜欢吃皮蛋花生，同时也从凌正畴口里打听了他比交恕家里有钱些，可是从她嘴巴上说出来的话，仍是面面周到的“你们两位”。

他们这两位，虽已听说过狐狸精会迷人，可是这么一来，又觉得她委实是和蔼可亲，并不见得厉害，于是很愉快地同声谢道：

“多谢！多谢！不当啦！请坐！”

“应当！应当！今天真对不起，我心里难过得很，累得凌少爷输钱太多，改日再打过一场吧。”女老板一屁股坐在房子里东面凌翥翔的床上，伸出手摸摸他的铺盖：“这缎被真漂亮！住多久啦？”

“不久，考过学堂就走。”凌翥翔简单地这么答复。

狐狸精一听“不久”这两个字，忽然呆了一下，恐怕打不了什么大主意吧？于是睨着凌翥翔直率地说：“茶花、海棠都说凌少爷很和气，想拜你做干爹咧。哈，哈，哈。”头一扭，大笑起来。但忽然想到怕交恕面子上难为情，随即添一句：“海棠说季少爷也和气，她就拜你做干爹吧？每人拜一个。”她马上站起来，打开酒瓶替他们两位各斟一杯，同时叫：“茶花！海棠！剥皮蛋花生给你们两位干爹吃！”于是，茶花、海棠就站在桌旁边剥皮蛋花生。女老板还亲自敬了他们几杯酒，谈了一阵天，才又把茶花、海棠带了去。

“我比海棠只大五六岁，你比茶花也只大七八岁，怎么配做干爹，岂不好笑！”她们去后，季交恕对凌翥翔说。“不晓得老板娘什么意思？”

“管她什么意思。”凌翥翔微笑：“要拜就拜。”

第二天早饭后，一阵狂风，吹在长沙旅馆西屋的玻璃窗上，全是雨珠。茶花同海棠，走进西边房子里，正伺候两位干爹穿衣洗脸拾床铺：“啊哟！你床上有跳蚤呀！干爹！”这是海棠的娇滴滴的声音。“干爹！还要加件衣哟！下雨哩，凉吧？”茶花马上从衣架上取下那一件浅蓝色绸长褂替凌翥翔穿上，还替他扣上那五个纽扣。

此时，旅馆里的人们，都群集到大厅上吃早饭，望着茶花和海棠发笑：“哦！老板娘子的母教真不错啦！哈！哈！哈！”

茶花和海棠像是不好意思的有点脸红，抿着嘴走出来苦笑一下。凌翥翔不同，跟在她们后面，表现一种得意的欢笑，没有感到人们的哈哈哈就是奚落他们的。

现虽没有刮风了，可是雨点更大些，屋顶上瓦缝里一股一股的白水，倾盆似的朝天井里边往下流，发出瀑布般的响声。

“这么大的雨，恐怕正哥今天不会来吧？”季交恕提高嗓子望着凌翥翔喊两声。因为雨声人声和瀑布似的声声交错着，虽然同在一个厅子吃饭，凌翥翔没有听清，也就算了。

不到两个钟头，厚而且密的漫天乌云，渐渐地分出了浓淡。浅黄色的太阳，从云缝里射出一道微弱的光线，照得凌翥翔的酡颜更加显得红些。他很高兴地望着茶花、海棠笑道："天会晴，我们四个干爷女同去照个相吧？"

恰好在这时候，凌正畴手里拿着雨伞，一脚踏进房子里来了："要照相呀？好！我带你们去。岭南酒家对门，有一家最好又最便宜的照相馆，顺便带你们到岭南去吃一餐顶好的广东菜，开开洋荤。茶花！端鸦片烟来！"命令式地吩咐她，把雨伞朝房门角落里一搁，马上端起水烟袋坐下来，接着道："广东人弄的海菜真好，比长沙汉口厨子弄的好得多。尤其南雄花菇，又厚又大味又鲜，好吃得很。你们尝尝看，才懂得大口岸，比平江的'山洲草县'不同啦！"

女老板跟着茶花端起两盒鸦片烟走进来，笑眯眯的："干爹！你们去照相呀？好！穷干女的穿着陪不上呢，茶花！要干爹替你打扮一下吧。"这一回，不知她怎样疏忽了，没有说到海棠，大家笑了一笑。

等待凌正畴烧完鸦片烟，茶花和海棠换过衣服，已经下午一点多钟了。

照过相后，刚一走进岭南酒家的楼上，坐在靠东边那一间房子里，凌正畴就好像自作东道主的形式，大声嚷着点菜：

"堂倌！蟹黄鱼翅，红烧海参，香螺片，南雄花菇，还有什么别的时菜吗？拿菜单来看看！"于是又另外添上几样菜。

刚刚摆好了杯筷，忽然从门帘缝里瞥见对门房间进去了两位穿灰色长褂的，都是瘦长个子，看到半边面，似乎是熟人。

"唔！那是谁呀？有一个像是邹诗显哩！"季交恕伸长脖子望着对门如此说。海棠就奋身跑去望了一下嚷道：

"哦！你们啦！"那就是邹诗显和同住长沙旅馆的另一位。

"来！来！一起来！七个人一桌还不挤，热闹些。"凌正畴马上跑出去叫他们。当时他们以为凌正畴是主人，于是就欣然从命过来了。他接着说："还要添什么菜吗？不要紧，交恕昨天赢了钱，明天吃我们老弟翥翔的，后天吃你们的。如果不嫌弃，可请你们到我衙门里去吃一餐。萍水相逢，都是难得的好朋友吧。”

这时候大家才明白今天并不是正畴作主人。交恕想：好吧！就让他去摆布算了。不好意思说什么。

酒阑饭罢，茶房把账单递交正畴。他看一下，马上转给季交恕道：“十二块五角，好！算不贵。嗳！赏几角小费给堂倌！唔！还有一瓶汾酒呢？拿给我带回去吃。”复随手将剩下来绘有手里拿把刀的两小盒外国造的强盗牌纸烟，往自己口袋里一塞。

快要下楼时候，茶花和海棠硬要干爹同去给她们做衣服、买东西。另几位就跟着附和：“去，去，去。”

“可以。”凌翥翔满口答应了，一手拉住季交恕：“也好，就同去。”

一会儿，茶花和海棠抱着一包绸缎和首饰，紧跟着两位干爹，从坡子街坐着四辆东洋车回到长沙旅馆了。刚一走进狐狸精的房门，她就首先接着那个包，解开来，笑哈哈地大声道：“太费事啦！干爹真大方。”一手牵着翥翔，一手拉着交恕，张开嘴巴：“干爹请坐！”侧着头叫茶花、海棠：“快去泡茶拿烟袋来！”陪着他们两位边说边笑。

现在，茶花和海棠就由这两位干爹，装扮得更加如花似玉——穿上了绸缎，戴上了玉钏；女老板对干爹们更加亲热起来。可是季交恕所带的盘费不多，虽则此后这几天，仅仅跟着礼尚往来的那几位朋友，吃够了徐长兴、李合盛、玉楼东、春华楼、天然台各家的名菜，而自己没有花钱，可是，原来不充实的腰包，现已逐渐缩小了。这时候，他那差不多麻痹了的神经，才忽然紧张起来：“呀！翥翔！我们真是‘聪明一世，懵懂一时’啦。快去打听陆军中学的考期哟！”凌翥翔这才答应：“明天去找正哥。”

三　陆军学堂考过了

“请问湖北陆军中学什么时候考试呀？”

“考过了。”抚台衙门里的号房，跷起一条腿，好像没看见有人似的，眼睛望着天。翥翔和交恕，也就再不敢问第二句。到底县教谕衙门里的少爷凌正畴胆量大，也懂得礼貌些，恭恭敬敬地走前一步，头稍下垂，欠欠身子，双手一拱，道：

“老爷！”这两个字刚刚叫出口，而那号房虽仍然没有起身，却马上把跷起了的一条腿放下来了。他反问：

“什么事？”

“请问老爷！哪一天考的？”

“昨天。”

“哦！可不可以补考？”

“不知道。”

“到湖北去补考行不行？”

“这里是湖南。”

“呀！衙门里的人，架子真大啦！”从来没有进过衙门的季交恕这样想。他以为凌正畴会替他们问个明白的，不料他朝着那号房拱一下手，车转身，领着他们就走。这时，交恕心里十分难过，坐在最后那一辆东洋车子上，边走边忖量：咳！悔不该同他们这一伙人瞎混，考不到学堂，岂不断送了前程？进不了陆中，怎样拿得枪杆子到？凌雍雄不是曾经说过“秀才造反三年不成”吗？翥翔家里虽然比以前穷了，但比自己阔得多。我呢？董家源卖掉了，三兄弟分了家，每人所得无几，妻室儿女四五口，将来吃什么啦？真是进退两难。忽又回忆到他母亲临死时候的遗训，“世界不平太不平，你要争气”这些话，不自觉地把踏在车板上的两只脚，很沉重地跺几下。吓得那位车夫，不知为什么，扭转头来看他。

“茶花！端烟来。”凌正畴刚一走回长沙旅馆，就在老板娘房门口大声叫。随而茶花端着烟，海棠提着一把茶壶，一同走进西边房子里，各自分别替干爹打水洗脸献茶烟。

此时，一片蔚蓝色的青天，没有盖上半点云雾，太阳的光线，正射在天井当中，那是正午十二点钟光景。季交恕因为心里不痛快，表现很焦愁，马上脱下衣服去睡觉，叽叽咕咕地埋怨凌翥翔：

“好啦！你总说我性急，陆军中学考不到，怎么办？”气愤不过地爬上了床。可是凌翥翔仍旧处之泰然，走近前来，坐在他的床沿上，慢吞吞地安慰他：

“贤弟！不要着急，到武昌去看看，或者可以补考。不行的话，就考别的学堂。我知道，那里的学堂多，考不上，就回去吃薯丝饭吧，愁什么？”

“我没有钱住学堂。”

“我借给你。再不然，就到九江我七舅爹那里去，好不好？”

季交恕一想：他的七舅爹高遂耿是熟人，又是新军队官。于是道：

“好吧！今大就走，如果武昌不补考就去九江。——”季交恕刚刚说到这，而一声又尖俏又响亮的音波：“干爹回来了呀！”从房门口贯彻到这西边全房子里，季交恕的话被截断了。凌翥翔从他的床沿上站起来，招呼女老板。

女老板手里拿着两个纸包，一只脚才踏进房门，就嚷道：

“这是顶好的上等福建条丝烟，送给你们两位干爹，虽是小意思，‘礼轻人意重’哩！哈！哈！”将纸包递给翥翔时，一眼看到交恕卧在床上，她一惊：“季少爷怎么睡了？身体不好吗？”立即走近床沿，伸出一只手，在他的额头上摸一下，表示十分关切的神气。

“好！没有病，谢谢你。”季交恕转过脸来，答复一句，复又照原向里面卧着。

“他昨晚没有睡好，快要走，有点舍不得你们。”凌翥翔勉强笑一笑,说这几句两不分明的话,其实他心里也不愉快,有点舍不得茶花。

“去哪里?你不走吗?”

“我们要同去武昌。”

“啊哟!你也要走呀!”女老板吃惊似的急口说道:“怎样舍得你们这样仁慈的少爷呀!多住几天,不是说过还再打一场牌的吗?”

这时,凌正畴才把刚才茶花端来的那一盒烟烧完一个泡,随口附和一声:“是呀!多住几天也没有关系,陆军中学明后年总会再要招考的。来日方长,年纪轻轻的,还怕考不上学堂吗?何必这样着急!”

女老板这才明白季交恕睡在床上不高兴的原因,稍微坐一下就走,让茶花和海棠在房里玩。

凌翥翔望着茶花微笑;但又皱起眉头,仍旧走近前去坐在交恕床沿上,低声道:

“贤弟!你什么都好,就是性急。‘千个明朝,万个后天’,多住几天有什么了不得?”

“老兄!‘一寸光阴一寸金’啦。像这样得过且过,有什么出息?”季交恕马上爬起床顶了他几句。“你忘记了,雍老替我们饯行时候,你不是说过硬话的吗?”

“哦!是,是,今天走,今天走。”凌翥翔赶快就站起身来答应,因为记起了他所说过的那几句硬话:这次出去一定要拿起枪杆子,不做秀才造反;也不照前年在武昌读书那样搞两三个月就回来。

那时湘汉还没有火车,开往汉口的班船,要等明天才有,这仅是根据杨拐子在小西门外打听回来说的。

“晚上替干爹饯行,再打一场牌吧?”就在这天吃过午饭,女老板亲自走进西边房子里,请干爹去她那里打牌吃晚饭。依然十块钱一底。四位牌角,除两位干爹外,就只邹诗显。还缺一位怎么办？女老板自告奋勇："我来配一角奉陪。"凌正畴照例在旁边跑龙套。

劈啦，啪啦，一直继续到仍旧由天然台叫来的几样菜，已经摆上了桌的时候才结束。季交恕恰恰赢一底——十元，邹诗显输二十元，凌翥翔输三元四，女老板赢五元六，还有七元八角全部进了头子筒。

"海棠！你的干爹赢了钱啦！他待你多么好，这么好的干爹，明天就要走，怎样舍得？多敬几杯酒！"正在吃晚饭饯行时候，女老板口里边嚷边夹菜给交恕，同时对海棠使一个眼色。

受过训练的海棠马上站起来，一面敬酒一面笑："干爹赢了钱，赏给我买东西吧？"

"啐，狐狸精真厉害。"季交恕心里这样想，可是，不好意思说出来。于是从口袋里掏出四块钱给海棠。女老板这样说一句："谢谢季少爷！大方些吧。"像是不大满足的口气。

第二天，照在长沙旅馆屋脊上的晨曦，刚刚有点红。翥翔和正畴睡在一张床上的鼾声，正在打雷似的呼呼地交响成一片。季交恕奋身爬起来："哦！太阳出来了！"赶快穿起衣，催杨拐子去打听今天的洋船。

杨拐子带着两个人一同走出去以后，约莫点把钟，买回一大堆鱼肉青菜，偷偷地走回这第一进西边后面的厨房里。

"唔！好像是杨拐子的声音。"季交恕刚一听到杨拐子在厨房里说话，立即跑出去问他："打听好了吧！什么船？几点钟开？多少钱一张的票？"

"买好菜再讲，吃过饭去也不迟。"杨拐子正迎面从厨房里出来，半推半就地边走边说。

当时，季交恕还没意料到这是狐狸精预先布置好了的拖延计，误认为杨拐子不理睬他，因而发脾气：

"老板娘不早就交代你的吧，为什么还不去？这不会耽搁我们的行期吗?”大声轰一阵,把翥翔和正畴都惊醒了。狐狸精站在房门口,用力地连咳几声,眨一下眼,不知她打的是什么暗号。幸而杨拐子还算老实,同时,也因交恕逼得太紧,就连声答应:“好!好!我就去。”立即走出了长沙旅馆的大门。

“今天只有一条船开汉口啦!昌和号。下午三点就开船,十二点开始售票。大餐间四元,官舱两元,房舱一元五,统舱一元。明天就有两条船开,一条是沙市号,另一条是湘潭号,票价都一样便宜。不过买昌和、沙市的每张票赠一条毛面巾。若是买湘潭的,那每张票有两条毛面巾,大餐间和官舱还另加一个洋瓷茶杯呢。”正在上午十点钟吃早饭时候,杨拐子从小西门外河边上,满头大汗跑回来,一面作了这个详细的报告,一面跑进女老板外房里,拿出一条毛巾,仍旧跑出来,站在大厅上的吃饭桌旁边拭汗珠。

他们正吃完了饭,季交恕首先开口:“翥翔!就买昌和的统舱票吧?”回转头望着杨拐子:“怎么还有一条毛巾?”

同坐一张桌子的凌正畴插嘴道:“只多花三块钱,这样便宜的大餐间,舒服得多啰,开开洋荤也好,很难碰机会。统舱坐不得啦!虽说票价只要一块钱,可是它有多少人,就卖多少票,不像大餐间、官舱、房舱有定额。所以统舱挤得要命,不管船舷、船头和船尾,甚至茅房门口都睡满了人。如果想找一个能睡觉的地方,那就非要另出加倍的票价给茶房买铺位不行,所有外国洋船都如此。何必吃那个苦咧。”

“那就买大餐间也好,为什么还有一条毛巾?”凌翥翔也这样问。

“这三条都是外国洋船?有中国的吗?”季交恕插一句。

“哼!现在中国是洋鬼子的世界,行走长江的中国船,真少得可怜。除招商局有十把几条船,三北公司一条船,其余全是外国人的怡和、太古、日清三大公司霸占了。现在这三个公司抢生意,所以跌票价,赠毛巾。怡和、太古都是英商,日清公司是日本人的,他一家要战胜那两家，所以赠东西更多些。‘十个便宜九个爱’，所以大家就喜欢坐东洋船。”凌正畴一口气把外国强占中国航权的事实，说得相当清楚。

当下，女老板站在旁边，望了翥翔一眼，又回头看看交恕，微微地笑，乘机说了这几句：

“对呀！‘十个便宜九个爱’，湘潭号的洋船，又快又稳，我坐过。凌少爷！就多等一天吧！”

凌翥翔的脸上，略带几分愁容，但嘴角边却现出一丝微笑，不答话。

“不！不！今天走！杨拐子！赶快去买票！”季交恕正言厉色地说。

约莫下午两点钟，凌翥翔和季交恕上船了，坐的是红烟囱的大餐间，这是英商怡和公司船的标志。第二天到了汉口，这才打听清楚，陆军中学，需要有陆军小学资格，才许应考的。第三天就换船一同去九江了。

四　浔阳江头

现在九江驻防的仅新军一营。凌翥翔的七舅父高遂耿，就在这驻防新军营里的前队当队官。他的原籍是安徽，因其父亲曾经署理过短时期的平江县知县，入了湖南籍；无家产，在平江住过多年，与凌雍雄他们都很熟。早几年，当季交恕还在甲山读书，高遂耿住在凌翥翔家里的时候，大家一起谈过革命反满的。那时节，适逢材官武学堂招考，大家都怂恿并凑钱给他去投考。毕业不久，他被分派到江西新军中当上了一名排官。现在还不过三十来岁，就升了这营里队官，月薪七十两库平银子；物价便宜，收入也算不少。因而季交恕就抱有一种幻想，以为可以找他介绍去进材官学校；否则，就在他营盘里找一个小事情，作为晋身之阶，也是一个办法，吃饭当然不成问题。

“九江呀！九江呀！快到九江呀！”过了武穴还不久，昌和轮船上的茶房们，轮流地大声唤喊。下水船真驶得快，天还没有黑，靠上了九江码头。

高队官的公馆在英租界。他本来是瘦长个子，可是几年不见，比以前胖多了。容貌虽不见得如何奇伟，身材却很魁梧。戴的是金边军帽，穿的是蓝呢军服，黑皮统靴，腰间系着皮带，挂上一把东洋刀。身边还有两个彪形大汉的护兵，威风凛凛地跟着他。季交恕乍见愕然。幸而他还算客气，马上叫护兵：“把凌少爷的行李接进来，”同时口里唆一下：“季少爷的行李也暂搬进来。”

这时，已经暮色冥冥，租界里的电灯打闪样的，同时一烁都亮了。正在开晚饭，这三位宾主们，很高兴地互相叙寒暄，坐在桌子旁，边吃饭边谈家乡。凌翥翔刚刚将他母亲和甲山家里的情况，以及自己的意图等说完，突然进来一个人，提高嗓子喊一声：

“报告队官！”啪啦！两条腿并拢来立着，用力地取下军帽，将手里那一个印有蓝色扁体字的一封公文，递交高遂耿。“这是刚才收到的，说九江有革命党，要严加防范。”一鞠躬，挺直胸脯向后转，走出去了。此人身上穿的也是同高遂耿一样的蓝军装，不过头上戴的军帽是银边而不是金边，袖子口上缀的那一个铜蟒是白的而不是黄的。季交恕以为他也是一个军官，问道：

“九江也有革命党呀？他是个什么军官？”

“是呀！到处有革命党。哼！鸡蛋怎能碰得石头过，还不是自寻死路。他不是军官，是军佐，我队上缮写表报的司书生，姓杨。”高遂耿一面吃饭，一面答复他，拿起那封公文瞧一遍，随即放下饭碗起了身。

季交恕一愣，觉得高遂耿答复他的这几句话，不像是革命者的口吻。但记起他在甲山时候，很相信凌雍雄而且满口赞成孙、黄的。季交恕只是这样想一下，没有明白说出来。

过了一会儿,高遂耿连忙又走出来,同他们两位坐在一起,仍继续互谈家乡。问到季交恕,也是一样的笑容:“我们隔别好几年啦!你家里的景况同以前差不多吧?生了几个孩子?怎样到这里来?……”

季交恕将家庭的破落情形毫不掩饰地告诉他,同时也将自己想找他帮忙投考武学堂的要求提出。

凌翥翔马上帮腔:“七舅爹!那就要请你老人家替他帮忙啦!”

“哦!”高遂耿哦了一声,就像打开话匣子似的说了一大串:“那很难。”立即皱起眉毛,像是一种不大愉快的神情。然而一转口谈到他自己就兴奋些:“莫以为我当了队官,高升很容易。那时考材官学堂,假如不是我有江西候补县丞的资格,就不会合投考条件。现在每月有七十两银子,从数目上看,也还不错,但是应酬大,客人多……就是房子也隔营盘远,打算搬家……我明天早八点钟就要下操,你们坐船也累了,早点睡吧。”站起来,故意伸一个懒腰,走出了房门。

高遂耿去后,年轻经验少的季交恕,看不透旧社会认红不认黑的人情世故,仍然满怀着愉快的心情和希望,却没有领会到现已当了队官的高遂耿,同过去在甲山倒霉时代的高遂耿,会有所不同了。于是心安理得地爬上床,一直鼾睡到第二天喊吃早饭时候。

现在虽已是阴历十月,因今日天晴,住在这小小的洋房里,自然更加温暖也舒畅。此时,壁上的时钟,刚刚敲了十下,高队官还在下操没有回,而他的那位彪形大个子护兵,雄赳赳地把门一推,但很有礼貌地走进来。也是两腿一并,先叫一声“报告”,然后说:“季少爷!替你找好了旅馆——周长兴,在城内,离我们高大老爷的队上很近,特来帮你搬行李。”

这好似晴天霹雳,季交恕猛然一愣,不作声。可是他心里就像泼了一瓢冷水似的很难过,马上就收拾行李和铺盖。

“是我们七舅爹交代你的呀?”凌翥翔朝着那位护兵望一下,在房子里踱来踱去,似乎心里很不安。于是步近交恕面前,冷冷地说一声:“一路同去,贤弟!我每天来看你。”

九江城内,比租界冷落得多。周长兴是小旅馆,现只住三五位陌生的过路客。虽则距新军营近在咫尺,但那里警卫森严,不是随便可以进去的。“看看报,写写字吧。”这位活泼好动的少年季交恕,也只有暂作忍耐一下静候佳音的想法。可是偶一看到报上时常载有革命党起事的消息,他心里又怦怦地跳动起来,仿佛这个小旅馆,就是监禁他的牢狱。幸而凌翥翔不时到他这里来谈谈天,买点花生皮蛋,饮饮酒,写写打油诗。这虽然可以消遣时日,却不能解除他心里的愁闷和痛苦。因听得翥翔说,江西没有学堂考,也找不到差事,高队官要他回平江去。

高队官队上的司书生杨杰,别号心格,在九江住过多年的江北人,说话有点北方口音,年龄虽只二十几岁,却很老成和气。他们这两位,就只经常同到他那里去玩玩。现在季交恕很想在这里当兵,偶尔用试探的口气,问杨杰道:

“杨师爷!你们这里的兵是哪里招来的?有读书人吗?”

“从各地招募来的,都是一些穿草鞋,打赤脚的老粗,读书人虽有却很少。”

“容易上名字吗?”

“不难,这又不讲什么资格的,只要身体强壮,吃得苦就行。”

谈到这,季交恕低着头自忖一下:身体虽然好,却不够强壮。苦嘛,从来没有吃过,到底苦要吃到什么程度啦?对自己有点怀疑。但一想到“吃得苦中苦,方为人上人”这句古话,同时,又记起“天将降大任于是人也,必先苦其心志,劳其筋骨,饿其体肤”那几句四书,才又回转了念头:苦都吃不得,还想革什么命!于是接着又问:

“怎么苦啦?吃饭穿衣总有的。”

“那当然有,一个副兵每个月的饷银三两九钱,正兵四两二钱。

吃饭只花得两把多银子，衣服是上面发的。”这位杨师爷没意识到问者的深意，只如此就话答话。就是常在一起的凌翥翔，也未了解到这位同伴的心理变化是什么，依然坐在旁边抽水烟，间或在中间插插嘴，或夹杂几句其他闲话。然而在季交恕的脑子里却是一个谜，时刻在猜想着，到底苦在哪儿？高队官肯不肯帮忙？

一日上午，气温比前几天降低了，满天云雾，微微有点风。这一营前队的士兵弟兄们，都已穿上了棉军服，肩荷着一色整整齐齐的五响快枪，在离驻地不远的城隍庙左侧那个大坪里下操。高队官站在操坪中央，举起东洋刀，边走边喊口令，似乎是队操。季交恕同凌翥翔一道站在操坪旁边，徘徊瞻望一会儿。

“真威武！”凌翥翔这么赞叹一声，两只眼睛的视线，随着舅父高队官的身体转移而转移。在他的下意识中，到底是赞美新军真威武，还是舅父真威武？不大明白。

季交恕也正聚精会神地静听他们的口令，注视他们的动作，觉得是威武，难怪汉朝的班超投笔从戎。假如革命党有这样的武装，还怕满清不倒吗？于是侧转脸来向着站在身边的凌翥翔应声道：

“是威武，可惜你我手无寸铁，还不是‘临渊羡鱼’么。”

凌翥翔点一下头，又补说这么几句不偏不倚但是不着边际的空话：

“我们有笔杆子吧，拿破仑说，‘一支笔可当十万支毛瑟枪’，文武都要的。”

将近要收操，他们就先走，又看到这大操坪东边角上的另一群士兵，有的打赤膊，有的穿单衣，拿着大铁锹和箩筐扁担，挑着一箩筐又一箩筐的石子，累得满头大汗。

“那干什么呀？”“哦！修操场。”这是他们两位相互问答的声音。

“当真要吃得苦才行。”季交恕想起了杨师爷的话，补了这一句。

走不到十分钟，就望见那一块挂在街檐下的白底黑字的小招牌——周长兴旅馆。此时，将近中午十二点，凌翥翔被留在这里吃午饭。因为饭是单开的，两个人就在房子内，端起酒杯，随便谈一些无关痛痒的事情。边饮边谈，旋又把话题转到刚才所见过的操场上。

“新军是不错，武器服装都整齐，比那些扎包巾穿号褂子十有八九吃鸦片烟的旧军大不相同。假如都练成新军，那我们中国就会强盛起来。”这是他们两位一样的口气。

“我们就在这里当兵，你说好不好？”季交恕问凌翥翔的意见。

“不——行，我们如何当得兵？你看他们吃的饭那样坏，像今天修操场，挖土挑石头，多么苦，如何受得了？”

“你不是说一定要拿枪杆子的吗？”

“拿条把枪有什么用？起码要当个把队官带它一两百枪，才多少有点力量！”他马上又转口：“百把两百枪，恐怕也不济事！”

“我看不这样，‘星星之火，可以燎原’，假使大家齐心，不一定要当官才有力量。”

“我是不当兵，当不了，万一没有办法，就回去吃老米饭。”

季交恕觉得彼此意见不对头，没有再说什么。凌翥翔也就走了。

天气逐渐寒冷起来了，约莫在此后个把礼拜，凌翥翔特地来到周长兴告诉季交恕道：

“我妈妈来信要我回去，我们就一路回去过个年，明年再出来吧？天气冷，住在这里没有意思。”

“不回去。”季交恕的头几摇：“我又没有妈妈。”说到末了这一句，眼眶有点红。

“你再想想！还是一路回去的好，我可等你三两天。”

“虎头蛇尾，成什么话，我是说干就干的。”

凌翥翔因见他的口气很硬，也只好将这些话回复他的七舅父高队官，单兵独马地回了平江。

周长兴旅馆，因为资本小，生意差，照例每隔三天就要付伙食钱。而九江的木炭很贵，这是要旅客自己拿现钱去买的。季交恕偶然把那一担皮篓子打开一检查，衣服虽还不算少，而现款快用完了。怎么办啦？他心里忽然一跳：付伙食钱呢，付木炭钱？"二者不可得兼"，这是从砚泉巷出世以来的第一次大恐慌，可是想起早几年高遂耿在甲山困难时候，我也凑过钱给他去考材官学堂。现在他当了队官，总不会听我流落在九江吧？但也不好意思开口向他借钱。

"季少爷！我们本小利微，生意不好，实在周转不过来。请你把这十天的伙食钱付清，要不然——"没有明白说出来，不知道他的意思是说会关门呢，还是不再开饭？这因为季交恕拖欠了三个三天的钱没有付，周老板越催越紧。

天公不作美啊！蒙蒙的细雨，下个不停，刁刁的寒风，吹个不住。每天借饮酒赋诗遣愁闷的季交恕，现已搁笔两三天了，只是拼命地喝酒，醉醺醺的整日在床上睡觉。自经过周老板这么一逼，又加上取暖必需的木炭，得不到接济，内外夹攻，这就不能不使得这位原来是娇生惯养，从没有受过艰苦的公子哥儿，更加行坐不安了。还能照样睡得着吗？不成。不知怎的，他忽然回忆到过县考时候，在凌尚琴和凌翥翔合股的信诚当铺里吃过饭的那回事。于是眉头一皱：九江地方，也许有当铺的，仿佛在西城那边的大街墙壁上，瞥见过写有"当"字和"押"字的地方。

五　进当铺

柳絮似的白雪，正在空中飞扬，季交恕拿起一把黑洋布伞，连忙走出周长兴的大门，叫一声："东洋车！"于是坐上车子，拖到西城离当押店还有两三丈远的街道上，就停下车来步行，——因怕丢面子。拐一个弯，待那东洋车离开以后，他才慢慢地走回头去，三脚两步，慌慌张张，往门前挂有一个“押”字招牌的店铺里一钻。

这家小押店，虽规模不很大，铺台也不高，可是铺台前面的敞地上，就像小菜场一样地来来往往，挤满了一大群穿破衣烂衫的男人和女人。其中有戴斗笠打赤脚的，也有少数穿着比较整齐的；但没有一个像季交恕这样穿漂亮皮袍的当客。他只好站在店门口，装作看热闹的样势，远远地望了一阵。

铺台内边那几位收受押品的店倌，和铺台外边这一群人的相互问答二元、一元，八角、五角、三角、两角等数目字的喧声，闹成一片。但很少听到押三元四元的回答，也没有看到谁手里有一件像样的东西。

一位穿破蓝棉布短袄，戴斗笠，打赤脚，手里拿着一串铁耙齿的高个子，同另一位身穿一套半新半旧的黑布短袄裤，脚穿一双淡黄色旧粗皮鞋，手里拿着一把大斧头的中年人，并立在季交恕旁边，皱起眉毛，哼声叹气地交谈着：

“你们住在城里好些，方便些。像我们乡下，今年收成不好，老板又不肯减租。借钱吗？利息太重，五六分，七八分。”

“城里也没有什么好，冬季没有生意，吃干本，虽然方便一点，当押店里的利息一样重。……”还有几句话没有听清楚，仿佛是说我们城里的铺老板同你们乡下的田老板，盘剥穷人一样的厉害，没有什么好些。

他们那两位，一面谈，一面往前面挤。高高地举起一只手，各把铁耙齿和大斧头递上了铺台。

“你当多少？”

“你多少？”

“一块钱。”“一块钱。”这是他们那两位不约而同的答复。

“五角。”

“五角。”

正在这时候,又看到挤在铺台跟前的一位白发苍苍的老太婆,把一床八成新的深蓝色粗布薄棉絮被,递上了铺台。她起初要当三元,七说八说,达到了一元半。另一位三十岁左右,烟容很重,面庞很黄瘦,穿着并不好的男子,向左右前后扫视一遍,然后从口袋里拿出一个金怀表,递上铺台子,当了十五元,拿着钱往口袋里一塞,急急忙忙地从人群中挤了出去。

季交恕站在门口边看边想:唔! 当金表的恐怕是个小偷。他误认为那些当东西的都是"下等人",而自己乃是读书的"上等人",怎样好意思进去同他们在一起上铺台呢? 未免太丢面子,做不得,做不得,表现很懊丧的神气,走出来了。张开那把洋布雨伞,低着头,循着一片白皑皑的街道上的黑脚印,懒洋洋地往西行。

将近街头尽处,老远就望见一幢全是石灰粉刷了围墙的大屋子,其墙壁上,粉有一个三四尺平方大的红"当"字。这一回,季交恕的胆量,似乎大了一些,也许是脸皮厚了一些,一直不停步地往那当铺里奔。可是,刚一走近当铺那重大门的石门框跟前,看到那门上挂有一盏红灯,同时又听到内面的一片欢笑声,因而他又迟疑趑趄不前进,暗自嗟叹道:"唉! 谁料我今天也要走当字铺的门路啊!"在门外徘徊了一会儿。恰好在这时候,来了几个手里都拿着东西的人,其中有一个是坐东洋车来的老太婆,身上穿的比较好,手里拿着皮衣和白铜水碗。季交恕想:这大概是同我家里一样的破落户吧? 不然的话,怎样有水碗呢? 于是跟着那位老太婆后面,大大方方地走了进去。

这当铺内的房屋很大,石门框里边,是一个用石头铺砌的大院落,内有一道栅栏,东边才是当铺,正面是当铺老板自住的房屋。不知搞什么,正面厅堂内摆了好几桌酒席,正在那里宴会。凡经过这石门框出入的一些当客,都用奇异或羡慕的眼光,从栅栏外远远地朝正屋里面瞭望。季交恕就只瞥一下,紧跟着老太婆的屁股后面往东边走。

东边当铺里的铺台不同于小押店，约莫有个半人那样高。可是，铺台外面的人同样挤，不过其中多有几个穿得整齐些的；也同样有些人叽叽咕咕地相互交谈着：

“做什么喜事啦？”

“萧老板的大少爷满十岁。”

“咳！我的爹爹今年八十岁，连饭都没有吃，人家十岁就做寿。”

“人家有钱吧！难道同我们一样？不用几个，酒席馆子里吃什么？”

“吃什么？还不是吃我们这些穷人的血汗。当一块钱，就要几分的利息，死了当，又一块钱卖两三块，漫说十岁，就是岁岁做寿也吃不完啦！”说这话的乃是一位四十岁左右的壮年人，个子虽不甚高，说话的声音却很洪亮，穿一身半新半旧的短装——青布棉袄和夹裤，脚上穿的那一双是什么鞋，因为人挤，没有看清楚。只看清他说这话时的表情，似乎很愤激。

“做买卖的人真阔呀！过去我满十岁没有做过寿，只记得妈妈说，满三朝满周岁，爸爸很高兴，请了好几桌的客。大概这个当铺老板，比我爸爸那时候还阔些。”季交恕挤在这几位交谈的人们中间这样想，同时不自觉地问那位个子不甚高的壮年人：

“这当铺老板满阔呀？哪里人？”

“哼！不满阔！德安县里的大财主，乡里有田地，城里有店铺，衙门里走进走出。”

站在当铺台子底下的人还很挤。现在季交恕依然跟在那位老太婆后面，挤近铺台跟前。

“元字三百二十号——羊皮女袄一件——三元——”“元字三百二十一号——大小白铜水碗十件——象牙筷子一筒——四元——”因为当铺台子太高，站在台外的人，要昂起头才能看到台里面看当物的伙计，正在张开嘴巴，提高嗓子，拖长声音，唱出这些号码、当物和当价。另一位坐在账桌边写当票的伙计，根据他所唱的号码、当物、当价，写好当票，然后交给另一位站台子的伙计付钱。没有听到那位老太婆有什么争论，接起一张当票和七块钱就走了。

这时候，季交恕才提起勇气从手上取下一个约莫三钱重的金戒指，踮起脚尖，递上了当铺台子。

“当多少？”看当物的伙计，马上把戒指称一下，问他。

当时的金价是三十换——每两金子值大洋三十元，三钱重的戒指，不是可值九元吗？季交恕如此估量一下，就回答：

“当八块。”

“不行！那加上利息，我们的当铺就只有关门。”

“你说多少？”

“三块。”

“请添一点吧！”“再添一点吧！”争来争去的结果，当了四元。

棉花大一朵的白雪，密密层层地飘下来。季交恕仍然叫到一辆东洋车，可是被车前那一块遮雨雪的油布，蒙蔽得紧紧的，漆黑一团，好像坐在闷葫芦里。他计量一下：“金戒指是顶值钱的，难道还当不得水碗和耙齿、斧头那样的铜铁？为什么只能当四元？是不是欺侮外省人呢？就只这四块钱，把伙食钱木炭钱一付，我自己仍然是一双空手，怎么办？”越想越愁，脸上的颜色，有点不大正常。

周长兴正在开午饭，季交恕刚从外面走进房子里，周老板就跟着进去追问：

“有钱付吧？”说话的神气很庄重。

“有。”季交恕的这个“有”字，刚刚答出口，周老板的嘴角上，就马上露出一丝微笑，随即补上五个字的话：“对不起，拿来！”伸出手，作一个接钱的姿势。

“嗳呀！难怪说要有钱的才有世界啦！”这一回，季交恕心里，又像烙下一个很深刻的什么印子似的刺了一下。大雪仍不停地飞扬着，吃过午饭，他没有出去，就在旅馆内同周老板聊天，故意转弯抹角地问他：

“你们九江什么店最多？”

“瓷器店最多。”

“最少的是什么店？”

“最少的呀！”周老板仅仅说出这四个字，举起右手摸头皮，像是考虑什么的样子。季交恕就紧接着说一句代答的话：

“当铺吧？”

“不！当铺和小押店合起来，也不算太少。”

“怎么有当铺又有小押铺？怎样分别的？”

“统统是当东西的，不过当铺里当的东西年限长一些，利息也稍微轻一点点，就是当价压得太低。小押店嘛，当价高得多，不过利息重，年限也短，几个月就满期死当。”说到这里，周老板的眼睛一睁，口一张：“呀！开当押店的更赚得凶啦！”

“什么东西的当价最高呢？”

“当然是金器银器啰，皮货也当得价起，再就是棉洋布。绸缎东西不抵钱。”

“如何绸缎反当不起价呢？”

“因为穷人多，死了当的棉洋布东西，容易打(卖)出去。绸缎东西嘛，穷人不穿它，也买不起；阔人嘛，他要穿新的，不会买旧的。”

这时季交恕才摸清了“当”和“押”这一个底。他预料现在是当当容易赎当难的时候，所以就从此把小押店当作钱庄，经常做往来，再没有遇到过什么经济恐慌了，也不一定要跑西城。

这两天还算好，没有再下雪了。虽则仍是漫天迷雾，但从云罅中，偶然可以看到一点点儿青天。假如还像前几天那样的雨雪交加，内蒸外逼，真闷煞人。季交恕这样叹息想一阵：当个把小兵，一定可以的，不如硬把自己的真心事，向高队官坦白地说出来，或者好些。

街上的路灯,还静悄悄地没有发亮。季交恕提前吃过晚饭,走进了英租界,恰好高队官也刚从营盘里回来。

"天气太不好,几天没有见面啦。"季交恕刚一进门,高遂耿马上站起来,表面上仍很客气地接待他,把手一扬,连叫:"请坐! 请坐!"

"高老叔! 我想在你部下当兵好不好?"季交恕挨近他身边的椅子上坐下,谈了一阵闲话,才这样说出来。

"你怎么当得兵啦?"高遂耿睁起两只眼睛:"为什么要当兵?"

"当得的,雍老说过要革命就要有枪杆子——"季交恕的意思还没有完全表达出来,高遂耿立即举起双臂摇手掌,站起身,昂着头,朝窗户外望一下,然后张开嘴巴,贴近交恕的耳朵,用苍蝇一样的声音说:

"嗳呀! 我们忠管带就是满人,不好玩的! 脑袋要紧啦! 快不要说这些!"就像受了热的狗,伸出一个舌尖,头几摇。

季交恕也就哑然不作声了,沉默一会儿,然后起身告辞,边走边猜:"他原先不是满口赞成孙、黄革命的嘛? 为什么当了官就这样胆小?"随即想到自己:"怎么办呢?"表现很失望的神气,低着头,慢慢地走回了周长兴。

第二天上午,周长兴旅馆走进来一位穿军装的大个子,仍然叫一声"报告",这就是高遂耿的护兵,他说:

"季少爷! 高队官要请你同我一路去他公馆里吃午饭。"

"唔! 为什么呀?"季交恕自言自语道,没有料想到今天的高队官居然会下逐客令。

将近十二点,才听到叽咯叽咯很响亮的脚步声。这时高遂耿仍然穿着那一双厚底黑皮靴,大踏步地走进来,取下军帽就开口:"等久了! 对不起!"马上喊坐席,并没有见到第二位客人。可是席上摆的是酒肴,不同于平日的家常便饭。高队官边吃边说:

"今天是特地替你饯行的。"

“唔！饯什么行？”季交恕一愣道：“撵我走呀！”

“那不是，因这里暂时没事找，不如回去过年，将来有机会，我写信给你。”高遂耿边说边从口袋里拿出一张船票和十块现洋递过去。“对不起，一点小小的意思，到平江的路费是够了。要不要护兵替你搬行李上船？”

“我有钱。”季交恕将手里端着的酒杯，重重地往桌上一搁，昂头不顾地立即起身走。可是，高队官仍然笑嘻嘻地拿起一张船票和洋钱，跟着他的屁股后面边说边送他出大门，连声道歉：“请原谅！莫怪。”季交恕照旧一直往前走，不理睬，也不回头。

怎么办？回去？不！不达目的，誓不生还。去哪里？没有路可走。季交恕从英租界走回城内时候，他的心绪，完全沉浸在迷离怅惘中，何去何从？没有了主意。不知怎的，一会儿，虽已走到了他自己的寓所，却没有看到旅馆招牌，仍然往前行。走过了十多二十家，才知道走错了，又折回头来。刚一走进周长兴，就往自己的床上一躺，翻来覆去，左思右想大半天：没有路走，就只有到汉口凌少槎那里去当警察，总也有枪的。这才下定决心，在西城小押店当了一些东西，在江边轮船局买到了票。

六　穿上军装

第二天上午，从上海开往汉口的黄烟囱江新轮，徐徐地靠拢了九江码头。这就是甲午战争以前，洋务派李鸿章以及盛宣怀他们所创办的招商局的一条中国船。船虽好，但由于招商局向来是官督商办，上面的开支浮报与下面的舞弊贪污，年年亏本。所以运费和票价，都贵过于洋商的三公司。因而它的生意，也就比三公司差得多。

现在是下午了，江新轮正在起锚。查过票后，季交恕从自己的铺位上站起来，向统舱内四面张望一下：唔！还有这么多的空铺位！沿着那一列又一列铺位的甬道中间转了一转，没有看到像他这样穿狐皮长袍的旅客。他后悔：为什么不多花几角钱买张房舱票呢？“鹤立鸡群”，未免降低了自己的身份。然后踱出统舱门，沿着船舷两廊那一个又一个的玻璃窗朝内望，很多是没有人住的房舱和官舱。这与从长沙到汉口所乘的那昌和轮人山人海的情形不同。大餐间有多少人？因为在楼上，不许一般旅客上去，无从知道。他想：这什么原因，中国船的生意这样冷淡，外国船的生意反而那样兴旺？利权外溢，真可惜。难道中国人都不爱国？我想不会。难怪凌正畴说，现在中国是洋鬼子的世界，假如长此下去，不会亡吗？怎么办？季交恕站在船头上，一面欣赏这长江两岸的美丽风景，一面又如此沉思怅惘一会儿，像有说不尽的什么感慨。

从九江到汉口的里程不远。很快，江新轮在汉口江边抛锚了，趸船上和码头上挤满了一大群人——接客的、挑夫、东洋车夫，只听到一片喊挑夫喊东洋车的喧嚷声。季交恕就在这人声嘈杂大家还没有下船的时候，首先叫好一位挑夫，挑起那一担皮篓子，叫一辆东洋车，飞也似的直奔硚口警察局。

湖北候补知县、现任硚口警察局长凌少槎，即是凌翥翔的伯伯。季交恕在甲山读书时候就认识他，年约五十来岁，人很温和，比高队官也热情些。刚一看到季交恕走进警察局，立即亲自出来打招呼。叙过寒暄，问明来意后，领着他住在这附近的自己公馆里。

日已西斜，凌局长下了班，正在吃晚饭，对交恕说道：

“你想学武是好的，不过陆军中学是不是明年再招考，还难说，进陆军特别小学堂也好吧。”

“陆军特别小学堂在哪里？什么时候招考？要什么资格？容不容易进去？”

“在武昌那边，也是前几年张制军做两湖总督时候开办的，听说三年毕业就可以当排官。至于要什么资格，何时招考，那我就不大清楚。”闭一下嘴，“啊！我记起了，是黄启文说的，我们平江有好些人进了那个学堂，等几天，写个片子给你过江去打听一下吧。”

黄鹤楼前，平湖门内，有一家比较最便宜的湘平旅馆，就是那位平江人现在湖北候补县丞黄启文开的。这个旅馆，距三司衙门都不远，因而其中旅客一大半是湖南在此候补的小老爷和找差事的人儿，但也有一部分是走读的湖南学生。

“黄老爷！有人来会你。”第二天上午，湘平旅馆的茶房，从季交恕手里接着一张印有“凌少槎”三个大字的红纸长方形的大名片，领着他会见黄启文。

季交恕说明来意后，黄启文答道：

“不错，那个学堂有平江人，礼拜天会来这里玩的。不过，我不很熟悉其中情形，只听说三年毕业就可以当排官，那就很不错啰。”

季交恕听了这几句平淡而又空洞的话，心里有些惶惑，几种思想，电影似的在他脑子里闪过去：他们所注意的只是三年毕业就当官，而我却不是专为这个。陆军中学不能考，九江新军进不去，硚口警察又没有枪。怎样能会到陆军特别小学堂的同乡人呢？就在这旅馆住它十把几天吧？于是掉转话头，问：

“你们这里多少钱一天？好久结一次账的呀？”季交恕恐怕会同周长兴一样三天就结账。

“便宜，两角钱一天，都是几个同乡人，半月一月结账都可以。我也不是靠此营生，因为候补太久，只要顾到自己一家人的房租伙食就行了。”黄启文直率地告诉他。

此时，季交恕又在考虑：两角钱不算贵，即或住个把月，只要能找到陆军特别小学堂的路子，再当它十把几块钱，也还不成大问题，又问道：

“那我就在这里暂住十把天，以便将陆军特别小学堂的情形打听清楚，行不行？”

“可以，不过你自己要带被毯来。”

第二天，季交恕仅将自己的一套铺盖从硚口拿过武昌来。

过了一天，湘平旅馆内的一些候补老爷，惊慌失措地哄传：

“嗳呀！光绪皇帝同慈禧太后都‘崩驾’① 了。”

这几天气候很平常，没有下雨，没有刮风，市面上也还安静。可是每天上午，湘平旅馆这一带，禁止行人往来；而四个人抬的官轿和前呼后拥的差役，一群又一群，乱哄哄地吆喝不休，俨然如临大敌。“干什么？”“哦！”这是他们祭皇灵的时候。

“咳！这是国家大不幸，宣统皇上幼冲，孙、黄革命党，会不会乘机造反？真担心。”一位坐着蓝呢官轿，穿着素布袍套，取下了翎顶的中年人，祭皇灵路过湘平旅馆时候，刚一走进候补县丞黄峰衡的房门口，皱起眉头嗟叹。说这话的人操平江口音，就是进士出身，现在湖北候补知县余顾臣。

“不要紧，两百多年根深蒂固的大清天下，秀才造反不成的。请进来坐。”黄峰衡官阶小些，虽然都是平江同乡人，仍然很客气，把身子一弯，左腿往后一伸，右腿微屈，右臂下垂，行一个“打千”礼。这是介于“下跪”“作揖”之间的另一种下级见上级的礼节。

这时，季交恕和住在这旅馆的两位平江新朋友，正从旅馆门口看热闹进来，听到余顾臣的话，就暗笑：这什么国家大不幸，你们这一伙狗官！

文普通学堂的学生张自强像有点不大愉快，叫一声：

“走！到我房里去坐！”刚一进房门，他就轻声地说：“这有什么大不幸，戊戌政变以后，光绪皇帝早被慈禧太后幽禁在三海瀛台，并没有做出过什么名堂。慈禧太后更不好，她把海军经费拿去修颐和园，只图享受，简直是隋炀帝那一类亡国之君。记得吗？前几年段芝贵花十万两银子，买得一个名妓杨翠喜，进贡振贝子，马上就升了官，这是报上登载过的。贿赂公行，成个什么国家！难怪

---

① “崩驾”，指皇帝死。

孙、黄革命党蜂起。”

“不成。孙文只是放大炮的，黄兴虽说肯蛮干，他也手无寸铁，还不是秀才造反。”说话的声音，稍微大一点点，他是存古学堂的学生余干之。

就这样谈谈停止了，张自强没有驳他。季交恕也因为在九江高队官那里受过那一次教训，不敢随便开口。

所谓“国丧”的日子过去了，季交恕眼巴巴地望着礼拜天。因听得张自强说，陆军特别小学堂的单兆祥会到他这里来。

这一天，过去在黎元洪部下当兵，现在陆军特别小学堂当学兵的平江人单兆祥，一连来了两次。他二十岁左右，面目清秀，不矮也不高，像是个很稳重的少年。因为他是濯水董家源佃户陈吉三的表侄，谈起家常来，彼此都知道一些。因此，季交恕见面后，把他请到自己房子里，买点烧腊、花生、酒，款待他，把自己想进陆军特别小学堂的意思，边吃边谈一阵。

单兆祥以为他家里现在还有钱，不能吃苦，劝止道：

“你是一碗大米饭养大的，怎能够同我们一样吃苦啦？我劝你不要弃文就武，还是等明年考文学堂好些。”

“当学生有什么苦？”

“唔！我们这个学堂同陆军小学不同啦！是带原职原饷从新军里边考送的，至少要先当几个月兵。三年毕业，然后归队当官，所以叫学兵不叫学生。陆军小学现在不招考。陆军中学不能考。”

“那我就先进新军去当兵，请你帮我上个名字，行不行？”

“那苦啦，你一定受不了。第八镇就可以随时补名字，我们混成协不行。”单兆祥仍然表示有难色。“你可不要打这个主意。”

此时，季交恕心里很不舒服，觉得单兆祥这个人太古板，总认为家里过去有钱的，就一定吃不得苦；不懂得人的境遇有变化，生活也会跟着变化的，怎么武断说我一定不能吃苦呢？他喝一口酒，挺直胸脯站起来，用很坚强的语气道：

“老兄！你不知道，我现在穷了，董家源那个庄，已经出卖给凌家湾了，再没有钱进文学堂，我真想去当兵。古时候的越王勾践，为了报国仇，能吃卧薪尝胆那样的苦，难道营盘里这一点点小苦，你们吃得，我就吃不得？——”他的话还没有说完，忽然听到仅隔一层木壁的房子里好几个人同时说话的杂音：

“喂！在太湖会操的湖北新军，都调回来了，是不是因为皇上崩驾的缘故？外面有谣言。”“新军该靠得住吗？”“也难说。”“不——怕，圣上福厚，新军是铜墙铁壁，革命党钻不进去的。”不知道是哪些人，只听清余顾臣和黄峰衡两个人的声音。

因此，季交恕和单兆祥也转变了话头：

“你知道吗？是不是有谣言？是不是新军靠不住？有没有革命党？”季交恕问。

“有。谣传革命党会乘机起事，所以这两天戒严，停止了太湖秋操。”单兆祥答复半截，就把新军夸一阵：“哼！我们新军有洋枪洋炮，真是铜墙铁壁，怕什么？多么漂亮呀！一色五响七米厘九的汉阳新枪，还有大炮、机关枪，完全新式东洋操，新兵房。不许赌博，不许抽鸦片烟。和旗兵大不同，比巡防营都强得多啦。……”吃了几杯酒越谈越兴奋。

“嗳！我是问新军是不是靠得住，有没有革命党？”

“没——有，靠得住，新军是讲服从的，怎么会有革命党？什么革命党！还不是少数人胡闹。”

现在，季交恕一听到他这几句话，就不敢露出自己的真情实意，仍然言归正传，很诚意地要求他：

“对，新军是铜墙铁壁。据你说新枪、新操、新兵房这样好，我更想进去。可是人地生疏，老兄！一定要请你帮忙替我上个名字，吃苦不成问题。”

单兆祥端起酒杯，歪着头，考虑一会儿：“如果你当真愿吃苦，那就进我们第二十一混成协，比第八镇好。因为每天有学课，下操时间少一些，黎统领[1] 练兵也比第八镇更认真些，所以我们四十一标称为模范标，文明标。并且黎统领比第八镇张统制[2] 大方得多。”

“怎么大方？是不是军饷发得多些？”季交恕插了一嘴。

“不——是，他的克扣比第八镇少得多——”单兆祥用很重的语调，拖长了这个“多”字的余音，歌颂黎元洪。“所以我们黎统领当了这么多年的官，还不过十来二十万家私。张统制么，总有百来万哩！不讲别的，照规定每个兵每年应发的两双长筒布靴、一双皮鞋、一双灰布绑腿、一双芝麻呢绑腿、两套灰夹军服、一套灰棉布军服、一套黑呢军衣，我们混成协是年年照发下来的。就是其他军需费用，也没有打很大的折扣，比第八镇好得多——”仍用很沉重的语调，拖长这个“多”字的余音。“就是第八镇的官兵也都称颂黎统领。所以我赞成你进混成协。不过现在是停补期间，上不了名字。”说到这里，他踌躇一下：“嗳！黎统领很器重读书人，我同你出个主意，向黎统领上道书试试看。我可去找他的一个亲信马弁李士奎替你递上去，这是一个和我有交情的同乡人。”

“那好，老兄！就这样办。”季交恕得到他这一启示，眉飞色舞地跳起来，跑近单兆祥跟前，拍拍他的肩膀，连声叫：“谢谢你！拜托拜托。”

此时，单兆祥也站起身来：“不要客气，你写好，等两天我来。”正准备走，恰好房门外走进来另二位，这就是余干之和张自强。

“你们谈些什么呀？还早，玩一下吧！”张自强一手拉住单兆祥。他们一起坐下来了。

“交恕兄想当兵，我叫他进混成协。”

“嘿！‘好铁不打钉，好儿不当兵’，进营做什么！”余干之掉头

---

① 黎统领，指黎元洪。

② 张统制，指张彪。

不顾，走开了。单兆祥听了他这句话，有点不高兴。

“是呀，他也同我谈过，穿号褂子的事情苦得很，不要搞。”张自强顺便问几句：“嗳！我问你，新军的‘镇’与‘协’到底怎样分别的？混成协的统领是不是同巡防营的统领一样大？”

“混成协的统领大得多，新军同旧军的编制不同啰。”单兆祥简单地这么答复他。

“怎么不同？”季交恕接着问。

“那详细谈起来就话长啦：全中国新军原定三十六镇，可是现已成了镇的，连袁宫保[①] 最早在小站训练的北洋六镇，一共还不过十六镇。湖北是一镇，一混成协，就是第八镇和二十一混成协。其他各省还有步兵协或步兵标。镇是包括步、马、炮、工、辎五项兵种的。这是仿效东洋的平时编制：每镇分两个步兵协，每协分两个步兵标，标以下分三营，每营分前、左、右、后四队，每队分九棚，每棚连正目、副目、正兵、副兵共十四个战斗人员。[②] 此外每镇还有骑兵一标、炮兵一标、工程兵一营、辎重兵一营、电讯队一队、卫生队一队，这都是直接归镇司令部管辖的。混成协，就与镇内的步兵协不同啦，除步兵标之外，还有马、炮、工、辎、电讯、卫生各兵种的，所以叫混成协。我们第二十一混成协，论兵种和人数，比第八镇并少不了多少，为什么至今还不能成一个镇呢？这其中就有缘故啦。”单兆祥就只如此说半截，便起身告辞。

季交恕一手拉住他：“你谈啰！有什么缘故？还坐一下，再买点烧腊、酒来。”他想问个明白才放心。张自强也随声附和他，一起拉住单兆祥。

“老实说吧，张统制是前任制台现在军机大臣张香帅[③] 的红

---

① 袁宫保，即袁世凯。

② 镇，相当于师。协，相当于旅。标，相当于团。队，相当于连。棚，相当于班。正目、副目，即正副班长。

③ 张香帅，指张之洞。

人，所以现任制台陈制军[①]也相信他。他很怕我们混成协扩大为镇，黎统领当上统制，就会同他并驾齐驱。这是黎统领‘哑巴吃黄连，有苦说不出’的事情咧！”

“你怎么知道这些？”季交恕和张自强同声问。

“我听见黎统领的马弁李士奎说的。”单兆祥有根有据地答复道。“还听到吴老头说过。他是黎统领父亲的老同事，现在协司令部当差遣的，他知道得更多。”

“那你一定知道黎统领的出身啰？”张自强问。

“知道。他是湖北黄陂人，过去他父亲在舢板上当哨官，吴老头当副哨，他父亲死后，吴老头升了正哨。那时黎统领还年轻，只读过一点老书，就在舢板上当水兵。后来因创办海军，由吴老头保送他考进了萨镇冰办的江南水师学堂，第一期毕业后，就被派去英国见习。后来在海军提督丁汝昌部下当舰长。甲午战争，丁汝昌投海自杀，他也被打得落花流水，倒了霉，降为武建营的督带官。创办新军时候，才由标统升任为现在的协统。”单兆祥靠着椅子背，放下那跷起的右腿，喝完最后一杯酒，两颊绯红，站起来喊一声：“走！不早了，等两天再来。”

此后，季交恕写好了一道上黎元洪“自愿投笔从戎，请求破格录用”的半万言书，送交了单兆祥。

约莫个把礼拜，单兆祥刚一走进湘平旅馆，就大声叫道：“交恕兄！黎统领传见，你快去。”

季交恕得此喜讯，立即披上一件马褂，跟着单兆祥足不停步地往左旗跑，显现出十分得意的神情。

武昌阅马厂附近旧名左旗的那地方，东西两边有许多一排又一排梯形似的新建的两层洋式兵房，中间一大片很阔的操场，南面一所将校会议厅，北面就是混成协司令部。单兆祥领着季交恕走

---

① 陈制军，指陈夔龙。

进号房，由李士奎领着他走进这司令部中央摆有一架令箭的大厅上。鹄立着差不多个把钟头，还没有看到黎元洪的影子。他因为从来没有见过大官，神经有些紧张；又因为等候太久，两腿有点酸胀。四周望一下，明明摆有好几排椅子，可是李士奎不让他坐，说营盘里的规矩是这样。

现在，厅子上那座大钟的长针，唧唧喳喳，一秒一分地转过去，已经是上午十点多，才看到东边房子里走出来一个人。

此人，头戴红宝星军帽，身穿蓝制服，脚穿黄色长筒马靴，手里拿着一叠纸，年约五十来岁，肤色微黑，矮胖子，一嘴黑而且浓的八字胡。两眸微眊，像是一个"胸中不正"的人。这就是现在湖北第二十一混成协统领黎元洪。他朝季交恕打量一下，就在大厅东边那一排椅子上坐下来，问道：

"你就是季交恕？这道书是你自己写的不是？"一面指着手里拿的那一叠纸，一面望着他把手一指："不扣衣襟像个什么样子！"这因黎统领是一向最讲风纪的，看到季交恕穿的那一件海狐绒对襟大袖马褂，没有扣上颈项下的扣子，就居然拿出军队中的规矩指责他。

季交恕仍然立着，碰了这个钉子，心里有点跳动，赶快扣上衣扣，答道："是我自己写的。"本想还说几句，可是黎元洪马上掉转头，向着站在背后的李士奎喊一声："来！叫王执事官写个条子，带他到四十一标去下棚。"再没有说第二句别的话，就走开了。

四十一标一营左队，就在靠近协司令部左侧方的第二层洋楼上，这就是后来湖北新军中革命运动的发源地。恰好这里还有两个空额，于是季交恕就被分配在左队五棚，补上了一名副兵。此时，左队队官潘康时，别号怡如，湖北人，年二十多岁，思想前进，算是湖北新军军官中数一数二的知识青年。还有一位能说会写，富有魄力和革命思想，年仅二十上下，新从士兵中提升的司书生杨王鹏，别号子畅，湖南湘乡县人。当下，李士奎手里拿着那一道书和一个条子，领着季交恕在左队哨棚里的办公室，当面递交他们这两位。他们一见季交恕就先喊“坐”。

“这道书写得好，其志可嘉，自愿报效国家是好的。”潘怡如和杨王鹏交番看过了那道书后，很客气地谈了一阵，也略略问过他的家世。

季交恕心里很愉快，同时也感觉到小官和大官的态度不同些，于是大胆问道：

“我还有行李担子在硚口，等过明后天进营来，行不行？”

“行。”潘队官笑嘻嘻地满口答复他。

季交恕也同样笑嘻嘻地欣然告辞，立即过江去硚口，处置自己的行李。就在这几天，他穿上军装下了棚。

第四章　革命运动在新军

一　文学社萌芽了

当季交恕住在湘平旅馆时候，鄂、苏两省新军，正在太湖秋操还没完。本准备明后天由北京派去的钦差大臣，举行南北两军阅兵式，不知怎的，突然下令要停操回防。管带以下的排、队官都愕然，悄悄地互相问道：

“为什么事要‘急行军’回防啦？”湖北新军四十一标三营前队司务长问李队官。

“我也不知道。”李队官正在匆匆忙忙地喊护兵吹哨子集合。“不管它，照命令办事。”

三营前队驻在太湖猫儿岭。现在李队官开始传达命令并训话，最后一句：“明天拂晓就开差。”然后喊一声：“解散。”这时，虽已暮色沉沉，然而满天星斗，可以望见那山下淡黄色的两条小泥路，许多土馒头①。这队六棚正目杨王鹏，也看清了走在他前面的那位瘦个子，就是他棚内的副目章裕昆。

杨王鹏原是一位最敏感的人，边走边想道：“停止秋操，其中必有大故。从何打听呢？”站一下：“哦，第三营曹管带的司书生李长龄是日知会员，上半年搞军队同盟会时候，章裕昆同他最相好。”马

① 土馒头，指坟。

上抢前几步,轻轻地喊一声:“章老总[1]!”

章裕昆回头一看:“哦!你呀。”于是他们两位肩并肩地耳语几句。章裕昆点一下头,立即分手走往山坡下另一排挂有红色玻璃马灯的那个帐篷边,这就是第三营营本部。他把李长龄喊出来,轻声问:“为什么停操?这样急?”

李长龄左右张望一下,没有人,凑近章裕昆的耳朵边答道:“慈禧、光绪都死了,安徽有个队官熊成基起事,嗳,千万讲不得啦!”立即车转身子,蹑手蹑脚地走向帐篷里去了。

这时,天上的星光,更加明朗起来。杨王鹏站在他自己帐篷外的山坡上,目不转睛地望着:山坡下的一个人影,射箭一样的向山坡上边飞。他知道那一定是章裕昆。

“好消息,好消息,……”章裕昆一口气跑上山坡,像一只苍蝇伏在杨王鹏的耳朵边,嗡嗡地说几句。

杨王鹏一手拉着他道:“找钟畸去。”于是他们这三位,装作散步的形势,边唱军歌边向猫儿岭那一大片坟地走。杨王鹏说:

“可惜得很!军队同盟会没有搞成,假如有这么一个团体,那我们就可以响应啦。”一屁股蹲在坟地上。“我看满鞑子的寿命一定不长了。”

章裕昆和钟畸跟着蹲下去。“何所见?”也同杨王鹏一样顶会写文章的正兵钟畸问。“你说怎样?”

“我是这样看的,”杨王鹏一口气说下去:“从甲午年中日战争失败,庚子年八国联军入京以后,全中国老百姓,都看清满清政府,卖国媚外,腐败无能。所以一经康梁他们提倡变法,很多人就纷纷响应,都喊要富国强兵,要救亡。但那时候并没有人说推翻满清。——”贫农出身的章裕昆,像是有点不耐听的样子,不等他的话说完就插嘴:

---

① 老总,是对正副目的尊称,当时一般老百姓对兵也叫老总。

“你说怎样？要干就干，讲这些做什么。”

“莫性急啰，等我讲个所以然的道理再说不迟。”杨王鹏这样答复他，然后接着说：“现在不同了。从同盟会发行《民报》，提倡革命，排满声浪，普及全国，这就给满鞑子一个致命伤。加上慈禧同光绪从戊戌政变以来，水火不相容，满清朝廷，分成旧新两党，这也是满鞑子内部的另一个致命伤。”说到这里，杨王鹏站起来了，握紧右手一个拳头，在左掌上一拍道：“现在慈禧、光绪死了，真是‘千载一时’的好机会啦！可惜我们没有力量。”立即蹲下去。“嗳！我主张回去马上就组织一个团体，把它的枪杆子拿过来，那就不怕推它不翻。”

“对，那我们就在这里商量一下吧？你想怎样组织？”这又是章裕昆的声音。

“我们回防就约几个人来发起。我的意见，只组织士兵，也只在新军里面发展，你们以为如何？”杨王鹏说。

“那不一定啰，官长也可以，文学堂的也可以，只要他赞成革命排满就行嘛。”钟畸同章裕昆一样的意见。杨王鹏独持异议道：

“我是主张只从军队士兵中着手的，不要军官。为什么？因同盟会的领导中枢在海外，他们的基本力量只是华侨与会党，既没有很严密的组织系统，又没有自己直接掌握的武装，所以屡次失败。官长嘛，有了百把几十两银子，只想高升，怕他们叛变。文学堂嘛，人多嘴杂，怕他们走漏消息。”

钟畸说：“单搞军队不大好。”

杨王鹏似乎有点生气，不等他的话说完，从坟堆中间的草地上奋身立起来，解释道：

“湖北文学堂的湖南学生不少，思想很复杂。两湖，尤其我们湖南，由于反太平天国出了曾国藩他们那一伙满奴，梁启超又在长沙办过时务学堂，保皇党的思想影响还很大啦！”

“那也未必。从派遣留学生出东洋看来，两湖的人数很多，因此反满潮流，传播了洞庭南北。现在的学生界，已经起了变化。”这又是钟畸的声音。

谈到这里，杨王鹏坐下来了，用反问的口吻道：“两湖的文学堂，不曾组织过革命团体的吗？光绪甲辰年湖南学生黄兴，设东文讲习所于长沙；湖北学生刘静庵设科学补习所于武昌，后来怎样？还不是因为走漏消息，湘绅王先谦密告湖南抚台陆元鼎，转电两湖制台张之洞，把这两个机关一起搞垮了。以后，刘静庵重新组织一个日知会，不到一年，又由于湖南党人王永成、陈亚龙他们在浏阳、醴陵、萍乡一带起义的影响，而遭封闭，刘静庵送了性命。所以两湖革命运动，差不多消沉了三年。上半年组织军队同盟会，也就是因为这些原因搞不成。‘前事不忘，后事之师’，难道我们还不记取这些教训吗？”

“子畅的话对。”章裕昆说。“革命有枪杆子就行。我们回去这样办。”

“那也好。”钟畸没再持异议了。

第二十一混成协，刚从太湖开回武昌后的几天，就由杨王鹏、章裕昆、钟畸他们十个人发起，成立了一个秘密团体群治学社，即后来领导武昌起义的文学社。这时因为杨王鹏被提升到第四十一标第一营左队当司书生，这左队就无形中成为这学社的总机关。季交恕也恰于此时进营，补在这队上当兵。

“嗳！我们队上补来一个姓季的新兵。很好——”杨王鹏在体操场的土坡上碰着章裕昆同钟畸，他刚刚这么说一句，他们两位就带着惊异的神色插问：

“现在停补，哪里来的新兵？”

“他是上书黎统领送下来的，年纪轻，文笔好，像是个有新思想的人。”杨王鹏把上次李士奎领着季交恕进左队哨棚那回事，详详细细地告诉他们这两位。

“书在哪里?”“你看过吗?”“讲些什么?”章裕昆和钟畸争着问。

“书在队上,讲一些要如何救国的事情。”

“你记得吗?”钟畸问。

“书太长,只记得最后一小段。”杨王鹏开口念道:“‘……列强环伺。深感危亡。此贾生可为痛哭流涕者三。矧甲午庚子。辱国丧师。印度高丽。深堪殷鉴。苟不急起直追。力图振奋。四万万同胞。其将有噍类乎。生虽不才。兴亡有责。自愿投效麾下。借报国家。倘蒙录用。马革裹尸。在所不辞。’末尾还有几句,记不得了。”

“写是写得好,只是些爱国的口气,不见得有新思想。”钟畸说:“你试探一下看看。”

章裕昆很兴奋,道:“如果好,就索性把他拉进来。”

杨王鹏连点几下头:“对,对,对,再试探一下,我们还只十来个人,正要物色几个好角才行。”于是不久就由杨王鹏介绍,季交恕加入了这个团体,同时也就担任了这团体里的重要职务。

二　开始活动的新兵

这时,季交恕虽还是一位进营不久的新兵,可是,因这队上,大多数是不识字的农民和一部分城市中的失业工人,他们都知道他是上书进营的读书人,经常请他写家信,写报单,询书问字,全队人都认识了他。

“老季! 你真好,肯同我们帮忙写信,不摆读书人的架子,难怪大家都喜欢你。”初一那一天发饷的晚上,左队尽头处的讲堂里,挤着一大群士兵们请季交恕写信寄钱回家的时候,第五棚一位二十几岁的叶得胜,拍拍他的肩膀,竖起右手一个大指头称赞他。还有几位士兵同声说:“是呀! 他是我们的好朋友。”叶得胜添一句:“不! 我们的好先生。”

“不要客气啰！写几封信，教几个字，这算什么啦，毫不费力的事。”季交恕坐在讲桌旁边，燃着一支蜡烛边写边说。

“唔！不费力呀！我们五棚里的伍芸、九棚里的胡道生，不一样是读书人吗？请他们写一封信，就像求神拜佛一样。连在体操场里跑木马、阻栏都不同我们这些老粗在一块的啦，好大的臭架子。”叶得胜口里，喷出一些白泡，显现出不满的表情。

“那是看人说话的啰，王排官还不一样是老粗，叫他们写信、写报单，就随叫随应，‘三十两’同‘四两二’[①] 不同哩。”另一位左颊上有一个疤痕的中等个子，说了这几句讽刺他们那些读书人的话。这就是五棚里的正目胡金彪，也是不识字的。

都是十把几句话，而且都是寄钱、问好、报平安这一类大同小异的简单信，季交恕一连写完了好几十封。这本来是最容易不过的事情，然而在他们不识字的人看来，却似有点惊奇，认为这是“才子”，千恩万谢地连声赞叹，各自拿着信回棚去了。

当时，季交恕心里，忽然涌起一种同情心，觉得这些不识字的人，实在太可怜，为什么不读书呢？一面想，一面替叶得胜写完最后的那一封家信：寄沔阳县，洋四元。比别人寄的多一点。他问叶得胜：

“你没有读过书呀？”

“没有。”

“为什么不读书啦？”

“咳——朋友——”叶得胜长叹一声：“饭都吃不饱，哪有钱读书哟！”

此时，季交恕似乎才懂得叶得胜家里太穷，心里有点难过。又因见叶得胜性情爽直、耿介、有正气、爱打抱不平，觉得这是一位和自己气味相投可以结交的朋友。于是收拾笔砚，两个人谈起心来。

---

① 三十两，是排官饷额。四两二，是正兵饷额。

季交恕拉着叶得胜的一只手问他：

“你家里有些什么人？干什么的？一个月四两二钱银子，怎能寄四块钱回家？”

“就是太穷啰！营盘里同我一样穷苦的人不少啦！我的爸爸六十多岁了，替人家做长工，耕一辈子的田。三十多岁才娶我的妈妈，她现在也将近六十岁，同在乡下守庙，都有病。除开一副旧铺板和破絮被，十把几只粗碗，再没有别的东西，你说穷不穷？所以我就只好尽量节省，多寄块把钱。”

“你过去在家里干什么？”

“我呀，八岁就替人家牧牛，只能赚点饭吃，还经常挨打，一直做到十七岁。因为沔阳是经常闹水灾的，很多人出外逃荒，找不到饭吃。爸爸说：城里的店老板好些。保上托保，才把我荐到沔阳县里的一家米粮店做长工。虽然每月有四串钱，可是天还没有亮，就要起床碾米，到晚上点灯，才许收工，多么辛苦呀！苦还不算，就是店老板心事太狠毒，同乡下的田老板一样，动辄就打骂，开口就喊开除，真气够了。不干嘛，找工做很难；回家嘛，没有饭吃。朋友！叫我怎能读书识字啊！唔！”叶得胜边说边撩起衣角揩眼泪。“前几年新军在沔阳招兵，我因此上了一个名字，现在升了正兵，每个月有四两二钱，比做长工要强些。并且兵房好，伙食不差，每天只是下操、上课、做差事，也不算苦，还能多少识得几个字。假使操课好，能够挂上一把东洋刀，同王排官一样，那就更好啦！”叶得胜笑了起来。

季交恕边听边想：我读了这么多年的书，比叶得胜这些穷人，真享福多了。我过去所受的那些委屈和刺激，比起他来，也只是小巫见大巫，算不得什么；可是他说营盘里不算苦，那就不见得。于是说：

“你说营盘里不算苦呀？嗳呀！兵房虽然好，可是每天三餐，差不多每餐都是两大碗闻不到油味的黄豆芽，实在难吃。你们每月发饷都寄钱回家,我是统统送给酒保① 里吃了包子、豆腐乳、酱菜、皮蛋啰。"

"你家里有钱啦?"

"没有钱了,够穿吃,只好不管它。从进营以后,也没和家里通过信。"

"为什么不通信?太不近人情。"叶得胜很惊讶地带一种责备的口气。

"朋友!你不知道。谁个舍得家庭啦!"说这句话的时候,季交恕的声音有点嘶,睫毛也湿了。"因为一通信,就当不成兵。他们,尤其在汉口的那两个堂叔叔季凤梧、季曙阶,刚一听到凌少槎说我进了营,就大发脾气,说什么'好铁不打钉,好儿不当兵',还骂我是玷辱了季家里的门第,到处托人打听在哪一个营队,想把我找回去。"他将家里的情况,一五一十地告诉叶得胜,同时就诉苦:"到底你是穷苦出身的,在我是觉得做差事很苦呢。像守大卫、守小卫、打扫棚子、擦地板、倒痰桶这些差事还好一点。特别早夜倒公共尿桶、搬东西,百八十斤,实在抬不起。虽则弟兄们都很好,原谅我,把我抬的这一头竹杠放长些,走慢些,固然轻松一点,可是豆腐一样的肩膀,仍然受不了。"他马上将上衣解开给叶得胜瞧。两个肩膀红了一大块,而且微微有点肿。他接着说:"打野外更苦啦!为什么每个月要打几次野外呢?全副武装,连枪支、子弹、背包、杂囊和做工事用的铁锹等等,总要背好几十斤吧?这还不要紧。顶恼火的就是跑步与爬山,定要穿起那一双又硬又重的东洋式皮鞋,两只脚痛得要命。"他又把脚上穿的长筒黑布靴脱下给叶得胜瞧。两只脚的踝骨皮,都裂了缝。接着穿好靴,将衣服披开道:"你看!嗳呀!我从来没有见过这么大这么多的臭虫,咬得我全身是大包小包。"

---

① 当时新军每标都在自己的营盘里边,开设一个不挂招牌的食品店,名叫酒保。

叶得胜站起来，耸耸肩膀，笑一下："这算什么苦啰，搞久就惯了的。你们读书人，就是怕吃苦，那不好。"随即改变了口气："你可怜，没有受过苦的。不要紧，下回做差事，我给你帮忙。——"他还没有说完，哒滴滴点名的号声，响彻了全兵房，他们的谈话也就终止了。

每棚十四个人，因正副目照例不做差事，所以挂在棚门口那一块光油水粉牌上的名字，只有十二个正副兵轮值。这一个月的差事还算少，季交恕名下，只填上四个正字，每个正字五画，合共做了"五四得二十"回。其中叶得胜竟替他做了"二一添作五"——一半。

今天又是初一发饷日期，照例不下操，也不上军事课。二十一混成协的大小操坪里，站满了听候点名的队伍。由藩台衙门里派来点名发饷的什么官，头戴蓝顶，身穿袍褂，坐在将校会议厅那一张铺上全红毡毯的桌子边。黎元洪的执事官捧着官兵名册，恭恭敬敬地呈递上去，然后两腿一并，行一个军礼，喊一声："报告……"

"拖枪！开步——走！"啪的一声，各标、营、队，都依次列成四路纵队，由小操坪向会议厅前进。"右转弯！向左转，枪放下，立定！报名数！"各标、营、队的口令，接二连三的喊声震天，变成了横队。于是各队的士兵兄弟们，从排头到排尾，由第一人扭转脖子向左边喊一声"一"，第二人照样喊一声"二"，依次喊下去，这就是点名。形式上虽很严格，而在实际上，拖东洋刀的大官，依然可以吃"截旷"①。黎元洪仅只钻钻这空子，为数也不少。这就是他比张彪名誉好得兵心的巧妙地方。

从上午点名，下午发饷，忙了大半天，也就是季交恕忙着替人

---

① 当时兵饷是按日计算的，例如一个副兵的月饷三两九钱，则每日合一钱三分，假使十一那天补上一个兵，就应上缴十天的饷一两三钱，或十一那天开除一个兵，就应上缴二十天的饷二两六钱。这就叫"截旷"。吃截旷就是将应上缴的日饷全部吞没或吞没几天。

写信的一天。恰巧,今夜轮到他守小卫。

此时,第五棚的兄弟们,挤在一起,向正目胡金彪领棚饷。叶得胜乘机进言道:

"胡老总!大家都要请季交恕写信,今晚的小卫,轮给我吧!最好他的差事,就由我们大家来轮流代替,好让他帮我们写信认字,行不行?"

"对!对!对!他身微力小,我们多做一点,行。"其他几位,一齐叫起来,充分表现出兄弟般的友谊。

季交恕站在那里,本想说几句道谢的话,可是,不知怎的,大概受了感动的缘故,心里一酸,说不出话来,而且涌出了几点眼泪。他觉得这些穷朋友,比他过去最要好的盟兄弟凌翥翔、李杜他们,热情得多。

"可以。那我们棚里的传知簿、日记册、报单,也一起交他写。"胡金彪满口答应了。

过了一时期,也是既不上课,又不下操的礼拜天。那梯形似的兵房中间的小操坪里,摆满了一列又一列的小木床,许多人提着开水壶,在火一般的太阳下,跑来跑去泡臭虫,还听到捣木砧似的一片响声。这就是夏天礼拜日营盘里扫荡臭虫的大场面。

四十一标一营左队左侧方的体操场里,有一幢安装了木马和浪桥的大敞房,比较阴凉些。吃过午饭,淋湿了的木床还没有晒干。季交恕邀同叶得胜,拿着一张席子,铺在这敞房没有什么人的东角边地下,倒在一头睡午觉。微微的凉风,吹得他们这两位心旷神怡,快将入梦了。此时,季交恕忽然想起昨晚上同叶得胜所谈清朝政府如何腐败卖国的事情,因吹点名号,还没有说完的,于是轻声地叫一声:"叶得胜!"

"什么事?"叶得胜吃惊似的坐起来,揉一揉眼睛:"不是哪里痛吗?"他很关心这位弟兄,生怕他在太阳里泡臭虫累坏了。

季交恕也跟着立即坐起来,很感动地说一句:"谢谢你!不是哪里痛。"四周望一下,没什么人,只看到距此很远的浪桥上,有一位仰着身子睡在那里,并听到呼呼的鼾声。他于是面对面喁喁细语地同叶得胜谈一些清朝如何卖国媚外、洋鬼子会灭亡中国的大道理。

叶得胜边听边打盹,张大嘴巴,打一个哈欠,往席子上一倒,似乎有点不耐听的神气,懒洋洋地说了这么几句:

"哼!亡国,亡不到我们头上,一个月不寄钱回家,就会饿死。洋鬼子来,不过是穷,不来也一样穷,管它做什么。"

季交恕的眼珠,不停地左右转,望望天空,又望望叶得胜,暗自忖道:叶得胜是我最亲密的好朋友,为什么一谈到国家,就这样冷淡呢?他很失望。没有想到自己所说的话太空洞,且与叶得胜本身的利害无关,想了又想,然后说:

"唔!亡不到你头上呀?那就未必。"他把台湾、高丽等亡国老百姓如何惨痛的故事,说一阵。叶得胜坐起来了,皱起眉毛,蹙着额,摇摇头。一听到讲清朝入关,扬州十日,嘉定三屠,大杀汉人这一套,叶得胜就一下睁大了眼睛,右手握起拳头,重重地在自己腿上一拍:

"他妈的!老子把条性命同他拼!"

"呀!小点声!怕人听到。"季交恕马上伸出一只手,掩住叶得胜的嘴巴。可是,他心里暗喜,觉得这已打动了叶得胜的心弦。

恰好在这时候,体操场里,走进来一个人。瘦个子,中等身材,二十来岁,湖南口音,这就是第一营前队第一棚正目钟左民。他读过书,也很关心时事,常和季交恕来来往往交谈,并认识叶得胜。

"你们两个谈什么?"

"还不是谈谈时事,来!坐下!"季交恕一手拉着钟左民坐在席子上。

"谈时事呀!营盘里就是看不到时事书,除开几本'步兵守则'、'操典'、下士团的'基本战术'、'应用战法'、'筑城学'……这些军事书以外，什么也看不到。”钟左民觉得没有精神食粮，很苦恼。

“哼！我们这些老粗，就有书也看不懂，只好拿耳朵听。”叶得胜马上插一嘴。

“只要肯听就是好的嘛，字可以学会的。”季交恕面向叶得胜这么说，又掉转头望着钟左民道：“书总可以找到的。”此时，体操场门口，来了一群人。于是他们就调换了话头，嘻嘻哈哈笑一阵，各自散去，收拾自己的床铺。

团圞的月亮，从东面照得那一排兵房半明半暗。季交恕和杨王鹏两个人坐在阴暗这一边的高墙底下，述说今天同叶得胜、钟左民谈话的情形。杨王鹏轻声地说：

“那好，就先把《民报》同社章拿给钟左民看。不错，他是个有才能的人。你说得对，叶得胜虽然有勇无谋，的确是个血性男子，我也认得他。只因挂上这把东洋刀，使他们老远望着我敬礼，就好比筑了一道万里长城。为了避嫌疑，我也不便常到棚里去跑，其实，我这个八两四的司书生，算得个什么。你就比我方便得多，大家都是兵，容易接近他们。”拍拍季交恕的肩膀：“你就从下层多做些联络吧！”

“嗳！子畅！我们现在还只十把个人，太少，不济事，要想法扩大组织才行啦！我想只有在各协、标、营、队撒下种子，建立代表制度，责成他们负责扩充人。假如有了这么一个组织系统，平时开会就只要召集代表到，将来行动起来，也就便于指挥，好比队代表就是队官，营代表就是管带，有机地联系起来，多么灵活。”季交恕就近杨王鹏的身子，用苍蝇般的声音，说了这一些。

杨王鹏不断地点头：“你这个意见对。”

他又问到左队队官潘怡如的情形：

“子畅！潘队官怎么样？思想新不新？”

“新，很好，他的书读得不错，经常看报，还有日本留学界出版的《浙江潮》《湖北学生界》那些东西，我们这个，他也晓得一点，可以替我们当掩堡。”

“那何不把他介绍进来，不更好些？”

“我们是决定不许介绍官佐入社的啦。”

“你也是一个军佐吧，如果破格把他介绍进来做同志，就会更加不利，不要墨守成规。”

“嗯！”杨王鹏仅仅在鼻子里嗯一下，就听到卫门口发出点名的号音，季交恕马上跑开去点名。

武昌小东门外的金台茶馆，是那里乡下人来往休息的场所，地方偏僻，行人稀少。也是礼拜天，杨王鹏、季交恕他们十来个人，就在那里开秘密会。刚开始讨论如何扩大组织、建立代表制度、是否可破格介绍潘队官等三个问题，没料到这天有庙会，一大伙又一大伙的男男女女，群集到那里休息。

“走吧，下次再谈。”杨王鹏首先提议。于是大家就回头进城，边走边谈。在路旁边的树林底下，提前讨论可否破格介绍潘怡如入社这一个议案。章裕昆首先赞成。因到会的大半是属于第三营，他是其中最有声望的一个，所以一致通过了。大家还郑重地声明：只此一回，下不为例。

第四十一标之所以称为模范标，就是因为它特别注重军事学课。排官以上有将校班，从副兵到正目有下士班，还有一个特别下士班。两年前的潘怡如，还是特别下士班的一个正兵。杨王鹏在去年，也同样是下士班的正目。混成协的排、队官，很多是由下士班提拔起来的。

现在，潘怡如已成为文学社的社员了。为着工作便利，杨王鹏想把季交恕提到哨棚里来帮助抄写，提议道：

“怡如！现在季交恕也由下士班考上了特别下士班啦！他的‘基本战术’，特别是‘应用战法’中关于混成协各兵种联合作战的配备与指挥那些，记得很熟，考了第一；每次打野外官长的‘讲评’，他也记录得很好哩！就只有术课不行。我的意见，——”杨王鹏的意见还没有说出来，潘怡如就插嘴：

“是呀，连起码的四把枪都拖不好。”笑一下：“你的意见怎样？”

杨王鹏是心直口快最豪爽，不像潘怡如那样肺腑深沉的人，他就毫无保留地一口气和盘托出他的意见：

“我主张把季交恕提升为正兵，挂上一个帮办司书的名义，免掉他的操课，做点抄写工作，以便他好进哨棚里来商量问题，也好腾出他的时间和别的标、营去常来常往。这对我们团体的发展是有好处的。你说怎样？”

潘怡如颇踌躇，考虑一阵，然后答道：

“好是好，我也赞成，不过——”

“不过怎样？”

“不过他的术课太不行，完全免操不大好吧？”

“只要懂得战术战略，基本操好不好，对革命没有什么关系，打野外还是要他去啰。”

潘怡如虽然是队官，是上司，但因杨王鹏是这团体里的发起人，又是主要负责人，他们两位的私人感情又很好，所以他没有什么争论，完全同意了。

这以后，由于季交恕的活动，驻在左旗的四十一标和第八镇三十一标的这二十四个队，每队都撒下了种子，合共有百把几十人。其中，季交恕所在的第一营和章裕昆所在的第三营，占了一大半。叶得胜和钟左民成了这第一营的中坚。这就是领导武昌起义的文学社刚才生长起来的幼芽。

三　笔剑唇枪

今年鄂南大水灾。

“嗳呀！我们沔阳饿死好多人啦！听说天门、京山、监利、公安、石首那些县，成群结队的饥民大闹。该死的满清政府，不独没有一点救济，反抓他们去坐牢。他妈的！不晓得我的老父母饿得怎样，借了两块钱寄回去，你替我改一改这封信！老季！”叶得胜满面愁容，说话时，颈脖子通红，手里拿着两张湖北官钱局的“台票”、一张寄钱回家的信稿，对季交恕说。

次日是礼拜，漫天云雾，微微有点寒，这已是初冬时节的气候了。刚刚开过早饭，下来了一道开差的命令：“着四十一标第一第二第三各营、队，开拔天门、京山、潜江、沔阳……驻防，每队留士兵三至五人留守，克日出发，不得延误。”这就是调去弹压饥民的。

为了准备明早就开差，全标官兵，整整地忙了大半天。这左队上，谁留守呢？潘怡如主张要季交恕留守，以便他好主持社务，叶得胜也留下来帮助他传达消息、看守兵房和军装。

约莫下午两三点钟，杨王鹏同季交恕召集了其他各营的几位负责社员，就在这左队哨棚里密议三件事：一、以季交恕留守省垣为中枢，主持全社一切事宜。二、杨王鹏、潘怡如、章裕昆、廖湘芸、蔡大辅等，依照各营、队驻地，分别进行活动，但须经常与中枢取得联络。三、凡在驻防地的弟兄，均应事先暗中疏通，如遇饥民事变，在被迫不得已时，只许朝天放枪。

从此，左旗大操坪里东边这一列兵房，冷清清的只剩下几十个留守兵。既不上课，又不下操，行动很自由。季交恕和叶得胜，就像两只出了笼的鸟儿，更番地每天晚上往西边的三十一标，礼拜日就往右旗和城外各兵营等处，有意识地串门子。

陆军特别小学堂学兵单兆祥，现已由季交恕介绍，成为文学社的同志了。因为他的关系，就由乡谊到友谊，由湖南人到湖北人，不到三两个月，此往彼来，接二连三地交结很多朋友。因此，在步、马、炮、工、辎各标、营、队和三个陆军学堂里，奠下了基础。

这时，正在汉口主办《商务日报》的詹大悲同刘复基、蒋翊武，往鄂南采访要闻，遇见蔡大辅。詹问道：

“听说新军中有个什么秘密团体,你知道吗?”

“你听谁说的?我不大知道。”蔡大辅微笑一下,半吞半吐地答复他。“你们拿笔杆子的问这做什么?”

“不要紧啰,老朋友!你我是彼此知道的,刘君同蒋君,也是同盟会员,在上海办过《竞业旬报》,现在汉口和我一起在《商务日报》同事,还不是一样为革命。你说不大知道,那就把小知道的告诉我们吧!这里没有旁人。”詹大悲本着他一贯的温和态度,斯斯文文地走近蔡大辅跟前,慢吞吞地说。

刘复基不同些,虽然初相见,他就从旁插嘴道:

“文武都要的啰,宣传要笔杆子。”他扭转头望着蒋翊武努一努嘴:“我们也都想脱下长褂子哩。”

“是呀,我们都打算进营来当兵。”蒋翎武说了这一句,两只眼睛望着蔡大辅,像是察看他的神色。

他们这三位,就在潜江驻地住了两三天,谈来谈去,大家谈通了,于是取得了蔡大辅给季交恕的一封介绍信,回了汉口。

一日,左队哨棚里,走进去两位穿长衣的客人,问道:

“哪一位是季君交恕?”

“我就是,请坐,你们两位贵姓?台甫?”

“詹,质存。”湖北口音,中等身材,二十几岁,《商务日报》主笔。

“刘,尧澂。”湖南口音,也是二十几岁,《商务日报》总编辑。他是前两年从日本归国的,头上剪掉了辫子。

詹大悲和刘复基报道过姓名后,从口袋里掏出蔡大辅的一封介绍信,递给季交恕,然后坐下来,谈了一阵。

“好!”因为蔡大辅这封信,介绍得很详细,而且把《商务日报》的政治主张也说了一些,季交恕看到这里,不自觉地喊出一个“好”字来,忽又抬起头朝着他们两位打量一下:刘复基的个子,虽然比詹大悲矮而瘦些,可是目光炯炯,口若悬河,像是个英俊有为的样子。

"唔！这信上写的是三位。还有蒋君翊武呢?"季交恕仍然望着刘复基。

"他在潜江进了四十一标三营左队当兵了,这封信是以前写的。"刘复基很爽快地答复他。"我也想当兵。"然后将他们的来意和《商务日报》的真实目的述说一番,最后又谈到南方各省不赞成粤汉铁路借外债问题。一直到吃过晚饭,他们才告辞。

过了一个时期的某一天上午,詹大悲身穿一件白长衫,手摇一把白纸扇,从汉口过江来,同季交恕商谈:

"我们这个报,因为开办不久,只能销千把两千份,多少要亏点本。好在挂的招牌是《商务日报》,广告费收入还不少。如若不然,我一个人就很难维持下去,你有什么好办法吗?"

"每个月亏多少?"

"不多,百把几十块钱。"

"哦!"季交恕昂起头,眼睛望着天,像在考虑什么。他想:现在文学社员,正在发展,每人每月按兵饷所交十分之一的月捐,就有百把元,将来更会加多。还有每个人一块钱的入社金呢,统统存在湖北储蓄银行那个死角里有什么用?这个报馆让詹大悲一个人的私资维持下去是难的,何不索性拿过来,作为团体的喉舌,不好吗?于是答道:

"嗳,你也是社员,《商务日报》就改归社办,它的经费,由文学社按月津贴,好不好?"

"好呀！我原来就有这个意思。"

"那等几天我就召集各标、营同志来开个会。"季交恕边说边搔头。坐在旁边的叶得胜努一下嘴,他没有看到,一直说下去:"假如他们赞成,那我就主张将《商务日报》的宗旨改变一下。"

詹大悲一愣道:"怎样改变?"

"不是别的改变,就是要大胆说话,秉笔直书,多登载些时事新闻,少登点商业消息,不必专靠广告费。"

“你说得对。只要有可靠的经费接济就好办。”

如此商谈一阵,詹大悲走了。叶得胜立即正言厉色地责问季交恕:“你为什么答应他拿团体的钱去办报啦?”

“叶大哥！这是有益处的事情。”季交恕一手拉着叶得胜的手,微微地笑道。

“有什么益处?”

“老话说:‘笔剑唇枪’,如果有一个报,那比我们在营盘里叽叽咕咕说的力量大得多。你要晓得,笔杆子同枪杆子都要。……”他把这些道理说一阵,叶得胜也就勉强点一下头,没再多嘴了。

第三天召集开会,经过一番说明,大家都赞成。

这个报原为避免清政府的干涉,办在汉口英租界。此后不久的某日下午,《商务日报》馆前面,忽然间响一声枪和一片很嘈杂而且异于寻常的喧声。

“唔！什么事!”詹大悲正在二楼上写东西,丢下笔,把脑袋伸出窗外朝下望:一位穿着破烂衣衫满身血渍的人,倒在地下。他的周围,挤满了一大群市民,有的咒骂,有的呐喊,有的揩眼泪。还赶来了许多巡捕,拿着木棒驱散他们。詹大悲马上跑下楼去询问:

“什么事?”

“什么事呀！洋鬼子真不把我们中国人当人!”“一个英国海军坐了吴一狗的东洋车不给钱,两下就吵闹,洋鬼子拳打脚踢,拖出手枪把他打死啦!”“为什么外国兵船敢停在我们汉口地方啦?”“把它赶出去!”被英国巡捕驱散了的那十来位市民,站在商务报馆门前,个个怒目切齿,争先恐后地抢着说。

第二天,《商务日报》第一版,登载了这一条消息,用头号字标题的社论:《洋大人为何敢在汉口打死吴一狗?》虽然这一天的报纸,出乎意外地增销千多份,舆论大哗,可是引起了英国领事的注意,报馆门前,经常有些鬼头鬼脑的人儿在那里探望。

从此,《商务日报》的销路日广,声势愈大,詹大悲和刘复基就逐渐成为武汉舆论界的权威了。还有用“兼善生”笔名的季交恕，也常在这报上写文章。

个把月以后了。这报上载有二十九标标统李襄邻侵吞军饷、虐待士兵的新闻。不久，又载着李襄邻撤职查办的消息。这就引起新军中的官兵都注意，尤其高级军官，就是平常不大看报的一般官、佐，也纷纷争购《商务日报》。因为这报上所报导的常有新军里面的事情，而且对新军又是优待的——报费打八折，从而，许多文学社社员以及非社员，都争着把这报当作宝贝看。有一天，叶得胜笑起来，对季交恕说道：“难怪你说，报是笔剑唇枪。我这才懂得枪杆子笔杆子都要。”

四　捉杨度华洋会审

川粤汉铁路，原定按田亩按资本征费，完全归商办，工程虽还没有开始，而费用是早已征收了的。现在清政府要改借外债，收归国有。全国士绅，尤其南方各省都反对。首先因四川争路风潮，激成民变，很快就影响了两湖，大大地促进了辛亥革命运动。

这天上午，季交恕正在哨棚里，用“反对铁路借债”为题，替《商务日报》写文章。刘复基满头大汗，由汉口过江走进营盘里来，还没有就座，便开口说道：

“告诉你一件事：湖南谘议局现为争路问题，派代表晋京请愿，正在汉口同杨度争吵——”边说边拿杯子倒茶。

“哪个杨度？怎么争吵？”季交恕马上放下笔起身问。

“就是主张借债筑路的四品京堂我们湖南人杨度。他也正由湘潭回京，住在汉口英租界既济水电公司，阻止湖南代表晋京去请愿……怎么办？特来同你商量。”

此时，季交恕没有回话，在哨棚里踱几步，低着头想了又想，然后说：

“我想只有马上从报上披露这件事,写篇文章来声援代表。再找些人去见杨度,当面斥责他。”

“对,我同大悲也有这样的意思,就是难找人。”说到这,刘复基的两只眼睛往上瞧,随即侧转头来嗳一声:“那我们就分头邀些湖南同乡人去好不好?”

“好吧,军队这边的湖南人我是认得些的,不过都是丘八,恐怕犯军纪。陆军特别小学同陆军小学、陆军中学的湖南学生,也认得一些,此外,就只认得文普通的张自强、存古学堂的余干之,我也可以负责邀集。”他搔一搔脑袋。“要多邀些文学堂和绅商界的湖南人才行,你认识谁?”末了他又这么说:“顶好是由湖南会馆出面。”

刘复基迟疑一下道:“旅鄂中学的教职员,我认识一些,有一两个是湖南会馆的首事,别的地方就生疏。只有詹大悲熟人多,咳!可惜他是湖北人,不好出面。”叹一口气,也同样摸摸脑袋。“哦!旅汉湖南商会,他有些相熟的,要他暗中去疏通一下。”

“那就由你出面发起,请湖南会馆召集开会。因为你是《商务日报》总编辑,我是丘八,只能够在后台偷偷摸摸地干。”最后,他——季交恕又把应当怎样干的主意说一些。

刘复基同意这样做。第二天,旅鄂绅商学各界数百人,聚集在湖南会馆,以欢迎湖南谘议局请愿代表为名,并请杨度到会。

“卖国贼!”“洋奴!”“湖南败类!”“取消他的省籍!”“抓到会馆里来!”“打死他!”因为两次打电话催杨度,他托词不到,顷刻间,七嘴八舌的,全会场怒吼起来,秩序大乱。

“不要吵闹!不要吵闹!听我说!”刘复基站在讲台上,高高地张开两只手掌大声嚷道。“我们推举几位代表出来,好不好?”

“好——”全是一个“好”字的回声。于是就推定刘复基、季交恕等八位代表过江去。

“不行!不行!不行!我们要一起都同去,把杨度抓到会馆里来。”到会群众的吼声闹成一片。于是浩浩荡荡,除少数穿大褂长袍戴瓜皮小帽的绅商界大肚子陆陆续续溜走一部分而外，几百人一起过了江。

矗立在英租界的一幢三层洋楼，就是既济水电公司。那门口，忽然间站满了由高鼻子指挥的十来个手拿木棒的巡捕，气势汹汹地拦阻他们，只许派代表进去。

刘复基、季交恕这八位代表，走上二层楼的大厅上，约莫过了十几分钟，水电公司经理宋炜臣，陪着杨度从大厅外慌慌张张地走进来。两个保镖的彪形大汉，杀气腾腾地跟在他们背后。大家都环在一张长餐桌旁边站着。

刘复基正在开口述说他们的来意。脸上有点黑斑，年近四十岁的瘦长个子杨度，流星似的两只眼珠，朝着这些代表瞥视一下：八位全是少年。他就仰首望着天，满不在乎的神气。待刘复基的话说完后，他才回转头来，用教训的口吻说：

“你们知道吗？大家都讲实业救国，教育救国，不修建铁路交通，如何发展实业啦？不借外债，哪里有钱修铁路啦？中国人拿得几个钱出来？你们后生子，不要乱听人家的话，还是发奋读书才是救国。这是皇上的国家大事，用不着老百姓来管，我也没有主张借不借外债的权力。”

“你为什么不要湖南代表去请愿啦？混蛋东西！”这是八位中间一个姓李的话，握起拳头在餐桌上发出沉重的响声。季交恕摇一下手，同时用肘弯碰一碰刘复基的臂膀，因为他是新闻界，并是顶会说话的。他会了意，于是口如悬河地大讲一阵道理：

“借外债固然可以，但现在是附有条件的外债，丧失中国主权，那就决不可以。东三省铁路、山东铁路、滇缅铁路、滇越铁路的主权，不都是操在俄、德、英、法各国手里吗?”刘复基把自己的两只袖子，交叉着往上一捋。“川粤汉铁路将会搞到美、英、日他们手里。引狼入室，这还了得！难道你也愿意外国人勒住我们的颈脖子吗?这就不算是中国人——”他的话还没有说完。

"卖国贼！什么中国人。"不知是哪一位代表吼一声。

"不要插嘴!"这是刘复基的回声。他继续说道：

"你说中国没有钱,不借外债就修不成路,那也不然。四万万同胞,如果大家都爱国,每人捐一块,就有四万万块,还有很多别的税收,怎样没有钱？你说这是国家大事,用不着老百姓管,请问你,'民为邦本',到底国家是谁的呀？你没有主张借外债,那为什么不要湖南代表晋京？骗小孩子的鬼话,我们不相信。这里说不清,还是请你过江去会馆里同湖南代表谈。"刘复基刚一停嘴,马上走近杨度面前去轻轻地拉他一下。

"去干什么？混蛋!"杨度把袖子一抖。

"谁混蛋？去！去!"几位代表大声吼,冲近杨度身边包围他,拖他去。季交恕一手扭着杨度的辫子。那两个保镖的一手拉着季交恕的辫子,一手揪着他的便衣——湖绉长衫的衣襟。于是这十来个人互相揪扭闹起来,因代表人数多些,拖着杨度下了楼。

此时,宋炜臣忽然走出去了。一会儿,大厅外有人说话似的："喂！你是领事馆吗?"仅仅听清这一句,的确是他打电话的声音。站在水电公司门口的人群,望见他们抓到了人,于是一窝蜂似的拥进了大门。"捉过江去!""捉过江去!"声震屋瓦的吼声和拍拍春雷似的掌声交响成一片。杨度的脸色突然变成灰白了,一面走,一面说:"好,好,我去,我去,请你们放手,莫扮蛮。"口角边全是白沫。

刚刚走出水电公司大门口的马路上,就望见几个高鼻子,领着一大群武装巡捕迎面赶来。刘复基马上趋近前去,向那位穿西装的翻译说明:"我们只要杨度过江去开会,不会破坏治安。"可是高鼻子不理会,把哨子一吹,发出虎狼般的吼声:"走！走！走!"扬起马鞭,东奔西驰地乱打。这时,虽然少数人有点吃惊,却还能镇静地保持阵容,有秩序地向一码头江边前进。季交恕同刘复基依然紧紧地扭住杨度的辫子。

呜——啪！这明明是朝天放的枪声,可是在一般穿长褂子的人听来，就很恐慌，狼奔豕突似的西窜东逃，散去了一大半。存古学堂的余干之，跑出租界就抱怨季交恕："我就是被他鼓动来的，跟着倒霉。外国人面前逞什么强，再也不听他的胡说。"

"空枪，不要怕。""不要跑！""单兆祥，你们要维持秩序啦，坚持啦！"走在排头的季交恕和刘复基边走边喊。

一会儿，又是呜——啪！连串的枪声。高鼻子的马鞭和木棒棒，同这些空手赤拳的一部分人们，互相揪扭对打起来。这时，季交恕同刘复基还扭着杨度的辫子不肯放。三个高鼻子就是一阵马鞭和脚尖拳头，把他们这两位打得头破血流，还有好几位受了伤，杨度溜之大吉了。

"同胞！洋鬼子要灭亡中国啦！""同胞！把洋鬼子赶出去！""救国啦！""同胞！不要借外国人的钱修铁路。""驱逐卖国贼！""同胞！把外国兵船赶出去！他打死吴一狗。"此时，秩序大乱，自发地各喊各种不同的口号。站在街旁两边观看的人海人山，猛烈地拍掌助威，跟着喊，声势极壮大。还有一些人就离开队伍跑散了，站在很远的地方破口大骂："该死的洋鬼子！""洋鬼子真混蛋。""他妈的！洋大人的威风这么大呀！"这都是些湖北人，也有湖南人咒骂的声音。

还剩下十来位没有跑散，被巡捕带进了捕房。

这也是一幢很大很漂亮的洋房，可是地下室就不大漂亮，虽有些房间有小铁窗，有些房间连小窗子都没有，仅仅在门片上开一个装有铁条的斗方形小窟窿。季交恕被关在这捕房东边那一间既没有窗子，又没有电灯，黑漆一团的囚室里边。他因受了伤，头痛，又愤恨，又疲劳。刚刚关进去，就坐下，握着拳头在地面上捶，丁丁作响，把手一摸，才知道这是地板，似乎还不脏。他本想卧息一下，忽听到旁边一个人啜泣的声音。他奋身起来问道：

"为什么哭！你是谁？"

张自强听清了他是个熟人的口音，答道："张自强。你是交恕吗?”

季交恕也听清了他的口音,于是又问:

“是不是受了伤?”

“没有伤。”

“那为什么哭?”

“下半年就毕业,假如开除了,怎么办?”

“开除就开除,有什么了不起?国家重要,还是文凭重要?这样多的顾虑!”

季交恕说他一顿,他也就不哭了,可是一天到晚不说话。交恕呢?越想越愤慨:现在中国还没有亡,外国人就这样横行霸道,暗无天日坐西牢;假使真正亡了国,岂不死无葬身之地吗?这都是满鞑子“开门揖盗”!他记起叶得胜那句话:“他妈的,老子把条性命同他拼。”

由于詹大悲熟人多,各处奔走,加上第二天的《商务日报》大书而特书,这就不能不引起两湖总督陈夔龙、湖北提学使王寿彭那班清吏的注意。他们很害怕反对铁路借外债风潮再扩大,使湖北变成第二个四川,不得不派员到汉口领事团去疏通。

就在这第二天的晚上,那门片上的小窟窿里,忽然射进来一道电光,有人在那里透视。俄而砰然一声开了门,几个手拿电筒的巡捕们,把季交恕和张自强领出去。

“去哪里?”“提堂。”这是季交恕和巡捕双方的问答。

离这捕房不很远的另一幢洋房,更宽大更堂皇些。它门口挂有一块六个字的牌子,“华洋会审公廨”,老百姓叫它做会审公堂,这就是根据不平等条约而设立在租界内各国公共的审判机关。凡住在租界内的中国人同中国人或中国人同外国人的民、刑等诉讼,以及住在租界外同租界内的一切纠纷,均要由它管辖。中国政府仅能委派几个有职无权的陪审人员。

这公廨里边,有好几个审案的大厅。现在都燃着亮如白昼的无数电灯，站满了一大群人。左侧方一个比较小点的厅子中央，同样有高出地面一两尺高的审案台上，坐着一个高鼻子法官。几个陪审的黄脸皮，坐在他的两旁。一个当翻译的，也是黄脸皮，站在公案桌旁边。还有一个坐在案台下面右侧方的矮胖个子，乃是湖北巡警道冯少竹。

季交恕鼓起两只眼睛，望清了台上那一伙，然后回转头来，望望站在这西边的他们自己的朋友：八位代表中，只看到刘复基，其他十几位不认识。

“刘复基！”坐在公案桌中央的那个高鼻子喊一声。刘复基一点也不慌张，大摇大摆地走近前去。

“你是《商务日报》的吗？”

“是。”

“你是总编辑吗？”

“是。总编辑怎么样？又没有犯法，与你们何干？”

那个高鼻子注视着刘复基，也扭转头望望西边这十来位：“放你们出去。还是好好地编报读书，少管些闲事，下次，就不行啦。”

“什么闲事？是我们中国人自己的事，洋大人的威风这么大，还了得！”季交恕刚刚这么说几句，坐在高鼻子左边的黄脸皮马上制止他：

“不要胡说！”朝着台下右侧方那个矮胖子叫一声：“冯大人！请你马上派人送他们回去！”

就这样空空洞洞地说了一阵，并没有涉及案情本身，就喊退堂。刘复基是由冯少竹派人送交报馆，季交恕他们这一起，也由他派人送交了武昌那边的湖南会馆。就如此不了了之。

这几天的《商务日报》，借杨度这一题材，差不多天天有反对借债筑路的文章，更加引起了武汉绅、商、学各界的同情和赞许，销路激增到好几千份。可是，承印此报的群益印刷局和英租界的其他印刷局，都因捕房有过警告，不敢再为代印，因此《商务日报》出版不成了。

约莫一两天以后，詹大悲由汉口过江到武昌来，身穿一件白纱长衫，上半截，被汗水湿透一大块。刚刚走进季交恕的哨棚里，就脱下长衫，皱起眉毛，望望窗外火一样的太阳："好热啦。"叶得胜马上倒一杯凉茶递过去，他咕噜咕噜地喝完了，慢吞吞地同交恕商谈：

"我们这个报，已经在武汉有了声望，这么一来，真可惜！怎么办呢？"詹大悲的态度，仍然同平常一样温和。

"他妈的！洋大人真可恨！"叶得胜首先插嘴，瞪大了眼睛，举起一个拳头晃几下。

"宣传很重要，还是要设法出版啰。"季交恕边说边递上一把大蒲扇给詹大悲。"坐下来谈！"

"那除非自己有钱买印刷机。"詹大悲接着蒲扇重重地摇几下，解开衬衣襟，然后坐下来。

"换过一个报馆的名字，搬过一个地点行不行？"

"恐怕换过名字，销路减少，会亏本。如果自买机器，用原报的名字，那就只要搬到别国的租界去就行了。"

"我是主张换名字迁地点的。如果要自买机器，那就要写信或等到秋收杨王鹏他们回武昌以后，大家再商量。"

詹大悲低着头沉思了一会儿："好吧！秋收也快了，就等他们回防以后再商量。自买印刷机，才是一劳永逸的办法呢。"

"我的想法不同，因为这是宣传革命的报，就是自办机器，难保他们不再搞鬼。"说到这里，转换了谈话方向：

"这一回，不独《商务日报》受了影响，就是他们的团体，也有人知道一些，并注意到新军，要小心啦。"詹大悲将外面这些情况告诉季交恕。

季交恕点头："不错，昨天刘复基也来同我谈过。不过，我们的团体近来发展得很快，杨王鹏他们还没有回防，内内外外的一切事情，都堆在我身上，实在搞不过来，也容易暴露目标，这是一个问题。”

“嗳！刘复基是不是真想进营盘里来，如果他来就有帮手啦。”叶得胜坐在旁边沉重地拍一下胸脯：“只要你们出主意，跑腿拼性命算我的。”

詹大悲微微地笑了，站起来，拍拍叶得胜的肩膀，称赞他：“你真好，难怪交恕说你是个革命的血性男子。”又坐下去。“他是真想进营，就因为那个辫子，还没有蓄起来，交恕知道的。”他马上披上长衫起身走：“唔！时间不早了，我还有事要回去。”

五　急图起事不成

就在这年夏季，清朝政府，为要镇压两湖的革命运动，特派满人瑞澂到武昌来接替陈夔龙做总督。不到一个月，武汉三镇，忽然戒严。

“为什么戒严？”“呀！长沙饥民闹事啦。”“又说是湖南革命党起事！”这是传遍武昌城内外每一个角落的风声。

“北京来了电报，要调湖北第三十标到长沙去打饥民，又说是打革命党！”新军中纷纷如此传说。

季交恕刚一听到这些消息，就猜想：“是饥民闹？还是革命党起事？无从知道。”立即把叶得胜找来吩咐道：“你先到三十标，后到报馆去打听，到底怎么一回事，快些回来！”

叶得胜走了以后，他又这么想：“近几年，从龚春台在浏阳，徐锡麟、熊成基在安徽，孙黄在镇南关，黄明堂在河口……前后起义好几次，虽然没有成功，影响却很大，尤其今年自铁路风潮发生，全国震动。现在两湖饥荒。文学社团体虽还不算十分大，然而在各标、营、队，都打下基础，有了核心有了枪，假使有机会，也就可以起义的。”想到这，他自己笑了起来。

现在还没吃午饭。叶得胜累得满头大汗,急急忙忙地走进了这左队哨棚,头一句回报:“好消息,好消息。”边擦脸边说:“湖南抚台衙门烧得精光,长沙城内乱了,饥民好几万,也有人说是革命党乘机起事。三十标准备开差啦。”坐下来又补一句:“尧澂就会过江来。”

果然,过了一会儿,刘复基过江来了。商谈一阵,季交恕立即召集各标的十来位代表在这左队哨棚里边开会。他说:

“……实在情形,虽还不十分清楚,但是从大闹饥荒与烧抚台衙门这一点看,问题就不小。我主张一面派人去打听情形,一面就准备响应,双管齐下好不好?”

当时大家都赞成。陆军特别小学堂的单兆祥提出这样一个意见:

“我们同学黄辰向同我谈,他也有此意见,只因为他们共进会人数比我们少些,武器不如我们齐全,我想只有联合他们一起来搞,行不行?”

“那更好,群策群力来干,你们以为如何?”季交恕刚刚这么问一句,刘复基立即举起一只手:

“我赞成,我赞成。”于是大家都举手喊赞成。

“好吧!就这样干,派谁去打听呢,同黄辰向商量再说。你们各标赶快去准备。”季交恕说完这几句话以后,侧转头望着单兆祥:“你马上去找黄辰向到我这里来商量。”

散会后的黄昏前,一阵狂风,黄豆大的雨点,打得这左队哨棚的屋瓦卜卜地响,可是不到两三十分钟,浓烟似的乌云,又被狂风吹散了,露出了淡黄色的太阳。此时,叶得胜方从驻汉口的四十二标回来,全身透湿,一面脱衣服,一面报告季交恕:“听说不久有北洋军到。”

暮色笼罩了大地,气温稍稍下降了。这左队哨棚里的桌上,摆满了几张地图。季交恕和黄辰向他们几位,商妥了即派黄考林去长沙,并派林朝东去川鄂边联络新军之后,围着看地图。季交恕拿起一支铅笔,首先在地图纸上的武胜关点一下:“这是湖北与河南交界的军事要地,武昌一发难,要四十二标守住这个地方,真是一将当关,万夫莫敌,来三两镇北洋兵都不怕。”

黄辰向点头微笑:“不错,到底是特别班考第一的角色。”

这时,他们已将步、马、炮各标和三个陆军学堂的配备、任务、动作等军事计划,作了详细的商讨,但没有谈到政治方面的问题,只是这么说:“谁来准备檄文、布告啦?”刘复基答应一声:“我来起草。”

过了两天,黄考林从长沙回来说:“湖南饥变镇压下去了……”

黄考林刚刚回去不久,叶得胜从第三十标急忙忙地跑回左队报告季交恕:“糟糕!许多宪兵在湖南捉人搜兵棚,听说黄考林差一点被捕,好在他逃脱了,风声很大啦。”

“嗳呀!”季交恕猛然站起来,惊叹一声。心里扑扑地跳,额角上现出了皱纹,踱几步,望着叶得胜道:“文学社的秘密文件,完全在左队,幸亏它的名册篇幅小,容易隐藏,也怕他来搜查哩。”

“怕什么!就把两条性命同他拼!”

“两条性命是小事,就怕把名册搜去,那就会一网打尽啦!”

“你这话也对。”

“叶得胜!你来!”季交恕叫叶得胜爬上穿堂把名册藏在天花板上。

就在这天,黎元洪调来十多个宪兵,如狼似虎地走上这左队楼上。在空空如也的一棚到九棚望了一望,就一起检查哨棚和军装房。把所存几百件冬夏季旧军服,一件一件地翻看了个把钟头,没有什么。那个宪兵头目,拿起一个白铜哨子,往自己口里一塞,呜的一声,也就走了。季交恕好像演空城计的诸葛亮,举起手在额角上捏了一把汗。叶得胜睁大眼睛,咒骂宪兵几句娘。

“新军里边有革命党”的风声很快传开了。两湖总督瑞澂,一再斥责张彪和黎元洪。张彪说:“这就因为混成协要搞什么模范标。”黎元洪说:“黄考林是第八镇的学兵。”张彪说:“林朝东是混成协的。”就这样互相推诿,各执一词,弄得瑞澂心里很惶惑,搞不清谁是谁的部下,应该谁负责。可是湖北新军中的防范,就从此日益严密,不像以前那样松了。

今年雨水还调匀,虽不算丰收,大概也有六七成,站在饥饿线上的两湖人心,现在稍微安定些。月饼刚刚上市,为要防范革命党,由于黎元洪向瑞澂要求,将去年调去镇压饥民的四十一标,从鄂南调回武昌了。

部队刚回防,照例休息三天不下操。季交恕马上召集杨王鹏、章裕昆、廖湘芸、单兆祥他们八九位,在左队哨棚里开会:

“我先将你们调防这一年来的经过作一个报告,并提出意见来,请大家讨论。”他于是将各标、营、队社员的发展,办报馆、捉杨度、准备起义未成,以及所受影响等情形,轻声细语地报告一阵,喝了几口水:“依我看,现在全国骚然,满鞑子等于住在火山上。只要我们努把力,把团体扩大些,有了力量,就一定可以起义的。不过,我们的团体,人数越多,开起会来就越困难。因此,我主张正式建立起固定的代表制度,只开代表会,这是我以前说过的;再就是宣传很重要,恢复《商务日报》呢,还是换过招牌?我是主张换过招牌的,上面已说过,大家以为如何?”

接着发言的是杨王鹏,满口湘乡土音,有一两位听不大十分懂。可是“我赞成交恕的意见,不过代表制度,要从各标建立到各队,为迅速扩大组织,要督促他们负责发展各队社员,每人每月要介绍两个人入社”这几句,大家却听清楚了,都赞成。

“那就要修改过社章啦。”章裕昆的声音。

廖湘芸犹豫一下,望着杨王鹏,又望望季交恕,最后才开口:

“赞是我也赞成,不过——”口里唆一下,就闭了嘴巴。

“不过怎样?你说啰!”季交恕和杨王鹏齐声问。

"改换招牌名字不大好，我赞成詹大悲的意见，自买印刷机恢复'商务报'。"

"为隐蔽目标起见，换换名字有什么不好！"杨王鹏说。

"好吧！等明天开代表会再说，暂时不确定。"快要开午饭，就这样宣布散会了。

现在，四十一标休息到第三天了，正是中秋。稍微有点风，不大热。黄土坡那一带树林里的秋蝉，很有节奏地迎风歌唱。这是季交恕、杨王鹏他们在此地一家酒馆后面开代表会议的时候。商讨一阵，才议决：修改社章；确定标、营、队代表制；每个社员每月至少要介绍一人入社；扩充人选，仍以季交恕、杨王鹏负总责；改组商务报为《大江白话报》。

现在《大江报》还没出版，刘复基闲着不耐烦，急于想进营去当兵。可是很多人不赞成，因为他是出过洋，剪了辫子的，当过总编辑，怕引起人家注意；而且身体瘦弱矮小，恐怕受不了。然而他非常坚决地驳斥这些意见："你们知道吗？愚公可以移山，难道我刘复基连枪杆子都拿不起，那还革什么命？季交恕的身体，同我差不多，他也干得来，他赞成我进营去；辫子嘛，可以蓄起来的；怕人注意嘛，改换一个名字就行吧。"他于是化名刘汝夔，从汉口理发店定做一个假辫子，经常网着头。恰好四十一标开补，他就在第三营后队补上了一名副兵，和蒋翊武同在一个营。这是文学社的两支生力军。可是，他碰的机会不凑巧，因为从捉杨度到长沙饥变以后，黎元洪对新军里边有新思想嫌疑的人，戒备很严；而三营左队队官李怀玉，就是痛恨"新思想"的一个。

"成个什么姿势？斯斯文文的，像个兵！这碗饭不是你们吃的。"李怀玉经常在操场上，指手跺脚，大声咒骂刘复基；同时也指桑骂槐，暗示这队上其他有新思想的士兵。本来刘复基的下操姿势不好，有一天，正在停操休息时候，李怀玉找来一块大石头，朝操坪地面上一搁，叫一声："你来！"虎起一张又黑又粗的方脸皮，把刘复基从队伍里边叫出来:“立正! 两手向后!”他于是拿起那块大石头,搁在刘复基背上,用力地往前一推:“走! 跑一个圈,跌下来了,就不饶你的性命。”

同在这操场上休息的排队官,望着笑;而那些士兵们,则相互耳语:“咳! 太野蛮。”刘复基曲着腰背,张大嘴巴,虽则跑得全身大汗,心里很痛愤,然而他铁一般的革命意志,始终没有被挫折,硬跑完了这一个圈子。收操后,他对季交恕说道:

“他妈的! 漫说一块石头,就是一座山,我也要背下去。”

“对,总有我们的一天。”季交恕竖起一个拇指,点点头:“忍耐着。”

从规定固定的代表制、每人每月介绍一个社员以后,文学社发展极快。加上刘复基进了营,增加一个出主意的智囊。单兆祥他们也都很高兴地跟着这样说:

“对,总有我们的一天!”

六 志士被逐

正是雨雪交加的一天,黎元洪派亲信马弁李士奎到四十一标一营左队哨棚里找潘怡如。四周望一下,只有潘怡如、杨王鹏两位在座,他没有开口。

“什么事?”潘怡如问。

“等一下谈。”

杨王鹏会了意,马上离开这个哨棚。李士奎一手拉着潘怡如,把嘴巴凑拢去:“有紧要事,请你到统领公馆里去面谈,不要作声。”停一下:“嗳! 你当心!”最后“你当心”这句话的语气很郑重,说完就走,没有坐。

待李士奎下了楼,潘怡如立即走过对面那个哨棚,告诉杨王鹏:“你猜什么事? 他说出‘你当心’这句话来,恐怕不大妙。”

杨王鹏站起来，两眼望着天，像在思考什么，道："你要当心！黎元洪这个家伙，恐怕是'两头蛇''墙上草'，人家都说'黎菩萨'忠厚，我是不大相信这种伪君子的。假使他知道我们的情形，千万不要承认，只要拿不到真凭实据，就不怕他。"

"当然我不会承认，顶多不过丢掉他妈的七十两。不过名册、文件要紧，你们要注意。叫季交恕来商量一下吧。"

杨王鹏立即把季交恕找来商量了一会儿。

这是中和门内一幢最精致的平房，离左旗混成协司令部也不远，进门西边是几间客房和一间大客厅，厅外一个小花园，东边就是黎元洪和他的小老婆黎本危住的一间卧室和一间小客厅。潘怡如因为是黎元洪的同乡，又是他的老部下，曾经去过这里多次，很熟悉。上灯还不久，潘怡如一直走进小客厅，朝着黎元洪敬一个礼，打量他一下：微微的狞笑里边，隐藏着很严肃而又紧张的表情，与平常略有不同。他叫一声："坐吧！"立即开口问道：

"你家里常有信来吗？每个月寄钱回去不？"

"常有信来，也常寄钱回去。"

"索性把家眷接来吧。"

"省城里东西贵，一家几口接来不容易。"

"不错。将来当了管带，每个月二百四十两，那一定可以接。嘻嘻！"黎元洪张开拇指和食指，把那一嘴又黑又密的八字髭，朝左右两边捻几下，微笑道："好好地干，把家眷接来。"

此时，潘怡如心里很惶惑：难道叫我来聊天谈家常不成？为什么李士奎说"你当心"呢？想问统领叫我来什么事，忽然走进来一个人，还是李士奎，手里端着一盘热烘烘的包子、一罐咖啡，放在桌子上。潘怡如没有开口。

"还拿一双筷子来给潘队官！"黎元洪面向李士奎这么说一句，随又伸出一只手，朝着潘怡如招一下："来，吃包子。"

潘怡如站起来，并腿立着："谢谢！我还饱，不吃。"

“来——,坐拢来!吃一点吧,你是我一手提拔起来的老部下,何必客气啦!”

潘怡如这才遵命坐拢去,也领会到黎元洪这上面的谈话,好像带有诱惑与示恩的两种意味在里边,但不知他葫芦里到底装的什么药,忍不住地硬发问:

“请问统领叫我来有什么指示?”

“没有什么事,不过问一问你队上的情形。”黎元洪边吃包子,边转弯抹角地说。“谣言新军里边有革命党,你知道吗?”

“听说。”

“你队上怎样?”

“还算好。”

“有没有革命党?”

“没有。”

“有就麻烦啦。”黎元洪手里拿着那一双筷子朝包子盘指一下:“你吃啰!”拿起咖啡杯子喝一口,又说:“嗳!有人说,你队上那个季交恕很不好,捉杨度有他,你知道吗?那个司书生,杨——杨什么名字呀?”摸一下脑袋:“哦!杨王鹏,听说他也不大好哩!你看如何?”

潘怡如心里一惊,可是表面上,却仍神色自如地立即回答他:“报告统领,他们这两个人,原先我都不认识,统领总还记得吧?季交恕是因为上书统领派到左队来的,虽然操课差一点,学课是好的。现在标下的表报,他写的不少。捉杨度有没有他,那时我在沔阳,不知道。杨王鹏是由特别班提升到左队当司书生的,也写作俱佳。看不出他们有什么坏处。”

黎元洪的脸色突然变得庄严些,立即放下筷子,鼻子耸一下:“哼!好歹不在这。据说左队有革命党,你要切实调查个明白!亲自来报告,快些呀!”

潘怡如回队,一五一十地将这些情形,告诉季交恕他们这两位。于是文学社立即开会商讨怎样隐蔽与戒备。当下，有几种意见：单兆祥主张季交恕和杨王鹏都一起请假出营，借以减少敌人的目标，免得破坏团体；廖湘芸主张暂只离开一位，再作计较，免得一下丧失两根台柱，影响全体；刘复基摆头，不同意。他说：

“两位都不能走。照怡如说，黎菩萨并没有摸到我们的底。假如走，倒会露出马脚来，惊慌失措，那就是‘不攻自破’，就是‘庸人自扰’，不行！不行！”随而提出另一个建议：“依我看，李士奎好像是有心关照我们的。”他扭转头望着单兆祥：“嗳！你同他很熟，何不拉他一把试试看。马弁同护兵，虽是官长的爪牙，也可以拉过来做我们的耳目的，我们要学孙悟空钻进铁扇公主的肚子里去，从各标、营、队的马弁、护兵当中，物色些社员进来。你们说对不对？”

大家都点头：“对！常言道，‘恶虎难斗肚里蛇’，只有打进他们的心脏里边去。这是一着最好的棋子，包赢不输，哈哈。”大家笑起来：“还是都不走吧。看他们两位老板自己的意见怎样？”

“不走！不走！”季交恕斩钉截铁似的回答，“刚才我们两个也商量过，只要好好保存文件，只要内部没有奸细，他就拿不到我们的刀把，就无论如何不怕他。复基的话对，不要惊慌失措。”说到这，他站起来连拍几下胸脯：“即或出了事，我们有决心。‘好汉做事好汉当’，保不会破坏团体。请大家放心！”

大家又点头，还轻轻地拍一下掌，表现一种很兴奋的神色。潘怡如竖起一个大指头：“对！好汉做事好汉当。”他们又将怎样应付黎元洪的对策，商讨了一阵。

过两天，仍然是夜晚。黎元洪公馆的小客厅里，出现一位挂东洋刀，袖子上缀有三道黑边三个镀金蟒扣的高个子，这就是四十一标一营左队潘队官。

“请坐！我去报告统领，他正在同姨太太打牌。”李士奎对潘怡如说了就走，马上又回头：“嗳！你小心点！他不高兴。”

一阵很沉重的脚步声，从黎本危的房子里响进了小客厅。这一回,不知怎的,面善心狠的黎元洪,脚上穿着一双厚底鞋,手上戴着一双白手套,虎起一张脸,态度很庄严。

潘怡如瞟他一下,立一个正,没有坐;觉得杨王鹏说得对,“黎菩萨是伪君子”,现在露出了原形。让他吧,尽管你狠,至多坐几个月自新室。于是开口喊一声:“报告统领。”

“坐下!”黎元洪挥一下手。潘怡如很谨慎地坐半边屁股道:

“报告统领,标下已经查过:季交恕、杨王鹏都不是革命党,没有查出革命党证据,也查不出别的坏事情,只有捉杨度,据说季交恕是去过的。”

“那还不是证据吗?”黎元洪竖起一个食指在茶桌上敲几下。

“报告统领,据说捉杨度有好几百人,是公开的,陈制台、王提学使都知道,怎好说这就是革命党的证据?”

“你不晓得呀!革命党是挂羊头卖狗肉的。你不防范,反在我面前强词夺理,还当什么队官!滚!”黎元洪大拍桌子。

这样一来,潘怡如也就只好两腿一并,来个向后转,遵命“滚”。

约莫过了十多天,黎元洪才下了一道空空洞洞没有提出什么确实罪案的命令:“查本协第四十一标第一营左队队官潘康时。治军不严。着即撤职。其遗缺。着由施化龙接充。此令。”

施化龙,流氓出身,曾经在汉口租界当过“包打听”——侦探。成立新军时,他就进了混成协当兵,以后在协司令部当过马弁。因得黎元洪的信任,当了排官,现在被提升为这左队队官,是奉有秘密使命的。所以,他一接差,就带进来三个鬼头鬼脑的新兵,一起补在第五棚。

现在,季交恕因为这三个人同他在一棚,心里很紧张,和杨王鹏商量道:“情形不妙啦!怎样隐秘得了呢?”于是决定先行通知各标代表:(一)不许再来左队;(二)一切事件均须由第三营蒋翊武取得联络。因蒋翊武很像一位乡下佬,经常笑嘻嘻的,会团结人,而且进营以后,还没有露过头角。

这一向，季交恕同杨王鹏只是整天在哨棚里一起造表报，哪里都不去，也再没有什么人来找他们。

“司书生干什么的呀！还要别人帮办？那不行。”当季交恕在杨王鹏的哨棚里造饷册时候，到差不过几天的施化龙，一脚踏进来，摆出虎狼一样的狰狞面孔，没头没脑地望着他俩这么说。“当兵不下操，不做差事，成个什么兵！”因为他的理由还充分，杨王鹏和季交恕都没作声。

第二天，季交恕仍旧下棚去下操做差事了，比较以前能多吃苦些。

冷得可怕的西北风，虽经常在空中怒号，然而一天两操，并没因此而中断。“跑步！”士兵们一听到喊跑步的口令，就立将两只臂膀弯起来，作跑的准备姿势。“走！”马上提起两条腿，踮起脚尖跑。啪，啪，啪，整个操场，全是这一片很有节奏的脚步声。现在是冬天，跑步特别多，并很受士兵们的欢迎，因为跑可以抵抗寒冷。可是，季交恕恰恰相反，最怕跑步，一跑就落后掉队。

“来！妈的！你配当兵！”正是北风凛冽最寒冷的这一天，施化龙睁大眼睛，把季交恕从队伍里边叫出来。“跑不动，就站！”伸出两个手指晃一下：“罚立正两点钟，不许动！”

当下，季交恕心里就像蕴藏着一座快要爆裂的火山，全身发热，两眼通红，恨不得一口就把施化龙嚼得粉碎吞下去：“他妈的！你顶多折磨我的身体，折磨不了我的志气。”他这样越想越愤越发烧。可是一阵一阵的北风，吹个不停，因而两个鼻孔的鼻涕，也就流个不住，身上颤抖起来了。过了一会儿，才听到卫门口收操的号音。

就在这天傍晚，柳絮似的白雪，开始在寒风中飘扬。第二天早上，乃是季交恕值班抬尿桶的时候。每棚一桶尿，从这左队抬上那高坡大厕所，约莫有半里之遥。每天只有两个人值班，九桶尿，往返要跑十八次，实在受不了。

叶得胜望见季交恕抬着那桶尿，东摆西摇走不稳，流下眼泪来了。想去帮他抬，又怕施化龙看见，沉思一会儿，还是跑拢去了："来！我帮你抬。"

消息真快，刚刚吃过午饭，施化龙叫叶得胜：

"你晓不晓得当护兵的任务呀？"

"我才当个多月护兵，不大晓得。"

"当护兵的不做差事，你应该晓得呀！谁要你抬尿？"施化龙取下军帽朝桌子上一摔。"好，想做差事就下棚。"马上提起笔写一个条子："着叶得胜仍回第五棚。将五棚副兵侯耀先调充本队护兵。此令。"这侯耀先就是施化龙带来的那三个人之一。据说这回事，也就是他报告施化龙的。

"一年又过一年春"，蛇山上面，百花盛开。今天是礼拜，李士奎和单兆祥坐在这山上抱冰堂门前的草地上看桃花。四只眼睛，就像四个流星，东张西望，边望边谈，李士奎说：

"我以前告诉你的，你都告诉了蒋翊武吗？嗳！情形不好啦！昨天晚上，施化龙那家伙又来报告黎统领说：'季交恕、杨王鹏恐怕是革命党，与前队的钟左民常有往来。据说此人的思想很新，可是找不到证据。'"

"呀！黎元洪怎样说？"单兆祥问李士奎。此时，山底下走上来一男一女，还带着一个小孩。他就转口："这桃花真好看啦。……"待他们走过去以后，李士奎才又说道：

"黎统领说：'嗳！千万不要作声啦！恐怕传出去大帅① 会知道，你我都不好。'很小声地商量了一阵。我只听清黎统领最后交代施化龙的两句话：'万一检查不出证据来，就说他操行不好，开除他。'"

就在当天，这个消息传进了季交恕和杨王鹏的耳朵里。第二

① 大帅，指制台瑞瀓。

天早上,他们刚才吃过饭,听到这左队的护兵传令,边走边喊:“查棚呀!查棚呀!”各棚的弟兄都立正站在自己的铺位边,听候检查。施化龙亲自率领着三个排官一个司务长和三个护兵,非常仔细地从第一棚检查到第八棚。除往来家信以外,没有查出一点什么。至于季交恕,连家信都没有查出一封。此时,施化龙的脸上微微有点发白,表现很懊丧的神气。待查到最后那个第九棚,将近收操时候了,还只检查两个铺位,施化龙就喊:“好!算了,算了。”就这样有始无终地收了场。

三位排官走回他们自己的哨棚里,相互笑一下:“哼!见鬼!耽搁半天操。”王排官又补一句:“管他革命党不革命党,与我们有什么相干。”

仍是从李士奎那里传来的密讯:自经过这次检查以后,施化龙又到黎元洪公馆里报告过两三次,他主张要把杨王鹏先搞走。果然不久,黎元洪下了一道命令:“本协第四十一标第一营左队司书生杨王鹏。行为不正。着即撤差。”

杨王鹏被撤后的某一天,季交恕收操回棚不久,正在替这队上弟兄们写家信,护兵熊齐华走下棚来喊一声:“季交恕!队官叫你去。”使了一个眼色。他就放下笔,跟着熊齐华走至队官哨棚前,照例地两腿一并,立个正。

“你去捉过杨度吗?”施化龙劈头这么问一句。

“去过。”季交恕答。

“那是国家的事情啦,你是军人,为什么这样不安分?犯军纪。”

“军人就是要保护国家的啦。——”他本想还辩几句,施化龙大声吼:

“打!不安分的东西。”

此时,侯耀先不在,仅只熊齐华他们这两位老护兵站在他的身边。各棚的弟兄们,都一齐步出棚外走道上,远远地望着,有的皱起眉毛,有的唉声叹气,有的咬着牙齿,都不敢作声。叶得胜他们那几位,也只能在暗中握握拳头。

“拿军棍来!”施化龙鼓起眼睛叫熊齐华他们两个护兵。“为什么站着不动? 两个死人!”这时候,侯耀先恰恰从楼下跑上来,立即从队门口取下那三四尺长的黑柄红头木质的一根军棍。

“打!”施化龙睁大眼睛,竖起眉毛,就像野兽要吃人似的,把交恕压在地下。“打呀!”他又连吼几声。一、二、三、四、五,——很沉重地一连打了好几棍。季交恕痛极了也愤极了,于是奋身挣脱跃起来,怒骂:“妈的! 狗奴才! ……”施化龙用力地一脚尖踢过去,抢着军棍乱打:“你这东西还骂人啦! 打死你。”又是几脚尖、几军棍,把季交恕打得鲜血淋漓,昏倒不能动了。这才叫五棚里的弟兄们把他抬回棚里去,同时写一张条子:“本队第五棚正兵季交恕不守军纪。着即开除。”

这几天,左队里不少的弟兄们,经常一个又一个,偷偷摸摸地走进第五棚来看问季交恕,还有些送三两十枚铜板给他买食物的。楼底下是前队,也有人常在那里打听他的受伤情形。现在还是春季,天气并不热,为什么他总喊口渴啦? 五棚里的弟兄们,除开打饭以外,还天天争着替他烧茶水、倒尿盆。

季交恕卧在靠近窗口的那一张床铺上。他的表情,似极愤恨而又很兴奋:“这些士兵就同自己的亲兄弟一样,真好。”感动得流下泪来。“怎样舍得他们呢? 该死的汉奸!”他又很怕牵连他们,密嘱叶得胜:“你叫他们不要来,恐怕吃了羊肉会惹膻。”虽这样说,可是没人听,偷偷摸摸地总常有人去看他。

距阅马厂不很远的一幢破庙文昌阁,前后两进,季交恕和杨王鹏出营后,就隐藏在这庙里后进西边的厢房内,继续他们的秘密活动。可是,需要自己烧饭吃,苦于没有锅盆碗灶。就只好和住在文昌阁前进的那位贩油货的王老五打交道:每天在他灶上搞一顿午饭,一枚铜板一个的烧饼,每天交换二十个,彼此很高兴。因为这是两不吃亏的事情。

一日，天刚亮，这厢房木槛上扑扑地响了几下，仿佛有人敲门。季交恕从床上奋身爬起来，开门一看，是叶得胜。他站在房门外，轻声地告诉季交恕道：

"嗳！糟糕！五棚里一下就开除了一大批，一棚三棚七棚八九棚也开除了十多个，还有些并不是我们团体的。大家问你在哪里，我说不知道，要小心些。"他把这些人姓什名谁，一口气就说出了十来位，说完就转身走。

"你进来坐一下啰！"杨王鹏拉了他一手。

"不坐！我是'放踹子'[①] 出来的。妈的！我们左队恐怕就会搞光啦！"叶得胜表示很气愤，杨王鹏也就不敢留他。

过了十来天，季交恕和杨王鹏刚才吃过早点——烧饼，叶得胜又来了，刚一进门，气呼呼地说："前队的钟左民开除了，第二营也开除了好几个。"

季交恕正在和叶得胜谈话，忽又走进来一位方脸中等个子，这是蒋翊武，脸色有点不正常。一看都是自己人，他才放心坐下来，用最低的声音说道："李士奎告诉我：黎元洪探清了你们的情形，并会同警察局来捉，捉到就会没命啦，赶快走！"

恰好今天是礼拜，又恰好叶得胜还在座，于是就急急忙忙地边收拾东西边叫叶得胜去通知各标代表在另一个地方开紧急会议。

"那只有快些逃呀！"大家都很愕然，又很气愤："他妈的！黎元洪这个东西，拆掉我们两根台柱子，怎么办？"有些沮丧的神气，商量一阵，才决定将一切手续交蒋翊武暂时接代；季交恕和杨王鹏的逃亡费，全由团体支付；并约定互相通信用的隐语、将来起义要快些来。"往哪里逃呢？"大家都说只有暂回家乡去躲一躲。

杨王鹏愁眉皱脸地想了一阵道：

---

① 不请假私自出营名叫"放踹子"。这仅是湖北新军中的俗语。

“没有地方走，只好回到湘乡乡下去教书。”

“我是不达目的，誓不生还，不回去。”季交恕接着道。

“那总要有个地方躲一躲呀？”大家一致地催促：“要走！要走！”

此时，季交恕想了又想，忽记起在田岩经馆读书时曾经认识的本家，现在钦州做州官的季小村来。就这样边想边告诉他们：

“……那只好‘远走高飞’，往钦州去。”答复这几句之后他又说：“希望你们大家努力干啦……”举起一个拳头几晃：“不要气馁。‘有志竟成’，总有我们的一天。”于是，匆匆告别，各自分手了。

第五章　亡命走钦州

一　在旅途中

现在是辛亥年阴历三月间，气候暖和，用不着再穿棉衣。季交恕马上过江去，将过去押在汉口当铺里的夹便衣和单便衣赎取出来，买好一张统舱票，急急忙忙地上了船。因为钦州远在广东南部，而此时还没有粤汉铁路，要乘江船，到上海换海船经广州往钦州。

这是一条黑烟囱的英国太古公司的江船。统舱内的乘客，超过铺位很多，因而船头船尾和船舷，就像蜂窝似的到处挤满了人。季交恕由于早几年听到凌正畴说过，外国船的规矩最坏，允许统舱里的茶房，各占一部分铺位听他们自己卖钱的，他于是挤进统舱内找茶房买铺位。开价要四元，比船票多一倍。他又走出来，站在统舱门口想了一阵：文学社给我的盘费，都是穷苦弟兄们的血汗钱，到钦州还有那么远，盘费不够怎么办？不买铺位算了。坐在统舱门口自己的被包上，一直到晚上开船，约莫待了一两个钟头。

“老丈！请帮我看一下行李！”刚刚开了船，季交恕向他旁边的那位老人说。他到处巡视一周，在船尾上发现了一小块仅能容身的地方，这是堆着一大篓又一大篓鸡鸭的旁边。他就拿着行李，打开半边铺盖卧下来。可是那一股异常难闻的臭味，从鼻孔里钻进了肺腑，时时作呕。这时候，很苦恼而又愁闷的季交恕，就回忆起从发蒙，读经馆，应科考，进洋学堂，当兵，革命，这十多年来的甘和苦，也不能不回忆到两三年没有通过音讯的家庭。杂念纷呈，好比银幕上的电影，一幅又一幅，在他的脑子里闪映过去。

"九江呀！九江呀！"这是洋船上茶房的呼声。季交恕奋身爬起来，站在铁栏杆旁边望一阵。他看到九江租界上黯淡稀疏的少数路灯，想起口谈革命心在升官的高队官，他的念头忽又转变了：黎元洪那个家伙更坏啦！文学社不会一网打尽吧？船已驶过九江，人也有点疲倦了，他才转身去睡觉。可是左思右想，一直到天亮，没有合拢过眼皮。

现在，由上海换船到广州，正是辛亥年阴历三月二十九日即黄花岗烈士起义的那一天早晨。海船刚靠岸，就听到劈啪，劈啪，嘭，嘭，嘭，炒爆豆似的一片响声。此时，东方虽已发白，而天字码头一带，都没有开门，街上的往来行人亦很少。季交恕跟着挑行李的脚夫一路走，一路问他：

"哪里放炮，打枪？什么事呀？"

"在城里打。不要紧，我们听惯了。"那位挑夫不慌不忙地答复他。"前一向，革命党就嘭，嘭，嘭，炸死过满洲将军凤山同孚琦，又炸伤过水师提督李准啦。哼！张制台[①]恐怕也不稳当哩。"听到最后这一句，季交恕微微地笑了一下。

一会儿，一肩行李，挑进了泰安客栈。这虽是靠近城门口的一家小旅馆，然而住在里边的旅客，全是穿香云纱和纺绸的人们，带着一种悬念的神色，互相猜问："枪声停了啦，不晓得革命党是胜了，是败了？"没有半句咒骂的语气。约莫过了三两个钟头，又听到他们纷纷传说："开了城门！""革命党攻制台衙门，打败了啊！张制台还在啦。""老百姓正在替革命党收尸，打死的都是些年轻人。"还有几个广东人的话听不大懂。

---

① 张制台，指张鸣岐。

此时，听到这些话的季交恕，就像被刀子刺了一下似的，心里猛然一震："咳！妈的满鞑子！看你横行到几时。"立即走进自己的房子里踱几步，低着头："该不会影响到武昌吧？咳！难说。"皱着眉尖，像是很担心的样子。他因为人地生疏，也怕戒严、查旅馆，整天没有出去。可是，风平浪静似的，毕竟没有人进来盘查。"唔！为什么广州和武昌不同？难道瑞澂是满人就戒备更严些？大概不要紧。"他这样妄猜一阵。

现在广州电报总局当文牍师爷、年已四十岁上下、爱钱如命的秀才季慕韩，也是离季交恕家里不很远的本家，早就认识的。季交恕想往电报总局去找他打听去钦州的路程有多远，于是叫一辆东洋车往城内拖。沿途街上，都有军队放哨盘查，电报总局大门口，站了一些兵，恰好季慕韩从局里走出来。

"慕韩老叔！"季交恕未及下车就老远大声喊。季慕韩出乎意外的一愣：

"唔！你怎么来了！何时到的？"

"我去钦州小老叔那里，今天早到的，特来奉看。"季交恕一面说，一面从口袋里掏出一块光溜溜的龙洋开车钱，可是车夫没有零钱找。季慕韩马上从车夫手里拿过那一块大洋，然后从自己口袋里掏出小指一样大的两枚小银毫给了车夫，拿九枚毫子还给季交恕。原来广东这地方通用的是银毫子。每块大洋可抵毫子十二角半，这两枚乃是两个五仙，合成一毫子。季交恕不知道，以为这是两角，喊一声：

"给多了，只要一角钱。"

"不错，是一角，来！进去坐。"刚刚踏进大门，季慕韩扭转头来问："你带的都是大洋呀？广东不通行，还有多少，拿来我帮你去换成毫子，方便些。"走了几步，他又回头笑一下，同时带着憎恨的神色，边走边说："今天早打死很多革命党，你知道吗？那伙东西真讨厌，闹得天下不太平。我好几年没回家，平江还安静吧？"

季交恕跟在他后面,仅仅答应“还好”两个字,没有说出自己也已经离家两三年。他们走进文牍室,叙了一阵寒暄,谈过一些家常后,季交恕才说到去钦州是想找事的来意,没有把真实情形告诉他。

季慕韩很兴奋地站起来,带着一种艳羡的语气说道:“还远啦。钦州好,肥缺,小村在那里赚钱不少啦!单只去年底那一次汇给你叔叔凤梧的就是两万五千两银子,存在汉口的不算,听说这两年,他还买了好几百担租。钦州真肥!”一屁股坐下来:“你晓得郭观察吗?”

季交恕摇头:“不晓得。什么观察?”

“现任道台郭芸昌,小村的把兄弟,‘阃外天子’,他赚的钱更多!”

“一个道台,怎么叫阃外天子?”

“他是钦廉兵备道,兼巡防营统领。军队多,剿匪有功,张制军很器重他。‘天高皇帝远’,所以大家说他是阃外天子。小村在那里,也是在他一人之下,万人之上的亚天子哩!好搞钱。”季慕韩口里边说边流涎。“我也想去钦州。”

“你在省城很好嘛。”

“没有什么好,每个月四十块钱,是池塘里的呆水,外快少,不像衙门税局到处可以搞活钱。你打算哪天走?”

“有船就走。”

“哦!赵再云要回钦州去,同他一路走更好些嘛。”

“赵再云在这里呀!何时来的?他同我一起读过书。”

“前年来的。”

季慕韩立即跑到那挂在墙壁上的木盒子跟前摇电话:“喂!你是钦廉道驻省办事处吗?我找赵舅老爷。喂!季凤梧的侄子季交恕来了,想同你一路去钦州……”放下电话筒,面向交恕说:“嗳!他后天走,答应你同他一路去。马上就会来看你。”

当时，季交恕一下迷惑了，以为原来关系不深而又是多年不相见的季慕韩这个人如此关心他，实在太好。第二天，将自己所剩的二十多块大洋，一起送交季慕韩去兑换毫洋，结果一块大洋只换十毫。可是他不知道人家揩了油，还连声道谢："劳驾，劳驾。"

赵再云将近三十岁，现在是钦廉道的账房师爷，又是季小村继娶的亲哥哥，虽则地位不很高，然而账房是衙门里掌握财权的，所以他在钦廉这一带，也算是不大不小的一个要人，巴结他的很多。

此次，季交恕同赵再云乘坐的是一条经常往来于广州北海之间不要花钱买票的官船。这两天还算好，没有风，也没有浪，没有人呕吐，也没有人叫头晕，大家都高兴。可是快要驶近北海岸边时，赵再云突然皱起眉头，望望天空，面向季交恕叹一声：

"咳！年头不好，这一带的土匪真多啦！经常'拉生'。好在我们有兵护送不要紧。"

"怎样拉生？"季交恕问他。

"土匪真可恨，杀人放火。假如被捉到就把你秘密关起来，要拿钱去赎取，这就叫拉生，同上海绑票的差不多。"

"为什么不清剿？"

"剿不清，因为他们聚则为匪，散则为民，去年一个冬季，就杀了千多。今年正月，樊捕厅、姜哨官都被拉去了，现在还没有下落。真危险！"赵再云边说边摇头。

由北海起岸到钦州，要经过陆屋。此地驻有"巡防营"防军一营。戴营官接到北海电话通知："赵舅老爷就会到。"他立即领队迎接，老远喊："舅老爷！辛苦辛苦。"没有称他赵师爷。彼此拱拱手，赵再云回转脸来作介绍："这是季太尊的侄少爷。"季交恕的脸上火辣辣的绯红了。因为同姓不亲，有点不好意思接受这种称号，但也没有立即声明不是侄少爷，过后才向赵再云这样说。

"外面都是这样互相抬举的，亲不亲没有什么关系。"赵再云冷笑一声："嘿！嘿！你莫太老实，我介绍的话并不错。"

就在那天晚上，满脸烟容的戴营官，办了一桌鱼翅席，说是替他们两位洗尘；还叫来两位皮肤虽稍黑，但面目还相当清秀，年约二十岁左右的私娼，替他们两位陪饮。另一位三十来岁打赤脚穿木屐手上戴着银钏的女人，乃是戴营官自己的姘头。“六位！好！高升酒，喝一杯。”“双喜。好！喜酒，更要喝一杯。”“哈—哈—哈—”几个人一齐的笑声。在这猜拳时候，那两位少妇，也一面替他们斟酒，一面抿着嘴艳笑。戴营官则时时朝着她们努嘴巴。酒阑宴罢，她们就跟着他们，分别走进各人自己的房间，扭扭捏捏地谈笑起来。“有什么心事？不喜欢我呀？”她因见季交恕脸上的表情像是不大愉快，有点怀疑不爱她。“欢喜。”季交恕立即改变态度，边说边笑边想武昌的事情，一转念：也好，聊以解忧。就如此欢欢乐乐地度过了一宵。这一切都是戴营官出资供应的。

咚！咚！咚！这是谯鼓的声音，照例每天晨、午、晚鸣三次。现在是晨鼓。吃过早饭，护送他们上钦州的两匹马，二十个“队子”，还站在门前伺候了点多钟。

“舅老爷！走吧！”赵再云的跟班阿升，走进房门口，伸进来半个头，催问两次。

“还早，等一下。”赵再云放下脸皮：“要你着急做什么！”

壁上的那一架挂钟，当当地响了好几下。季交恕抬头一看，吃惊似的喊一声：

“呀！十点，走吧！再云！”

“还喝杯茶走。”赵再云仍然同那位少妇肩并肩坐着谈笑。

“泡茶来！”戴营官叫跟班又泡来了几碗普洱茶，然后才喊告辞。

“行行复行行”，一会儿，就是十二点。正在休息吃午饭时候，季交恕说：

“戴营官太客气，破费不少哩。”

“这算什么客气？不过十来二十块钱，吃三两个缺的月饷就够了,上司衙门里的人,敢不巴结呀!嘿!好歹只要几句话。”赵再云昂起那一个癞痢头,带着骄傲的神气回答他。

二　州官衙门的排场

广东是中国最温暖的地方,一年四季不下霜雪,很少穿夹、棉衣的时候。而这钦州,因为比广州更南一些,现在还是阴历四月初,就热气熏蒸得同六七月间一样。太阳将近西斜,从陆屋去钦州的这一群人马,耀武扬威地进城门,随即分了手。跟着赵再云往道台衙门的队子多些,跟着季交恕往州官衙门的也有四杆枪。

一道很白很宽又很高,中间粉着“指日高升”四个大红字的墙,俗名叫照壁的东西两边,像八字斜形的两道栅门口(辕门口),挂了很多块方形木牌,上面贴有打官司的判词和有关行政事件的批示、委派差使的命令等东西。走过一个大坪,乃是一幢高而且宽的“大堂”。东边木架上,搁了一面很旧很大的鼓,说是给老百姓喊冤用的。假如谁有冤,谁就可以到这里来击一下鼓,官就马上会坐堂。可是这鼓上布满了灰尘,还有很多蜘蛛网,不知多少年代从没有人击过这面鼓。大堂中间,用木板垫了一块高些的地方,乃是坐堂摆公案桌的。大堂后面是“二堂”,东西两边是会客的花厅。二堂后面才是州官家眷住的“上房”。假如不是亲切的官亲官友,谁也不敢进这上房去的;谁有资格进去,谁就很荣耀。靠近上房右侧和西花厅后面那三大间,乃是州官办公的“签押房”,门禁特别严,除掌管刑名文案等类的师爷们以外,闲人免入。

季交恕走进辕门,就照例下马。因为号房通报是“侄少爷”,故一直领进了二堂的东花厅。这时候,季小村刚刚问案退堂,正在上房换便衣,马上打发跟班阿满出来叫一声:“侄少爷!大老爷请。”季交恕跟着他走进上房时,衙门里的上下人等,三五成群地交头接耳:“这是谁呀?”表现出一种羡慕的神情。

爱吹牛拍马、专讲交际应酬拉拢人、由童生当幕出身的季小村，现年不到四十岁，出门不过十年，居然爬上了州官地位。平江人，尤其季凤梧，异常巴结他，口口声声称道他有本事。

“凤梧兄身体好吗？听说他这几年红茶生意很好，也罢咧。”季交恕刚刚走进上房还没有就座，季小村老早张开嘴巴，堆起满面笑容，首先问他的叔叔季凤梧，紧接着说：“我也想托他搭点股。嘿！做买卖比做官更赚钱啦！”好像他也很羡慕凤梧会做生意。然后才说：“请坐！你府上都好吗？隔了好几年没有见！你怎么来了？”这不过是顺便问的几句应酬话，但表面上却很亲密似的。此时，季交恕仅仅随口答应过“是”“好”两个字，还没来得及回答一句话，他又滔滔不绝地说下去：“我这几年算吧，托祖宗的福，偿清了债，还买了几担田。”没有说他汇了多少银子交凤梧。

这时候，跟班阿满推开半扇门，侧着身子，让一个癞痢头方脸瘦长个子走进来，一看就是赵再云。他手里拿着一个细软包裹，还有两大箱笨重东西，搁在房门外。

“啊！你回来了，坐吧。”季小村立即起身接着那个包裹，打开看：一只长方形的上面嵌有五色玉花的檀香木盒，里面装着一挂小小的朝珠。

“嘿！好东西！多少钱？”季小村提起那串朝珠，一颗一颗地边看边数边点头。

“便宜，七百二十两。哼！亏得我跑，所有古玩店都跑过，只有这一副最好又最便宜。”赵再云伸出右手的食指，向着那朝珠指一下，马上换过大指头，用力地左右两摇，脸上显出得意的神色。意思是这件贡物买得好，不但自己得到了利益，将来郭观察照顾你，我还可以沾点光。

“一样重吗？”季小村手里拿起那黄溜溜的六只金钏。

“一样重，每只都是四两，每两三十块钱，合共七百二。”

“那好。郭观察那三位姨太太都厉害，免得她们吃醋，说我送礼的人分厚薄。这是什么啦?"

"两匹香云纱,是我的小意思,送你和娉妹两个人的。"

"谢谢你!我的这一匹,就说是你送周姨太的好吧?免得她吃醋,说舅老爷分厚薄。哈哈!"季小村明知赵再云是一向站在大太太那一边反对自己的爱妾的,就只好如此哈哈一笑敷衍他;又重复一句:"谢谢你!"

当时,赵再云的脸上有点红,因想起周姨太泼辣,太讨厌。可是一想到这位妹夫,曾经通过她收受的贿赂不少;莫怪她的丈夫既爱她又怕她,她比刚由乡下出来不久的娉妹,实在强得多;如果将来分家,娉妹多一个儿子,还不是"三分天下有其二"?于是转口回答:"好吧。"立即调换过话头:

"他是同我一路来的,在田岩坪上都同学,读书不错哩!"赵再云侧转头来朝季交恕望一下,然后向季小村道:"我在陆屋打电话告诉过你,他是想来钦州找事的。季慕韩也想来。"从口袋里掏出一封季慕韩的信递给季小村,喝完一杯茶:"哦!去看看娉妹。"拿着那些金钏走开了。现在,房子里只剩下他们主宾两人在谈话:

"这里是偏远地方,事是有找的;不过人多薪水少,也困难。你家内还好,何不多读几年书?"季小村就只寥寥说几句两面话。

季交恕一听很惶惑:到底有事找还是没事找呢?他既不问我的来历,我又不能告诉他为什么要来钦州找事,这就不能不说出一点理由来。于是道:

"小老叔!你这么多年没有回去,当然不晓得,我家里早已穷了,三兄弟分了家,生活困难,读书不起,只好要求你老叔照顾找点小事情。"

此时,赵再云一脚踏进来,仍将那金钏交还小村,笑道:

"嘿!娉妹很喜欢这金钏的样子好,要你买一对这样重的给她。"

"女人的眼皮真薄呀!这是交朋友送礼的吧。二两多重一只的钏,她有好几对。没有犯罪,谁自己带四两重一只的金手铐?好吧,下次你晋省,替她再买一对。嘿嘿,既要应酬上司,又要应酬太太。”季小村苦笑一下,问赵再云:“省城里有什么新闻事情吗?”

“我打过电报告诉你,就只有革命党攻制台衙门那回事。现在安静了,没有别的新闻。”

“哼!孙、黄那些家伙真是做梦,黄鼠狼怎么吃得天鹅肉到?还不是毛虫钻灶自该煨。”

“对!不过革命党闹事也讨厌,我们这里是边界,要小心些,你同郭观察谈一谈吧!”

“不——怕,前几年在钦廉、在镇南关闹过的,乌合之众,还不是一打就散了。现在的边防强得多,有十多二十个营头,虽说空额多,总还有三几成兵,剿土匪、打革命党是够了的,用不着我们操闲心。”头几摇。

此时季交恕坐在旁边听着,表面虽还镇静,而心里却多少有点紧张,没开口。

季小村又问了一阵省城里的其他情形,然后朝着季交恕这么说几句:

“中学堂毕业吗?”他看到季交恕点了一下头,接着说:“现在毕个把业,没有什么大用,不像过去出路宽,有科甲,有保举,又有捐班,还有像我们这些当幕友出身的,很多做了官。”他手里端着一支水烟袋,跷起一条腿,边说边摇脚,似乎很得意的神情。

“是呀!听说龚方伯、陈太尊,过去也当过幕。当幕出身,是全凭本事的。虽比不上科甲出身那样硬,比捐班出身就清贵多了啦。”赵再云从旁插了这几句。季小村更得意似的不断地摇脚,脸上堆起波纹似的笑容。

现已是上灯时分了。跟班阿满走进来,撩起那个门帘,喊一声:“请吃饭。”这就是他们三位和小村的两个真正的侄少爷,加上一个教读师爷,六个人一桌十大碗的便餐。

第二天中午，则是一桌酒席，仍然摆在昨晚吃饭的东花厅。除加请了巡警局长李杜以外，仍然是昨晚一起吃饭的这些人，一共是七位。季小村独坐一方做东道主，笑嘻嘻地说一句："今天是特为交恕'接风'的啦。"伸出手，向东西两边一挥，叫他们就座。可是坐东边首席的却是舅老爷赵再云，交恕坐西边第二位。

端上桌的第一道菜，是一只瓷盆内盛着两三寸长亮晶晶的鱼翅。因为广东人做海菜尤其做鱼翅，原就胜过各省厨工，季交恕从来没有吃过这么好的鱼翅，口里连声道"好"。可是，穷朋友——他心里又想起武昌营盘里那些吃黄豆芽的穷朋友。

季小村马上放下筷子道："这是鲂鱼翅不是鲨鱼翅。嗳呀！贵得很。这一盆就要花几十块钱啦。我是最喜欢吃鱼翅的。湖南厨子专做家常菜，这是专门做海菜的广东厨子，比道台衙门的还做得好些哩。嗳呀！工钱就很贵，每年一百二十块钱。"季小村大吹一阵厨子会做菜，表示自己阔。

约莫第四五道菜，则是一只大窝形磁盘盛着的一只尺多长全身被烤得油油的皮带深黄色而又透亮的小烧猪。这猪的皮子，划裂成棋盘式的四角块。各人将烧猪皮夹下三两片，搁在薄面皮中间，添些酱葱等类东西，一起滚成卷，夹往自己口里塞。的确是香气勃勃，味道好，同广东各大小城街上出售的烧猪肉不一样，这也是季交恕从来没有吃过的。他又信口称道一声："好。比街上的烧猪肉好吃些。"

这时，季小村正在用筷子夹烧猪肉，又像打开话匣子似的，一面卷面皮，一面吹："街上卖的烧猪肉是大猪猡，这是乳猪仔，要花十几块钱，贵得多。这不是请普通客的菜啦。"用沉重的声调，说出末了这一句，又歪着头，不断地点几下："哼！吃菜穿行头，那我们做官的比你们内行些。烧猪不容易啦，宰了之后，先要从它的颈项下，顺着肚子一直到后腿中间一刀破开，挖出肠肚，然后用一个小铁叉叉着，搁在微微的炭火上面，一面翻来覆去地烤，一面涂擦酱油香料，总得大半天时间。”说到这里，他把嘴巴大大地张开，装作惊奇的神气：“呀——这就要看本事啦！火大一点小一点不行，酱油多一点少一点也不行的。”吃过饭后，还滔滔不绝地吹他自己怎样会点菜会穿行头。

现在散席了，季交恕走回东花厅自己住的房子里，装作酒后睡觉，关着门，偷偷地拿起笔墨，照预先约定的隐语，写一封给蒋翊武的信道：

立羽学兄鉴

路过武昌。匆匆告别。未及详谈。深以为憾。差幸心心相印。两地皆同。弟昨日安抵钦州。即下榻州衙门。一切尚好。请勿挂怀。贵校近况如何。师生诸友均好否。时以为念。吾兄年富力强。深望乘此时机。力求进取。前程当未可限量也。企而望之。远在边鄙。静候佳音。

敬请

台安

弟交恕顿

封好这封信，拿往口袋里一插，然后打开房门瞧瞧，三脚作两步，立即亲自投邮了。

钦州这地方，因为是边防要地，商业大，文武机关不少，相互间的往来应酬也很频繁。隔两天，正在东花厅那一边吃午饭，跟班阿满走进来报道：“杨大人来回拜。”季小村立即放下筷子就起身。季交恕好奇心动，也跟着放下筷子，站在厅门外望着。这就是由制台派到郭道台那里来的委员，因为是道班，所以称“大人”。季小村走近前去，还隔好几步远，把左膝向前一屈，右腿向后一弯，打一个千。然后挺直身子，笑眯眯地喊一声：“卑职请安。”两个人踱着方步，慢慢地走进了西花厅。

“哦，这就是所谓官派。”季交恕如此自言自语道，走过西花厅背后远远地望着。

摆在西花厅东西两边的是两排酸枝木椅子,正面是一张紫檀木炕床。季小村欠欠身子,扬出右手来低声地喊:“请大人升炕。”这是最恭敬的礼节。所以杨委员谦让一下,才坐上炕。那几个站在厅门口听候呼唤的跟班们,屏声静气地立着,只由阿满端着一盘茶献上去。季小村立即下炕,从茶盘里端出一碗茶,恭恭敬敬地送到杨委员跟前,名叫“送茶”;然后揭一下碗盖名叫“看茶”。这也是很客气的礼节。季交恕因为站得远,听不清他们谈的是什么,但始终没有看到他们喝茶。据说这是官场中很重要的关节,不到辞别时候,无论如何口渴,决不可以喝茶的。假如客先喊“请茶”,喝一口,就应当起身辞别。如若主人先喊“请茶”,那就是辞客的表示,不管来客的谈话完毕与否,主人就立即起身,借免来客纠缠。果然,过了一会儿,杨委员端起茶碗拱一下,站在厅门口的跟班们,一齐放亮嗓子叫“送客——”。这“客”字的音调,喊得特别高亢特别长。哗啦一声,二堂上的中门,立即敞开了。因为他是长官,例应敞开中门迎送,不走旁门出入的。

就在那天晚上,这东花厅安排了一桌很漂亮的筵席——牙筷、银碟、翡翠杯。一共只有六个客,除开今天下午望见过的那个矮个子杨委员以外,其他都不认识。季交恕仍然站在外边瞭望一下:桌旁边站一个司仪的人,手里拿张红单子喊:“杨大人。”季小村从从容容地走近前去,作一个长揖,引着杨委员站在首席旁边,然后将首席的杯筷移动一下,拱拱手,杨委员才坐下。还有五个客人,都依次照这样的仪式,斯斯文文地“安席”了。这与他以前所见过的官家富户结婚做寿的宴会仪式,没有什么不同,所以他看一下走开了。

第二天,嘭—嘭—嘭三响炮声,接着乓—乓—乓—乓一阵锣声。季交恕很惊讶似的马上跑出去瞧:二堂和大堂的中门都敞开了,辕门内的大坪里,站满一大群。季小村穿着全身袍褂,后面两个跟班，由上房走出来，俨同诸葛亮出台一样，慢慢地踱着方步，经过二堂和大堂的中门，往四抬官轿里面一钻。四位轿夫齐声喊："升——"于是抬起轿子开步走，劈—劈—非常整齐的步伐声，这与没有受过特殊训练的一般轿夫不同。依次走出辕门的这一大群人，老远就可以望得到的是走在最前头的那一把高脚马伞。然后才是长号、大锣、喇叭、夜把手、亲兵、顶马，威风凛凛的后拥前呼。一会儿，又听到乓—乓—乓—乓的锣声；刚才关上了的中门，忽然又敞开了；接着仍是三响土炮的声音。这就是州官出衙和回衙的场面。

约莫过了十来二十天，季小村打发阿满出来找人："侄少爷！大老爷请。"季交恕正在同师爷们打牌，恰好八圈刚完毕，赢了十多块钱，他就拔起脚跟同阿满一溜烟走进去了。

"小老叔！有什么事？"

"谈谈吧！"季小村的口角上，现出一丝微笑。"就是你到的那两天，我寄了点银子给你叔叔凤梧兄，刚才接到他的复信，要我关照你，这用不着他拜托啰，嗳！你还没有写信去汉口呀？"

"还没有写，只写过一封信去武昌。"这就是到钦州第二天写给蒋翊武的那封信。他怕季小村追问写给谁，随即又转口："哦，说错了，还只写过一封信回平江。"顺便问一句："寄了多少银子？买田吧？"

"不多，你叔叔不赞成我都买田，也好。我想就托他拿一大半搭股做红茶，拿一小半买汉口或长沙电灯公司的股票。哈，哈哈，亦官亦商，富贵两全，你说好不好？"站起来，摇摇摆摆地踱几步，又坐下去。"嗳！你最好先当一下'学习文案'，这也要算是半根摇钱树，薪水虽然少，可是衙门里弄钱的方法多，只要会搞，我保你买三五百担租很容易。即如我吧，论年俸只有几百两。如果专靠这点'养廉银子'，人情应酬都不够，哪里有钱汇汉口？你不要嫌薪水少，慢慢来。"

“文案是做些什么事的啦?”

“文案啦,衙门里的高等师爷,又称老夫子,不是普通喊的一般师爷啰。下从知县衙门到三司以上,都少不了他,不过这中间有区别:第一等是专管打官司案件的刑名师爷,薪俸就多些;第二等是专管起草案牍的文案师爷,薪俸少一点。”

“为什么还有学习文案? 学习什么?”

“唔! 学文案不容易啦,要懂得上行、平行、下行各种各样的规矩,并且一字不能多,一字不能少的。至于学刑名就更难,要熟悉‘大清律’、‘大清律例’,还有许多祖传秘诀。所以当刑名的大半是浙江绍兴人,别的地方很少。”说到这,季小村抿一抿嘴,搔一下头,口里唆一下:“依我之见,你还年纪轻,阅历少,不能学刑名,不如专搞笔墨好些,你看我还不是搞这一套出身的嘛! 前程远大得很。好吧! 你暂挂上这个牌子,学习学习帮帮忙,薪水可多送一点,每个月二十块,才对得你叔叔起。”

三 捉财神

本来刑名师爷是最有权威的,而这衙门的刑名张树声,特别有权威。因为他门生故旧多,哥哥张骏,就在两广总督张鸣岐那里当师爷。他是浙江人,背微驼,左脚有点跛,络腮胡子;虽已五十多岁,烟瘾大嫖瘾更大,几乎每晚少不了女人,所以大家叫他作“骚鸡公”。但谁也不敢当面这样喊,原因是他为人最阴狠,坏主意极多,恐怕得罪他,就会打破自己的饭碗。

这时候的封建迷信极浓厚。死了丈夫的女人,广东话叫作“鬼婆”,和鬼婆通奸,俗话叫“挖古井”,不但死后在阴间会下油锅,而且在阳间会构成滔天大罪的刑事案,这是谁也害怕的。可是西城胡老板却大胆,在城外不远的地方,挖了一口古井,就是年方二十四岁的王寡妇。她家里,上仅一个五十来岁的婆婆,下仅一个三四岁的男孩，人口虽少，而田地和店铺两项家财，却有好几十万。丈夫死后，就是委托她的表兄胡老板代管的，差不多两年了，并没有人敢说什么。现在胡懋庸因向胡老板借钱不遂，发生意见，将这事向州官衙门告了状。

"呀！财神。""捉财神。""大家都有希望。"告胡老板的状纸，刚刚递进州衙门的第二天，几个师爷们，交头接耳的你一言，我一语。"王寡妇有钱。""胡老板更有钱，他是钦州城里第一家哪。""两块肥肉。""哈！哈！哈！"

这时，季交恕正同前几天刚到此地的季慕韩从东花厅走出来，听到厅门口一片笑声，他们就到此止步。交恕问：

"捉什么财神？"

"钦州的财神，你不知道。"他们那一伙不理睬似的走开了，就只走在末尾那一位答复这两句。季慕韩听到"财神"两个字，猛然一愣。但因初来人生疏，不好冒昧发问，只是扭转脖子朝着季交恕这么说一句：

"州官衙门里的空气到底与电报局不同。"口角上流出了唾沫，喉咙里咕噜响一下，就像孕妇见了酸梅子一样。

"你来这么久，存了多少钱？"季慕韩掉转话头，很关心似的问交恕。

"每个月二十块，可以够吃用，没有什么剩余。"

"怎样没有剩余咧！小厨房伙食只花得四五块钱，除开穿着、零用，至少可以剩余十把块；听说你打牌手气好，赢了百多块。那就很不错啦，总还有别的外快。"

"有什么外快？打牌赢的是鱼口里的水，有时会输。"

"嗳！你昨天又赢多少？"

"不多，只赢十几块钱。"

"借几块给我吧？我才来没有了钱。"

季交恕答应一声"好"，就同他一起去上房。

此时，季小村正在同周姨太面对面坐着谈什么，脖子涨红了，好像发脾气似的，声音也很大。他们听到这么几句："骚鸡公真坏，他以为我没学过刑名，非他不可，那就不见得。唔！还想搞我季小村的鬼呀。"说到这里，他们两位一脚踏了进去。他于是转怒为笑，站起来："慕哥！你来得好，上半天同你谈过的，审案房的文案事情，就请你马上去帮忙，我才放心；薪水可多一点，六十块。嗳！骚鸡公很厉害，他搞什么鬼，你就要随时告诉我啦。"

一下就比在电报局多了二十元，一年合共二百四。季慕韩心里盘算一下，喜形于色地立即站起来，欠欠身子，连声道谢："承栽培！承栽培！你放心，我一定照办。"边说边拍胸脯。从这天起，他就被大家认为是审案房里的"亲信文案"。

骚鸡公张树声，虽知道季慕韩是季小村的堂哥哥，却不晓得其人如何。因为现在是同事，朝暮相处，假如搞不好，对自己就不利。怎么办呢？他很担心。可是不久，他就看清了：此人文笔虽好，对刑名却外行，不要紧，奈何我不得；并且吃酒就糊涂，只是贪小利，眼界并不大，好对付。

季交恕隔壁那一间比较宽阔的正房，就是季慕韩的卧室。里面的陈设，除四把椅子、一张桌、一架床之外，还有一个相当大的玻璃柜，这里边塞满了一大堆红红绿绿的酒瓶。

"这是什么酒？哪里买的？"季交恕因见他来钦州不过十来天，还从自己手里要去几块钱，难道都买了酒？顺便问一句。

"好——酒，那红的是'五加皮'，绿的是'碧绿'，清的是'白玫瑰'，都是张老夫子送我的，你吃一杯试试吧？"季慕韩边说边打开柜门，拿出一盘切好了的炕肉，仅仅夹出三小块来。他本人没有饮，也没有吃。

"唔，这不是湖南腊肉吧？味道好些哩！"交恕问。

"不——是，浙江的金华火腿，张老夫子家里寄来的。他真好，大方，送了我一只，五斤多重。"恰巧在这时候，张树声手里拿着一

个小包走进来,笑嘻嘻地道:

“老兄!竹布褂裤,未免太热,何必这样省俭啰,身体要紧。这是我自用的两套褂裤料,还可做件长衫,送给你穿,凉快些。”

“那何敢当?不必,不必。”季慕韩张开右掌摇几下,表示辞却不敢受;但同时伸出一只左手,接着那个小包。立即打开看,乃是又光又软又轻薄的纺绸。他马上就觉得心里很温暖而身上却很凉爽似的,伪装谦让地谢几句:“不敢当,不敢当,你老夫子留着自用吧。”

“我还有两套,不要客气。我们同事就同亲兄弟一样,何必分个你我呢。收下啦。”

“哈!你真算得是个‘解衣衣人’的好朋友,那就愧领啦,谢谢你!”他把那纺绸展开在床铺上,翻来覆去很仔细地看了一阵,连声道:“好,不错,不错。”

张树声站在他的身旁望着微笑,口角边颤动了一下,似乎他的心里是说:这一下,可会入我的圈套。摇摇摆摆地踱几步,走出去了。

这一向,天空中布满了阴霾,有时一阵风,有时一阵雨,而堆积在审案房靠窗户边那张桌子上一两尺高的案卷,把光线遮住了一大块,因而房子里更加显得暗漆漆的阴气沉沉。现在面对面坐在两张办公桌上的骚鸡公张树声和酒糊涂季慕韩,正在看案卷。张树声突然站起身来,举起两手朝上一伸,张开嘴巴打了个哈欠,叹一声:“唔!这种天气闷煞人!”朝对面望一眼:右手拿着笔,左手支着头,靠在桌边打瞌睡的醉翁季慕韩,气呼呼地在打鼾。张树声微笑一下,坐下去,拿起烟袋吸水烟。

此时,嘭!一声雷响,季慕韩惊醒了,揉揉眼睛:“哈!吓煞我了!老夫子!这么多的案卷,怎么看得了啦!”

“老兄!一年三百六十天,着什么急,还不是拣几件肥一点的先办一办。”张树声的嘴角边,现出一丝微笑:“嗳!这一向,恐怕就只有王寡妇那口古井可以大挖一下，嘻，嘻，嘻！”

胡老板别号小轩，年约二十七八岁，义顺钱庄的少老板。因为父亲胡明轩去了世，这两年他才亲自出来掌柜。虽有百把几十万资本，但由于经验不多，比父亲在世时候的生意差些。现在家里还有一个六十来岁绰号胡阎王的祖父，是最重礼教最讲家规的老秀才，教子训孙，一向是很严的。胡小轩现还没有儿子，最近才娶妾，可是他最怕大老婆，非经许可，不敢进小老婆房内去睡觉的，所以钦州城内都叫他做李克用。

这些情况，张树声打听得一清二楚。他把原告胡懋庸的状纸，压在自己抽屉里，想了好几天：胡小轩这只肥猪顶好宰，只是衙门里怎样分肥？如何下手？很难办。哦！有了，兵备道衙门里的军饷，是由义顺钱庄汇兑的。赵舅老爷是个有办法的人。还压它几天吧。

现在是夏天，中午时候的太阳，就像一把火。然而平常最怕热最不爱走路的张树声，如今却相反。刚一想到道台衙门的账房和义顺钱庄，他立即放下饭碗，披上一件白夏布长衫，飞也似的走进道台衙门账房里。

“舅老爷！你忙吗？”

“唔！张老夫子！这样热，你怎么来了？请坐，有什么事？”

“没有什么事，看看你，聊聊天。”张树声把长衫脱下，往衣架上一挂，坐下来，捋开须，咕噜地喝了一杯凉茶。“嗳！你们的往来汇兑，是不是还在义顺钱庄？”

“是呀！”

“我想寄点钱回浙江，不晓得行不行？”

“行吧，寄多少？我帮你问一问。”

“不多，请你先问问能寄不能寄。”略停一下，吃惊似的张大嘴巴：“哈！该他倒霉，有人告胡小轩挖古井，这——还了得。”

“唔！有这样的事呀！哪口古井？谁告发的？”

“你可顺便告诉他一声啰,他自己会明白的。原告姓胡。哼!要不是我呀,早就出了拘票带人。”

“哪口古井?”赵再云硬想问个明白。

“暂时存点忠厚,以后告诉你吧!”

舅老爷也很在行,不再追问底细了,高兴地说:“恭喜你财运亨通,我可帮你跑腿。”

本来这时候的舅老爷正在忙,但一听到这个消息,就把公事搁下,立即披起长衫,同张树声一路走出道台衙门,然后分手往东行。刚一踏进义顺店,他把两只手交叉在背后,昂起头,朝着天问:“胡老板在吗?”嗓子极洪亮。

胡小轩听清了是他的声音,蚱蜢似的从自己房子里跳出来,作个揖,喊一声:“舅老爷!”将他引进铺房后面中间仅隔一重木壁的客厅:“请坐!提款吗?”

“不——是。”赵再云摇摇头,使一个眼色道:“到你房子里去坐。”于是一同走进了胡小轩的内房。

“有什么贵干?”胡小轩问。

“哼!贵干,”赵再云微笑:“张老夫子想要你汇点钱去浙江行不行?”不等他的回答,立即走近胡小轩跟前,一手拉着他坐在床沿上,拍拍他的肩膀,低声道:“嘿!老兄!要不是我呀,你早就进了班房。”

胡小轩一惊:难道是来往账单上出了岔子?这是通同作弊的吧。郭大人得那么多,你舅老爷也不少,又不是我一个人犯的法。他这样猜想一下,心里就稳定了,大胆问:“我没有犯法吧?”语气颇生硬。

“你没有犯法?谁叫你挖古井。”赵再云放下脸皮,像是生了气的样子。

做贼心虚的胡老板的那张又胖又红的尖脸皮,突然变成了灰白色,额角上涌出雨点大的汗珠,沉默地自忖:这是谁也不知道的秘密,怎么他会知道?恐怕是讹诈。忽又沉着起来:“我没有挖过古井啦,谁造的谣言?”

“什么谣言?姓胡的在州衙门告你。嘿!假如你我不是有银钱往来的好朋友张老夫子肩膀硬,这么大的案子,谁敢同你说话呀?拘票早下来了。”

胡小轩这才觉得事出有因,不好玩,软下来了,马上朝着赵再云深深地作个长揖,问道:

“姓胡的叫什么名字?”

“嘿!现在不便告诉你,将来会知道的。”

胡小轩垂下头来,好几分钟不说话。他心里怅惘了一阵:悔不该做错,假如祖父和老婆知道了,还了得。假如抓去坐牢,一辈子没有面目见人,怎么办?姓胡的恐怕就是胡懋庸那个家伙,只有他知道,常常借此敲竹杠,早知如此,让他敲一下还好些,现在告进了衙门,更且非钱不行,真倒霉,该死!想到这里,“哼!”鼻子里喷出一股气来。

赵再云一看就知道他在怅惘,假惺惺地安慰他:

“老兄!不要着急,有我呢。‘广财通神’,只要舍得钱,死罪都能赎,我可以同张老夫子想个办法,压住几天,你看怎样?”

胡小轩奋身站起来,又是一个长揖,接二连三地边拱手边说:

“舅老爷!千个拜托,万个拜托,要求你吃场斋,我一定厚谢。”

赵再云像是察言观色似的,两只眼珠用力地盯着胡小轩,边看边打主意:大有希望,但要摆个阵势。于是道:“我们是好朋友,用不着拜托。不过案情太重大,我一个人是办不到的,要靠张老夫子帮忙才行。季太尊虽然是清官,可是——”屈着几个指头边数边说:“审案房、收发房……呀!衙门里的行当多啦!点把钱不济事,到底你舍得舍不得?”

“只要能把案子打消,不露出风声来,那就舍不得也要舍。请你探探张老夫子的口气,快些告诉我!”送赵再云出门时,他又把

“请快些告诉我”这一句重复说一遍。

赵再云摸到了胡小轩这个底，就像拾了什么宝贝似的，怀着满肚子的愉快心情，脚不停步地径往州官衙门里跑。刚一踏进张树声的房门就开口道：

“张老夫子！要不是我呀，胡小轩那只猪难宰。他起初不承认有这回事，说是谣言。我发了脾气，他怕我拆桥，另换别家做来往，才软了些。”说到这里，急急忙忙地脱下长衫，往张树声的大烟铺上倒下去。闭着嘴巴，拿起一根铜签子，蘸几点烟膏，在灯火上面烧着玩。

这时，张树声正站在桌子旁边，端着一杯清热水，一面听赵再云说话，一面咽吞参桂鹿茸丸。因没有听到下文，他心里很生气，也很着急：你这聪明一辈子的人，如何这样傻！正想开口，不知怎的，被热水呛了一下，连打几个大喷嚏，随即掏出手帕来，揩掉眼泪和鼻涕，然后问他：

“舅老爷！你怎么搞的？岂不白跑一趟？”

“白——是不白跑，不过——”赵再云放下烟签子爬起来，拉长嗓子慢吞吞的，刚刚说到“不过”两个字，又倒下去，拿起那根烟签子，不说话了，像是“将军欲以巧胜人，盘马弯弓故不发”的样子。

“不过怎样？我们是好朋友，不妨明说啰！”张树声立即走近赵再云跟前，弯着腰，伏在床铺上，低声问：“是不是胡小轩的口气硬？”

“哼！虽不算硬也不软啦。依我看，希望不很大。”赵再云又把那签子往烟盘里一搁，坐起来，嘻嘻嘻笑几声。“老夫子！你看要多少才可以了案？”

张树声伸直了身子，仰首望望天，捋捋须，像在默打怎样分赃的算盘。他装一个自言自语的姿势道：“唔！一万都不够分。”

“不要这么多吧？恐怕难做到。”

“照例上面总要多分几成，我呢？难道你就吃西北风？”

“当然你应该多些,可是我也不应该太少。季太尊是清官,周姨太面前好说话的。”

张树声比赵再云早来钦州,深知季小村一向拿周姨太做幌子的那套把戏,也明白赵再云这几句话是想从季小村份下割腰包。他听到“清官”两个字,就冷笑一下,干干脆脆地说:“这就要看你舅老爷的本事呀。我只要净得四成就行,其他由你去做,我可不管。嗳!不过你要先问过周姨太。开价暂报八千,行不行?你只说恐怕胡小轩不肯出这么多。”

四　周姨太与胖尼姑

经过商量后,赵再云立即走进上房,叽叽咕咕地说一阵。周姨太的答复是“明天回信”四个字。这可能因为丈夫季小村还在道台衙门里打牌没有回。

次日周姨太特别起得早,天方亮,她就起了床。鬓乱钗横,身上仅穿一套衬衫裤,在签押房外面,找赵再云通电话:“喂!你昨天说的八仙过海,就照那样过吧。喂!不过何仙姑要游五湖啦。”

赵再云会了意,知道她说的是要分五成的隐语,只啊啊啊几声,没有置可否。他把电话耳机子一放,马马虎虎地洗过脸,空着肚子往义顺店走。这时,胡小轩正在吃早饭。

“舅老爷这么早,还没吃饭吧?叫菜来。”胡小轩连忙打招呼。

赵再云一手拉着胡小轩走进他自己房子里道:“那件事,已经同张老夫子商量过,最少要一万二千才够分。”

胡小轩愕然不作声,沉默一阵,才开口:“太多了一点,出不起。求舅老爷帮忙减轻些,我不是不肯出钱。”

赵再云也不问他愿出多少,马上就走了,告诉张树声:“一万做不到,我去告诉周姨太,八千无把握。”

王寡妇、周姨太,同样是每逢初一十五吃花斋的。那个名叫悟禅的尼姑,同王寡妇最亲密,同周姨太有过念经和布施等往来,这是胡小轩原来知道的;并且听说过季太尊也同自己一样怕老婆。他于是想起悟禅这个尼姑,想起:“沙陀搬兵”那出戏。好!就走周姨太这条路子试试看。

恰巧第二日就是初一。还在上半天,州衙门的号房,领着一个年约四十来岁光头圆脸的胖尼姑,这就是悟禅。她左手拿着一串念珠,右手拿着一本簿子,走进了周姨太的上房。起初,谈一些化缘修善必有善报等事,力劝周姨太:“只有‘公门脚下好修行’啦……”说一大串。然后把王寡妇年轻守节,现在遭冤枉,怎样可怜悯的情形,花言巧语地向周姨太申诉一番。她看到周姨太掏出手帕揩眼泪,又哀叹,又摇头,知道这已打动了女人惜女人的同情心,于是进一步地公开说:“周姨太!请你在大老爷面前说几句好话,吃场斋!如果你肯修善帮她的忙,她愿意送几千块钱给你做施舍。”说到最后这一句,胖尼姑伸出右手的大指和小指打暗号——六千,然后问:“可不可以?”

这时,周姨太心里当真有点难过,觉得王寡妇年轻守节,也可怜,尤其听到悟禅尼姑说她想寻死,很担心。难道见死不救吗?漫说可以独得六千,比八千的五成更多些。她很痛快地满口答复胖尼姑:“可以。当真是冤枉的吗?那我一定向太尊去求情,你劝劝她放心,不要寻死。”

待胖尼姑去后,周姨太就照样一五一十地转告季小村:“我答应了她。”

季小村也同样很痛快地满口答复周姨太:“可以。权在我手里,还不是批它个‘查无实据’就完了。”很高兴地耸耸肩膀,哈哈哈哈笑起来。忽又皱起眉头,道:“呀!那只骚鸡公不好惹,案件是他管的,假如做得不干净,他会捣蛋!”

“那怎么办?”周姨太的语气,也像有点吃惊,可是一转念,她就稳定了,毫不在乎地肯定说:“舅老爷对我说是他经手打的交道,并没有谈到骚鸡公,不要紧,你就是爱操闲心。”随手拿起一个镜子照照头,满面是笑容。

季小村听她讲了这话后,在房子里踱了几步,搔几下头,走近周姨太跟前道:“嗳!我想舅老爷是瞒不了的呀,我们瞒他,胡小轩不会瞒他。周姨太!我劝你不要存成见!搞好了,多少分一点给他,封住他那张嘴。”周姨太没作声。

胡小轩在王寡妇那里得到胖尼姑的回信,欣欣有喜色。他说:“幸亏我昨天没有对舅老爷还价,周姨太这条路走对了,料不到会打对折。顶多悟禅尼姑酬谢她几百块,舅老爷也应酬他几百块,还合算呢,这是你的好运气。”

王寡妇笑了一声:“嘻!嘻!还是你的好运气。”

现在是将近收割中稻时候了,不久就要征收田赋。州官衙门里正在开始忙于收赋的各项准备工作。这是一般做州、县官的发财旺季。不但季小村,就是其他师爷们,也不少人聚精会神,眼巴巴地渴望这个旺季快些到来,因为或多或少大家都有点想头,尤其在州官面前正在互相钻夺征粮差事的那些人们。然而胡小轩这场奸情案的大数目,在张树声看来,则比征收田赋强得多。所以他就时时刻刻,只记得义顺钱庄那件事,并不关心什么田赋不田赋。这与季小村已经摸到了六千元的底,现又快要收田赋的思想情绪有所不同。

从昨天听到胡小轩要求减少数目而又不还价的消息以后,张树声有点担心:胡小轩这个家伙很滑头,原告胡懋庸的状子已经送上去了,这就像放走了没有缰绳的马,捉得着捉不着,权在季小村。他又是个挂节妇招牌当婊子的瘟官,我又不便同他打开窗子说亮话,真是进退为难。坐在审案房里桌子边,用手支着头,正在左思右想打主意。

此时,赵再云气冲冲地走进来,猛不及防地在张树声背后拍一掌:“王寡妇那个案子真气人。”

张树声一惊，立起来："你呀！"他马上眨眨眼，并作个手势，暗示房子里有人。此时，季慕韩正在房里边看卷，边打瞌睡，半醉半醒似的向赵再云点一下头，仍然靠着椅背打他的鼾。

赵再云怒容满面，就像视而不见听而不闻的样子，仍然一气说下去："你看！周姨太那个婊子，连我舅老爷都卖了！她答应那尼姑婆只要六千。怎么办？"伸出手掌拍桌子。

"哪个尼姑呀？"季慕韩一下就张开了眼睛和嘴巴，异常惊讶地望着赵再云。"哈！六千块呀！那还不行。"

赵再云脸上的猪肝色，立即变成朱红，不好意思似的愣住了。这可能是后悔自己不谨慎，没有注意到房子里有人。

张树声还机警，马上走近季慕韩跟前，拍拍他的肩膀："老兄，我们是好朋友，千万不要声张！假如有好处，总有你的一份。"马上转过身子，望着赵再云："不要着急！别人的事，要你这样生气做什么？"两手一伸，假装扯懒腰："呀！疲倦了，暂去抽口烟来，你还坐一下不坐？"赵再云没有作声，拔起脚跟着他走出去了。

"请坐！舅老爷！你真性躁，'一言既出，驷马难追'啦！到底怎样？"张树声走进自己卧室内，轻声细语地询问赵再云，才知道周姨太所说胖尼姑向她求情的情况。

"哼！冤枉！你信吗？"张树声心里很生气，但口里仍装作尊重季小村的语气问："太尊怎样说？"

"没有听到他说什么，这全是周婊子一个人搞的鬼。"

"你信吗？还不是装聋作哑。好啦，就彼此做哑巴。你说怎样搞才好？"

两个人商量一阵：

"依我说，就照她在电话上说过的分五成，我们两个得三千，她一个人独吞六千就不行。"这是赵再云的意见。

"嘿！你真傻，牛口里的草，扯不出来的。"张树声说了这几句，往烟铺上倒下去。做好一个蚕豆大的烟泡，闭着眼睛，呼呼地使劲猛抽，让赵再云坐在旁边，半天不说话。抽完那口烟，然后坐起来说道：“请你去探探太尊的口气，摸清他的底，才好想办法对付。”

赵再云立即站起来，考虑一下才答复：“那不行，他知道我们是一头，不便问。我想只有找季交恕或季慕韩去，比较好些。”

张树声轻轻地摆两下头：“那不如找慕韩去好些啰。”

赵再云也摆摆头：“不然，季太尊同交恕的叔叔是伙计，银钱朋友关系，比兄弟关系亲密得多。老夫子，我可找他去。”

人口是封不住的，胡小轩的案子，虽然如此神秘，也多少有人知道了一点。季交恕是从季慕韩的酒话中，知道得更多些。因而他很留神地站在旁边瞧，想看看所谓官场内幕，到底有些什么。

“交恕！文案学会了嘛？”这是赵再云走进东花厅交恕房子里的一句开场白。不待他的回答，接连问第二句：“你们衙门里有一件挖古井的大案子，你知道不知道？”

“挖什么古井？”季交恕假装不知道。

“挖古井也不知道，你真是个乡下佬。嗳！我告诉你。”赵再云仍然是一种盛气凌人的派头，拉着他一同坐在床沿上。“有人告义顺钱庄老板胡小轩同王寡妇通奸，这是犯罪的大案子；但也有人说她是冤枉的。张老夫子主张从严办。这也是你们学习搞文案的事情。我是‘亲戚门外客’，不便过问。他想请你去探探季太尊的口气。”

“我也不便过问。”季交恕干脆地拒绝他。

“去啰！老弟！胡小轩是钦州城内第一家阔老板，假如这件案子办得好，你也可以得点好处嘛。单靠二十块钱一个月的呆水，怎样养得妻子活？”赵再云的态度和蔼了些。

“我就不爱听这些。”季交恕提高嗓子，虎起脸皮，像是生气的样子。

“这是关照你的好话，为什么不爱听？”赵再云的脸皮也放下来了，但是说话的声音反而低些。

“你还不知道我的秉性？记得吗？在田岩经馆读书时候，我同李杜反对周郁，就是因为他偷鸡偷笋不正派，难道骚鸡公比周郁正派些？呸！见利忘义的事我不干。”季交恕的声音愈说愈响亮。“我又不是来钦州发财的。”

“小点声音！小点声音！不谈了。”赵再云站起来，轻轻地讽刺交恕几句：“老弟！这是衙门，不是经馆。李杜就不同啦，没有你这样古板。”说了就走。忽又回转头来叮嘱他：“莫生气呀！千万不要说！”径往隔壁房子里找季慕韩。

就在这一天，季慕韩的回报是这样：“季太尊说查无实据，恐怕是诬告，现在准备收田粮，忙不过来，搁一搁再说。”这一下，把张树声气坏了。他马上跑进签押房，提出自己早已想好了的对策道：

“请示太尊！胡小轩那个案子，我的意见，先传讯对质一下，如果没有真凭实据，那就要办胡懋庸诬告。因为这是败坏贞操、触犯王法的大案件，不应该马虎了事，搁不得。”

“这一这一这一”季小村愕然无以对。虽明知他想割自己的腰包，然而言之成理，无法驳斥。怎么办呢？只好自己转圜：“那就查实再说吧。对！如果的确是冤枉，当然要办诬告；不过现在正要收钱粮，我很忙，搁一搁是可以的，不在乎急。”张树声会了意，再没说其他的话。

张树声刚刚走出签押房，正在看卷画行的季小村，立即把笔一搁，拔起腿往上房走。周姨太还在睡觉。这位丈夫，虽则心里很着急，却又不敢惊醒她，坐在床沿边，屏息静气地等了一会儿。当当当，桌子上的座钟，接连响了十一下，周姨太才猛然睁开了那两只水汪汪而又异常妖媚的大眼睛，翻一个身，问道：

“几点钟？”

“十一点呢。”季小村的声音很温柔。可是，因为心里着了急，伸出两手在她身上摸几下，然后拉一把：“起来吧，有事同你谈。”

“有什么事啦！还要睡一下，昨晚打了十六圈，没有睡好。”坐起来了,边揉眼睛边说话。"又是三姨太赢了,我输百多。唔!道台衙门里的牌打不得,就是她们常常打电话来,真讨厌。"周姨太心里不大高兴。

"输百把块钱小事啰,交结了朋友吧。就是王寡妇那六千块——。"他刚说半截,周姨太的神经猛然紧张起来,惊讶地问:

"怎么样?是不是她要减价?不会翻吧?"

"没有翻。就是骚鸡公同舅老爷从中搞鬼。"季小村将张树声刚才所说的那些话述给她听。"嗳!打发王妈去把那个尼姑找来,只说太尊虽不要花钱,刑名师爷那里还要疏通一下,送一点。"

"人家遭了冤枉,还好意思叫她再花钱?你就办他一个诬告吧,个把刑名师爷奈得你何?"

"你好明白,如果当真是冤枉,谁肯出六千?随便办诬告,会弄糟的。舅老爷还好处置些。"就像受了热的狗,口一张,伸出了舌头。"呀!那只骚鸡公,他是当讼棍出身的老刑名,不好惹。快些叫王妈去。"

周姨太答应一声:"好。"慢慢地爬下床来,洗过脸,吃过饭,坐在摆满胭脂水粉的梳妆台前,打扮一阵,才叫王妈往城外去找胖尼姑。

现在,张树声也派人把赵再云找来了,要他立刻去义顺钱庄。

"胡老板!你那个案子,有人说是冤枉的,那就好办。张老夫子已经请示过太尊,打算传审。如果的确是冤枉,那就出拘票带胡懋庸,办他一个诬告,使地方人都晓得谁是谁非,有个公道,你说好不好?"赵再云同张树声商量以后,立刻走进义顺钱庄胡小轩的房子里,一口气说了这么多。

胡小轩一听吓住了,就像一尊立着的石菩萨,有嘴不说话。因为他最怕的就是把案子公开这一手,但又不便明白说出来,想了一会儿,才半吞半吐地答复他:"舅老爷!冤是冤枉。不过,原告是本家,又是熟人,不要办诬告。彼此面子要紧,究竟钱是小事。"他以为有了周姨太那样可靠的泰山,所以这一回没有半句要求舅老爷或张老夫子的话了。待赵再云去后,他就马上派人找胖尼姑。

同在这一天,胖尼姑得到两处的召唤。她也想得很周到,首先见过王寡妇,然后去见周姨太,这是第二天上午的事情。可是,她没有料到州官衙门里的号房今天会变脸。号房说:“周姨太有病不见客。”再三要求,他们硬不传达,也不理会,让她站在号房门外的大堂边观望徘徊,终于没有进得去。

吃过午饭,胡小轩才知道胖尼姑这些情形,他窘了,很快就派一个年轻店倌到道台衙门里请舅老爷。得到他的回答是:“现在有事,等一下来。”

赵再云随即走告张树声,伸出一个大指头,恭维他:“老夫子摆布得好,神机妙算的诸葛亮,胡小轩当真派人来找我。”

张树声微笑:“你去吧,不怕他不低头!”

“假如他要求减价呢?”赵再云起身,打算走。

“分文不能少。”张树声也站起来,毫不犹豫地举起两个手,张开十个指头(十千),就像战场上缴械投诚的俘虏。最后叮嘱他:“嗳!你要交代清楚些!原告那里,由胡小轩自己去和解,才好销案。”

金黄色的太阳,已经西斜。胡小轩依然站在自己店门口,目不转瞬地朝东望。这就是去州衙门必经的一条长街,可是,从那方面来的,统统是些穿短衣的本地人,间或有一两个穿长衫的外江佬,都是满头黑发大辫子。他到底来不来呢?胡小轩越想越急越发愁。又等一阵,忽望见一个身穿白长衫,手摇白纸扇,仿佛头上有点发光的中等个子,这大约是舅老爷?愈走愈近,的确是他。这一下,胡小轩心里轻松了,老远就喊:“舅老爷!”拱拱手,领着他走进自己房子里坐下来,立将预先摆好了的果点,献给赵再云。

“要我来有什么事?”赵再云先开口。

“就是昨天说的那件事,要多少钱才可以了案啦?还要请你帮帮忙,舅老爷！拜托拜托。”胡小轩又拱一次手,说话的态度,比昨天格外和气些。

“哦！那件事呀！我不老早告诉过你吗？一万二千元,再少我就没有法子帮你的忙。”

“请你帮忙再说说,要求减轻点,算一万吧？”

赵再云摇头:“不——行。”立即起身走,被胡小轩一手拉住。双方依然对坐着,默然都不作声,像在各打各的算盘。

过了一阵,胡小轩皱起眉头问:“减千把块钱总可以吧？”

“好！试试看。哦！还有原告呢？由你自己去和解了案。”赵再云答应一声,拔脚就走了。

这一向的州衙门,为了胡小轩和王寡妇恋爱,竟如此钩心斗角,闹了这多天。算是骚鸡公抓得紧,很快解决了。现在是张树声同赵再云商量这一万元如何分配的时候:周姨太六千,张树声三千,赵再云一千,可是还有与此案有关的审案房、收发室、号房这三处,还有做过侦探性任务的季慕韩,不多少分一点不行。张树声答应由他自己份下拿出五百元来;而赵再云则除此一千元以外,还得了胡小轩出了口的另一千元。

“钦州真肥！一下就是六千啦！嘿！仅只跑一趟,就是两百块,审案房的份子,又得四十。当四个月的薪水。”吃过午酒后,季慕韩走进季交恕房子里,似醉非醉,很高兴地吹一阵。可是,季交恕时而两眼望着天,时而抿着嘴巴微笑,始终不说话,季慕韩也就感觉没趣,走开了。

五　四马分尸谁不怕呀

钦州地方最富庶,大财主多,穷人就更多。许多生活不下去的劳苦大众,就不得不铤而走险做盗匪,因而抢劫拉生这一类案子层出不穷。季小村的治内政策,就是一个字——杀。所以这地方的老百姓，在外江佬面前称他为太尊，背后都叫他做瘟官。此时，季交恕的心里，虽一方面痛恨季小村贪污，另一方面却赞成杀，误认为这是安定社会秩序独一无二的法门。

“大老爷升堂——”州官衙门里一群头戴篾顶尖帽，手拿长竹板和绳索，在大堂上站班的差役们，一齐提高嗓子大声喊。这个“堂”字的声音，特别喊得长而响些。

就是这样照例喊，从第一遍、第二遍，到第三遍，全身袍褂的季大老爷，才堂哉皇哉，从上房经过二堂，从容不迫地踱着方步，走至大堂当中的公案桌跟前，一屁股坐下去。靠近案旁的一伙亲兵和堂差，分东西两边，威风凛凛地站着。接着就是一大批面黄肌瘦，穿着很不像样，丁丁当当戴着镣铐的所谓盗匪，都被牵上堂来。因为这都是判决了的，就只由审案房的师爷，拿着一本册子，站在公案桌旁边唱名。州官大老爷，拿起朱笔，在贴好了名字的竹签上面点一下。呵的一声，这些犯人就一个一个的上绑，插标。然后给每人一大碗白酒、几个包子，说是饯送他们回老家。因为这其中，有很多是被牵连的老实农民，哭哭啼啼不吃包子、酒，口口声声大喊冤枉。但也有很倔强的，怒目切齿地边吃边骂：“丢老妈！再过十八年老子又是好汉，杀绝你们这些瘟官。”声音很雄壮。然而端坐案前的季小村，就像是一个聋官，听而不闻似的，神色很泰然。包子、酒吃过了，哒哒滴几声最凶残的号音，就把这批犯人拖曳到城门外的草场上去砍头。

季交恕在衙门里原是一位挂名没事做的所谓学习文案，闲着也难过。因而每次审问盗匪、杀盗匪，他就每次从堂上参观到刑场。在这短短的几个月当中，他亲眼看见过的每次几十个，一共杀了千数人。他误认为这都是些杀人放火为非作歹的人，杀得痛快。季小村也称赞他：“到底你们年轻人有勇气，就做学习监斩官吧，嘻嘻。”

就在这一向的某天，季交恕同着李杜、赵再云他们从外面进来。二堂上摆些刑具,站满了戴脚镣手铐的犯人,正在开始问案。可是,坐在公案桌边的不是季小村而是帮审杨凤翔。

“唔！摆这多刑具,又审什么大案子啦?”季交恕经过季慕韩房门口,顺便问他一声。

“还不是土匪拉生,把王云鹤的四少爷拉去了。”季慕韩一面答应,一面说:“你们来了。”跟李杜、赵再云一起走进交恕房子里。

“王云鹤的儿子拉去了呀?”李杜和赵再云都惊讶。

“王云鹤是谁?你们相熟呀?”季交恕问。

李杜刚刚坐下来,首先抢着说:“不熟,钦州有名的大财主,谁个也知道,同我们平江的周蕴才、凌尚琴一样出名,田地多得很,但没有做过官,没有开过店。”

“那好！你们又准备接财神。”赵再云立即就起身,望望靠在房门口桌子边的季慕韩,在他的肩膀上拍两下,走出去。季交恕赶出门去送他,则见他正跨进二堂西边张树声的房门。同时,李杜和季慕韩也一起走开了。季交恕就照例站在东花厅的二堂旁边,看杨凤翔问案子。

“你同区老三是表兄弟吗?”杨凤翔问。那个跪在公案桌前的瘦脸皮,中等个子,年约五十来岁,打着赤膊,只穿一件打了很多补丁的粗蓝布裤子姓何的人,仅仅答应一个字——“是”。

“王老太爷的四少爷,是区老三他们拉去的吗?”

“不知道。”

“你同他是邻居,又是表兄弟,岂有不知道的?”杨凤翔拿起那块方木尺在案桌上重重地一拍:“照直供。”

“大老爷！我实在不知道。从他的儿子杀死老婆同王大少爷,全家跑去当土匪,从来没有见过,真不知道。”他嘤嘤地啜泣起来。

只这样很简略地问了几句,就喊“上刑”。可不晓得这叫什么刑:一根很长的粗木杠,把它的两端,钻在两个铁桩的圈里边,约莫离地三尺高。站在堂上的差役们,听到杨凤翔喊上刑的命令,立将这姓何的拉下去，两手绑在胸前，两条腿弯在木杠上。木杠前面是一排小铁桩，用铁桩上面的粗麻索系着犯人的大脚趾和大指头。

姓何的上刑以后，接着就审问第二第三第四、五、六……名。不到半天工夫，那几排木杠上，吊满了好几十人，就像洗衣店里晒上几篙的衣，又像医院里边的重病室，只听到一片嗡嗡的哼声，不同于被严刑拷打的那样狂叫。但据刑名师爷张树声说，这是逼供的最妙方法，比拷打还厉害些。

季交恕因看到这些情况，心里有点怀疑了。第二天就跑去巡警局同把兄弟李杜谈：

"老李！"仍用同学时候的老称呼，没有叫他李局长。"我昨天看杨凤翔审问王云鹤那件拉生案，姓何的口供，说土匪自己杀死老婆又杀死王大少爷，这是什么原因？你知道吗？"

"听说过，这是前几年夏太尊时候的事情。说来话长啦！王云鹤本人是好的，只是对钱财看得认真些，租也收得重一点。就是他那个大儿子不大好，喜欢搞佃户家里的女人，达不到目的，就借故退人家的佃，打官司，现在州衙门里还关了好几个他的佃民——"当啷啷，当啷啷，壁上的电话铃，响了几声，李杜就起身，取下耳机子，答道："哦！你呀！我就是李杜。等一下就来。还差一个牌角？喂！再云，交恕在这里。好，我邀他一路来。"他把耳机子一搁："嗳！再云要我去萃芳园，还差一个牌角，你去不去？"

"去不去没关系啰。到底他的儿子怎么样？"他——季交恕急于想把这事问个明白。

"区老三的儿子把他杀掉了。因王大少爷看中了区老三的二媳妇。他们父子都知道，她也不大理会他，他就借此逼债，将区老三同二儿子一起抓进班房，偷偷摸摸地逼着二媳妇通了奸。"

"后来怎样？"

"后来呀，那就惨啦！他们三父子商量商量，猛不及防地拿起一把斧头，两根棍，就在自己家里将奸夫砍成好几段，奸妇也被打死。他们逃跑了，现已成为这地方的土匪头，曾经抢劫过王云鹤好几次，并杀死过他的管庄同账房。”说到这里，李杜皱起眉毛，叹一声：“钦州地方的盗匪，非痛剿不行。去吧？”他一手拉着交恕走往萃芳园。

季交恕一面走，一面想起《水浒》里面那些故事：这些盗匪，恐怕也是逼上梁山的？为什么越剿越多呢？哼！很难说。

此案发生后，王云鹤曾亲自进城当面报告季小村，要求他立即派队将自己的四儿子救出来，并自愿担任剿匪费用，只是没有说出多少数目。可是，对张树声就说过：“只要能救出人来，就花十把几万也不惜。”这是季小村知道的。骚鸡公与瘟官商量：“本衙门里的队子这样少，土匪的势力那样大，剿不了，怎么能够救出人来？”故没有同王云鹤讲价钱。他想不出好的主意，只好一面派队在区老三住过的何家墟去捉人，一面报请道衙门马上派兵。可是，这是军事秘密，账房师爷一点也不知道。所以，赵再云从季交恕房里走出去，就跑进张树声那里去探听：

“张老夫子！恭喜你！王云鹤这个案子，又是一张肥票啦，你们怎么搞？”

“办匪案是当刑名的责任，这有什么肥，还不是捉人。”

赵再云知道张树声说的不是实话，于是立即走出来，往上房跑。恰巧季小村坐在他的娉妹妹房子里，他坐下来，聊一阵天，然后问到杨凤翔所审的拉生案：

“王云鹤的四少爷拉去了呀？他很有钱啦，这么大的案子怎么搞？”

“这是地方官分内的事情，还不是要呈报郭观察派兵去清剿清剿。”季小村半吞半吐，没说出王云鹤自愿出钱的话。

此时，午餐的饭菜，刚刚送进东花厅，阿满走进来叫用饭。季小村站起来，对赵舅老爷打招呼：“吃饭去。”赵再云似乎有点不高兴，只答应“不吃”两个字，挺直胸脯就走了。一直走往道衙门的内收发那里，看到季小村的那个呈报。他觉得这样的肥票，连自己的妹夫都不说实话，很生气。

不知怎的，这一回的道衙门，打起官腔来了，郭道台的批答是："调兵匪易，不必小题大做，仰由该州官派队拿办可也。"季小村这才不得不以把兄弟资格，破除行文惯例，亲自去找郭芸昌。

"账房师爷说，部队开拔费太多，义顺钱庄胡老板去了广州，一时拿不出。"郭芸昌直率地说。

"你相信吗？赵再云的鬼话。……"季小村要求他派兵。

现在郭道台下令派兵了。料不到王四少爷的尸体，已被砍柴的发现在山坡上。"还是要去清剿。"这是季小村同张树声一致的意见。可是兵还没有到，而土匪早已远扬，结果剿匪落了空，剿匪费用也落了空，因为王云鹤的条件是要救出人来。

从这一回起，州衙门里各种各样的明争暗斗起了变化。就是骚鸡公与瘟官，比过去融协些，反转来咒骂赵再云不是好东西。赵再云也很久不到州衙门来。

"多杀几个好些，太尊！"张树声向季小村提议："横竖人已死了，就显显威风，也好敷敷王云鹤的面子。潮州陈太尊不是杀七八千博得张制军的赞赏，蓝顶子变成红顶子吗？"

季小村的脸上变了色："嗳呀！我是季太尊，不是陈太尊。四马分尸谁不怕呀！少杀几个，少杀几个。就杀区老三的表兄弟何家父子三名算了。"张树声这才想到自己的话说错了，没有想陈霞凝就是因为杀人太多，激成民变，被潮州老百姓截断四肢杀死的，立即就转口："是，是，就这样办。"但当时衙门内的人，都说这是冤枉。

从此，季交恕逐渐看清了衙门里的一切黑暗，并觉得过去所杀的那些是否都是土匪，都是坏人？心里更怀疑，再也不去看杀人了。也回忆起母亲童少英的话："你长大了要做官争气。"下意识地自言自语道："清朝的官就是这样做的呀！那有什么好？害老百姓。唔！这样糟的政府，的确非革命不行。”握紧拳头重重地在桌子上一捶：“走！武昌的情形怎样呢？为何这久没有来信？”随即把身子往床上一倒，想一阵，又爬起来。就这样忧思苦闷，一连好几天没有出衙门。

中国的月饼，要算广东的最好最有名。当时，这地方的习俗，很重视中秋，还有所谓月饼会。在省城，有大如簸盘价值一二百元一个的月饼，十把几块钱的更普通。在钦州也有价值十多二十块钱一个，为其他各省所无的。现在是吃月饼时候了。季交恕忽然接到从武昌来的一封信：

交恕学兄惠鉴：

接奉来书。因课务繁忙。未暇早复。深望原谅。幸勿以此见责也。兹者。弟与文龚二君商办一所私立中学。现正加紧筹备。拟于秋季开学。但须增聘教职员。如愿俯就。望即命驾前来。以匡不逮。匆此敬颂

旅安

弟

立羽顿

季交恕拆开信一看就明白：武昌快起义了，要他去。“也罢！赶快走。”他心里这样说，就像急欲纵横驰骋的不羁之马，满怀着十分愉快的心情，急急忙忙地离开了钦州。

第六章　暴风雨前后

一　刘复基筹划起义

自季交恕、杨王鹏被黎元洪缉拿未获以后，文学社的革命运动，停顿了一个短时期。现在，形势稍微松懈些，才由蒋翊武出面召集各标代表开会，决定改组领导中枢，扩大首脑部机构；公推蒋翊武为社长，刘复基为评议部长，詹大悲为文书部长。……这时，文学社的基层组织，除马队第八标辎重第八营以外，已经普及湖北全军。

"呀！广东革命党起事呀！"辛亥年阴历三月二十九黄花岗烈士进攻两广总督衙门第二天，武汉谣言很大。从此时起，武昌这方面的戒备，严过于汉口，也严过于往常。蒋翊武异常着急：明知革命潮流高涨，文学社的力量也不小了，大有可为，无奈经常戒严，连小会都没有可能召集，怎样办呢？正在体操场里，一个人走去走来，左思右想，刘复基从第三营跑去找他，四面望一下，就只蒋翊武一个人，皱着眉头在那里。

"翊武！来！"刘复基一手拉着他，面对面坐在木马上，侧着头四面望一下，滔滔不绝地谈一阵："嗳！依我看，满鞑子一定倒得快。你看……从'列强'将中国划分势力范围以后，你喊要'瓜分'，我喊要'共管'，全国人都看清满政府腐败无能、威信扫地。加以苛捐杂税，层出不穷，弄得老百姓叫苦连天。所以去年一年，饥民暴动就有七八十次之多，像广西、山东、河南成千成万反抗捐税的乡下老百姓，竟敢持械与官军抵抗。现在为争铁路争宪法，各省谘议局同商家、富户，都反对它。无论它如何戒严，人心已去，那还不会倒吗？”他以为蒋翊武皱眉蹙额是悲观，继续道：“翊武！不要愁！广州的事情，虽然失败了，怕什么，枪杆子在我们手里……”

“当然，我不是愁这。我是愁戒严就开会不成。”蒋翊武随即声明。“你有什么好办法吗？”

刘复基的眉头一皱，接着说：“我主张派三几个机警可靠的同志出营去做联络员，那就开会不成也行。”他微笑一下。“如果你同意，我愿意出营去。”

蒋翊武低着头沉思一会儿：“行。这是个办法。”从木马上跳下来。刘复基也跟着他一跃而下，两个人挨住那木马并肩立着。

“我还有一些别的意见。”刘复基又接着说一大串：“过去我们的社章规定不要官佐，不要文学堂，在那个时候说是对的。可是现在快要动手了，严还是要严密，可不应把大门太关紧了。共进会虽然比我们人数少，但在两个武学堂里边有相当基础。还有些会党。我主张同他们联合起来。季交恕负责时候，为响应长沙饥变，曾经和黄辰向他们发生过关系的，好联络。张廷辅的武学社、四十二标的益智社、商业学堂的神州学社，虽然团体小，可是革命的。如能设法联络他们做一块，不更好吗？总而言之，与其单兵独马，关起门来干，不如群策群力，声势大得多，你说对不对？”

蒋翊武喜形于色，立即举起右手，沉重地在刘复基肩头上拍一下，笑道：“对！难怪大家说你是文学社的智囊，——”哒，哒，哒，这是吃饭的号音，他拉着刘复基的手，边走边谈：“那就马上派人出营去做联络员，你负总责行不行？不过，改变社章、联络别的团体，这是大事情。等你请假出营，找各标同志去商量再说，好吧？”

刘复基点头：“好！嗳！马队第八标还没有我们的人啦。我主张要章裕昆请假离开四十一标，到马队八标去当兵做代表，赶快把那里组织起来。”蒋翊武也照样点一下头。

现在武汉解严了。文学社就在黄土坡开标代表会，依照刘复基所提的意见，设立机关部于小朝街八十五号；并公推他——刘复基为驻机关的办公主任，因这时他已请假出营了。当他在会议上报告他与共进会已经取得联络，武学、益智、神州各学社，都愿并入文学社，这时，大家都一致称赞：“刘复基真行，好角色。”从此，文学社全体社员的脑子里，无论认识不认识，差不多每人都有个刘复基的印象。

月色朦胧，长湖堤龚寓的房子里，走进去几个人，这就是文学社代表刘复基他们和共进会代表汤和等。他们坐在一盏美孚煤油灯跟前，商谈些文学社和共进会如何具体合作的问题。

“起义是大事，需要一笔巨款啦！你们拿得出拿不出？”汤和问。

刘复基以为彼此都是为革命，没有想到这句话的意思是别有企图，很老实地答复他：

“我们有点钱，并且社员多，每个人捐一块，大概可以够用。假如你们能帮凑一点，那就更好。”

“嘿！点把钱怎么够，没有一笔巨款做后盾不行。”汤和的眉毛一皱，表示有难色。“我们也没什么钱，”停一下：“哦！有办法，孙武有一笔款子，可以请他拿出来。不过……”半吞半吐的：“不过要他白费是不好的。”

“怎么白费？革命嘛。”刘复基还没有领会他话里的意思。

“革命当然是革命，革命总要个头，只要他肯拿钱出来，那我们大家就推他做首领，好不好？”此时汤和才坦白地说出来了。

刘复基立即站起身来，像是有点生气又像有点奚落他的样子，微笑道：“老兄！现在是大家一起来革命，不是合股做买卖。请你转告孙武！我们是极愿意同你们联合的，可不要你们拿钱。”彼此分手后，第二天，他就将这次商量经过与孙武想当领袖情形，在文学社的代表会议上作报告。

“孙武那个家伙！谁不晓得他是个滑头滑脑的流氓，要当心他耍流氓手段！”单兆祥首先发言。接着，大家只赞成联合，不同意孙武当领袖。

“莫这样说！应该尽量拉拢他，不要互相猜疑。”蒋翊武说。“起义是大事，两个团体联合搞才行。各尽各心吧。谁对谁不对，将来会有公论的。”

章裕昆从四十一标请假出营后，很快在马队第八标补上了名。不到半个月，他就组织了四十多个愿意加入文学社但还没有填愿书的士兵。这事被共进会长孙武知道了，他就心生一计，立即派人到马队，叫那些人推两位代表去填愿书。

“呀！这是共进会的愿书啦！”那两位代表惊讶一声，没有填。

章裕昆立将此事报告文学社：“孙武在马队挖墙脚。……”

刘复基摇摇手：“时局很紧张，顾全大局吧，不必对外人说。……”然后听取他的报告，并将马队工作应该如何进行等说了一阵，马上拿起笔来，很紧张地在办公。章裕昆也就走了。

汤和回去，也同样作了一个回报。这时孙武的脸色一变，有怒容，鼻孔里哼一声：“嘿！联合！且看他们给我个什么位置。”这是共进会员黄辰向透露给他的同学单兆祥的话。

现在，机关部虽忙于准备起义，但也不能不考虑到孙武的职位问题：

“孙武那个家伙野心大，不好惹。就举他当总指挥吧，我可以做副的，只要把革命搞成功就行。”蒋翊武仍是本能地笑嘻嘻的态度。

“哼！翊武呀，翊武！那就要听他的命令啰！你这样忠厚，敌得过他敌不过？革命重要，做不得。”刘复基板起脸孔。

“把孙武当总参谋长，好不好？”詹大悲慢吞吞的语气。大家赞成。

不久,从汉口《大江报》传来一个密讯:东京同盟会总部来了人,要想找文学社的负责人谈谈话。这就是孙文,又说是黄兴、宋教仁派来组织中部同盟会的谭人凤。他到《大江报》晤见詹大悲,才知道湖北新军中有这么一个团体。“哈！当真有这么大的实力呀！好得很,我们一点也不知道。”谭人凤出乎意外的兴奋,眯起眼睛笑一声,连嘴也闭不拢来。“大悲！你就派人去把蒋翊武找来!”

刘复基他们,得到詹大悲送来的这个喜讯,跳起来:“那好了!能找到总部的关系,我们就不是孤军,有办法。”大家都发笑。“你快去叫翊武就来,我同去。”这是刘复基叮嘱另一个人的话。

就像赛跑似的,蒋翊武和刘复基谁也不肯放松一步,很快就过了江。一见谭人凤满嘴长胡,面色苍老,仿佛是五十以上的中年人,湖南口音,态度很庄严。

“这就是我们文学社的蒋君翊武。”詹大悲介绍:“那是刘君复基。”

谭人凤仅只点点头,把蒋翊武打量一下:士兵军服、皮鞋,中等个子,四方脸,相貌平庸。再看刘复基:蓝竹布长衫,矮而且瘦,白面书生,可是目光炯炯很有神。此时,谭人凤的表情,不像先那样兴奋了。他歪着头,把嘴巴凑近詹大悲的耳朵边说一句:“姓蒋的好像个乡下佬。”詹大悲这才将蒋翊武是同盟会员,过去在上海办过《竞业旬报》,会写文章,在革命运动中做过些什么工作等颂扬一番,因此,才开始互道寒暄。谈了一阵,彼此都亲热起来了。谭人凤手里燃着一支香烟,面向蒋翊武,边踱边问:

“怎么？你们就打算起义呀？有没有把握？太早了吧?”

“是！打算秋季就起义,已经准备差不多——”蒋翊武的话还没有完,刘复基抢着说:

“就湖北说是有把握的。因为一镇一混成协的新军,完全掌握在我们手里。只要一发动,满鞑子瑞澂就只有滚。在江苏新军里边,早两年就派钟畸等去了;在湖南新军里边,也派去了好几位同他们取得联络,打算再派人去。现在跟端方去四川镇压铁路风潮的湖北新军三个营,完全是我们掌握的,只要武昌一动,他们就会在那里响应。”

“假如别省不响应怎么办?”谭人凤的两只眼珠盯着刘复基道。“这不是好玩的。过去起了十来次的义,都失败了,前车可鉴,你们就应当特别慎重些。”

“你的意见呢? 什么时候起义才好?”蒋翊武这么插一句。谭人凤还没有来得及回答,刘复基又紧接着侃侃而谈:

“现在不同啰,满鞑子已经摇摇欲坠。尤其从铁路风潮发生,就像‘老鼠过街,人人喊打’。防营腐败不堪。讲到新军,恐怕也只有袁世凯在小站训练的北洋六镇,会替满鞑子保镖。”说到这里,他起身倒一杯茶,边喝边说:“武汉是九省枢纽,南北咽喉,工商繁盛,交通重要的地方。并且汉阳有兵工厂,武器弹药完全可以自给。假如一旦拿下武汉三镇,全国就会震动,南联长沙,西联重庆,东取九江,北守武胜关。只要不得罪汉口洋人,不惹起内外夹攻的话,无论如何,总不至一下会失败。东南各省或可望传檄而定。”刘复基望着谭人凤:“这就要靠你们总部的力量啦! 发难打先锋,我们有把握。”

这时,房子里的空气,沉寂了一会儿。谭人凤心里正在踌躇;蒋翊武的嘴唇正在开始颤动。詹大悲抢着问:

“谭先生! 刘君所说的这些,我们大家都讨论过,你的意见如何?”

谭人凤手里拿着一把扇子轻轻地摇几下,又轻轻地摆摆头,没有开口,仍然是不大同意很快就起义的样子。只有“不得罪汉口洋人”那句话,他动听了,因为这是符合同盟会总部的宗旨的。他于是说:“对! 不要得罪洋人惹起内外夹攻。因现在革命,主要是排满,不可同时又排外,汉口租界多。”略停一下,侧着头望望刘复基:“你的意见也有些对的,马上起义就要考虑,因为别省不响应,那武汉就会站不住。顶好暂时不动,等我回去报告同盟会总部再来信。"闭了嘴,昂着头,两只眼珠翻一下。"哦! 孙逸仙还在美国。问过黄克强、宋遁初他们再说吧。如果现在有什么事,可找中部同盟会长覃理鸣① 接头。"

这就是辛亥年阴历六月间文学社和同盟会发生关系的开端。待蒋、刘他们去后,谭人凤对詹大悲说:

"刘复基很不错。"

"我们文学社的孔明啦,大家都说他是智囊。"詹大悲笑眯眯地竖起一个大指头。

"那蒋翊武就是刘备啰,有没有关、张、赵云?"

"有——,就只打手多。"

谭人凤刚回上海不久,詹大悲在《大江报》接连写两篇题为《亡中国者和平也》《大乱者救中国之妙药也》的文章。清政府大惊,迅即电饬瑞澂封报馆,判处詹大悲一年半徒刑。侦骑四出,武汉空气十分紧张,文学社的例会又开不成了,因而各标代表很愤激,军心也有些动摇。这时,机关部很担心他们出乱子。

"怎么办?"蒋翊武同大家商量道。"要刘复基代表本部到各标去走一趟,叮嘱他们不要乱动。"

刘复基接受这个任务之后,马上就化装,仍照旧穿上一件破旧短衣裤,提着一个篾篮子,同各标代表见了面。他首先将报馆被封、詹大悲被捕、时局紧张、同谭人凤谈话等情形报告:"我是代表机关部来的,我的意见是这样:凡事要忍耐,革命是大事,丢财产、送性命,都是'题中应有之义',大家应该有决心。封个把报、捕个把人,这算什么呢? 刑期满了就会出来的。千万不可因此而气愤乱动,或者灰心,那就会因小失大啦。我们正在积极准备,望大家静候时机,严守秘密。还有一件很重要的事情,就是要加紧团结非

① 孙逸仙,即孙文。黄克强,即黄兴。宋遁初,即宋教仁。覃理鸣,即覃振。

社员，对他们态度要和蔼，要建立感情，要做到各标、营、队都是我们的朋友，没有我们的敌人，那起义就会更顺利。请大家告诉各同志注意呀！”大家都点头道是，欣欣然有喜色。

这次戒严，又像一阵狂风似的，很快就吹过去了。约莫在七月半以前，虽然白昼的温度还很高，而夜晚的气候却微微有点凉。站在半轮明月下的蛇山高处，望见武汉三镇，也望见各街道上到处是男男女女，燃着香烛替祖宗烧包① 的火焰。左旗附近的阅马厂，正在锣鼓喧天做盂兰会②，人山人海，没有看见一个哨兵。这时，蒋翊武、刘复基等同预先约好了的共进会负责人，乘此人多热闹的空子，前前后后地分头走进了雄楚楼第十号。做什么？开两党联席会议。此房子虽不大，却很僻静，而且有后门又有侧门，这是最好保密的地方。孙武后到，由蒋翊武主持，他说：

“时机成熟了。一切准备，我们也做好了八九成，早已同大家商量过。今天主要是讨论文学社与共进会如何联合组织个统一指挥机关，推举些什么人出来负责，以及制定军事计划、地图、对内对外文告等事。我们预备的意见是这样。”他一面说，一面从口袋里掏出一张纸，边看边念：“一、由文学社与共进会联合组织战时指挥机关，定名为‘湖北革命军总指挥部’；二、为简便起见，总指挥部暂设于武昌小朝街八十五号文学社机关部内；三、设总指挥一人、副总指挥一人、总参谋长一人，共同负责；四、下设参议、军事、政治、交通四处，分头办事。”然后把那纸单上抄写的预备名单宣读一遍，并声明：“这不过是我们大家的初步意见，机构与人选，有没有增减或更换，是不是妥当，请大家讨论，才能确定。”

此时，在座的连各标代表共约二十来位，个个都精神奕奕。而

---

① 每年阴历七月初一到十五日，据说是阴间神鬼到阳间领受祭祀时期。后代子孙，用纸钱封成包，写上祖宗名姓，焚毁之，名曰烧包。

② 雇请和尚或道士在街头、野外，登台拜谶、念经、烧纸。据说这是超度没有后代子孙的野鬼。

坐在蒋翊武对面的孙武，无精打采地靠着椅子背，伸出两条腿，仰起一个头，闭着眼睛。可是听到宣读名单，他就奋身端坐着，毛骡子似的竖起两只耳朵，目不转睛地望着蒋翊武。他面上的表情，似乎十分紧张。刚一听到念“总指挥蒋翊武”这六个字音，他的脸色立即变白了，依然往后一倒，靠着椅子背，边听边想：“唔！下面四处，虽然都有我们共进会的人，为什么副总指挥也是你们的王宪章？军事、参议、政治三处都有刘复基？难道文学社力量大，我就只能当个总参谋长！岂有此理！好，总有办法的。”随又端坐起来，首先发言：

“依我看，这样组织很好，人选也适宜，完全赞成。只是我才能薄弱，够不上当总参谋长，不过为的是革命，义不容辞，只要大家同意，我就勉为其难。”

“同意！同意！”在座的同声答道：“全部名单都同意，就照这样马上组织起来！”没有什么举手鼓掌等形式，一致通过了。

蒋翊武接着道：“我们的意见，起义是大事，我们都年轻，经验少，先要派人到上海去请黄兴、宋教仁、谭人凤他们来主持。到底什么时候起义为好，也要去请教他们。”他把谭人凤来鄂时候的经过，重新述说一遍，问：“你们大家的意见如何？如果同意，就请推出人来。”

孙武立即答应：“对！同意，我推举一位——汤和，共进会会员。”他继续道：“政治处设在汉口好些，因为那边交通方便，可以借外国租界保护。”大家都同意。于是，就转到保不保护外国人的生命财产、杀不杀旗人的问题。这就发生了一些争论。

单兆祥立即站起来，板起那一张很白皙又清秀的脸孔道：“这何待言！我们革命的目的就是排满，就是因为满鞑子卖国媚外。不杀旗人杀谁？”刚刚说这么几句，满面通红，俨像是个演关云长的红生，可是他近来因为患有初期肺病，每逢生气或多说几句话就咳嗽。这时他的发言停止了，咳几声，吐了一口浓痰之后，喝一口茶，才又接着说:“洋大人就更猖狂啦!还记得租界上打死东洋车夫吴一狗的事情吗?武汉地方,谁不痛恨。那回捉杨度,洋大人多么凶呀!打了我一顿耳光又几棍,假如不跑得快,还不是同你一起进捕房。”伸出手,指着刘复基。“是不是?为什么还要保护外国人!我是不赞成的。”

当单兆祥发言时,在座者中,有的点头,有的摇首。孙武则微笑。蒋翊武的两只眼珠不停地左右扫射。刘复基微微地歪着头,仿佛在想什么。廖湘芸的两块嘴唇皮,时时在颤动,似乎急于想说话。

单兆祥刚一坐下,廖湘芸立即站起来,紧接着说了这么几句:“我也同意不保护洋大人。依我说,只有取消租界,杀绝旗人,痛痛快快地干他一场。”

“那不对啰!我们排满,主要是推翻满清皇帝,光复汉族,何必杀绝旗人哩?杀也杀不尽嘛。至于洋大人,虽然可恨,但是一个拳头,不能同时打两个人。在汉口,各国都有租界,有陆军,有兵舰。假如得罪了他们,就会引起外国干涉,怎么起得义成功?要知道,太平天国在南京,就是因为内有湘淮军,外有洋枪兵的内外夹攻打垮了。”刘复基说到这,又把谭人凤的话引证出来:“谭石屏再三叮嘱,不可得罪外国人来干涉,这是同盟会的既定宗旨,我们不应违背,还能说得上取消租界?”因为他在湖北革命阵营中威信最高,对保护外国人的这条宗旨,都同意了。可是不杀旗人,乱哄哄地你言我语,全体通不过。

“好吧,取消我的意见。但不可下命令杀旗人,也不必禁止杀旗人。好不好?”这是刘复基的话。大家答应一声“好”之后,他又说:“那就要约法三章,保护外人,保护商家富户,保护老百姓的生命财产。一定要做到秋毫无犯,这是我们大家要切实负责的啦!”

这时,说话的声音稍稍庞杂些了:“是呀!刘君说得对,汉口的商家富户多得很,外国人的财产也不少。”孙武说这话时候,有了笑容。异口同声的话,则是:“没有问题。”“没有问题。”“我们负责。”“我们负责。”很快就散会了。

在这以前,因四川反对借债修路,清朝政府,曾派铁路大臣满人端方,率领湖北新军第三十一标和三十二标的三个营前往镇压无效。现在又饬两湖总督瑞澂,除加派新军第三十一标两个营前去增援之外,还准备派第四十一标一营开宜昌,三营左队开岳州,二十九标三营开郧阳,马队八标开襄阳。这是文学社和共进会开过联席会议以后的新形势。

“怎么办?这样一来,把我们的力量分得四散。”“糟糕!一切部署都打乱了啦!”“还限定即日就要准备完毕呢。”正在小朝街开会时候,大家纷纷地这样说。因为这几个标,都是文学社的主力,尤其四十一标。蒋翊武乃是四十一标三营左队的正兵,马上就要跟队伍出发开岳州。

“翊武!赶快召开标代表会议,重新布置过。”刘复基说。

“对。”蒋翊武答应一声,立即拉开椅子,站起来,叫人去召集开会。讨论的结果,决定做如下变更:一、定八月二十日起义;二、因蒋翊武将同四十一标三营出防岳州,本社社长任务,暂由刘复基代理主持;三、马队八标出防襄阳,责令章裕昆负责与开郧阳之二十九标三营联络,届时就地响应;四、四十一标出防宜昌,责令唐羲支负责与已出防四川之三十一标联络,扼守夔州。

现在是秋季,日子短了些,机关部的房子里,显得暮色昏沉,将近要散会的时候,又提出另一件事:

“起义是大事,就只你们两个主角太少呀。”好几位一齐望着刘复基和蒋翊武,发出同样的声音。

“还有你们大家啦。”刘复基笑了一下。

“我们啦,冲锋陷阵就可以。”阙龙高高地举起一个拳头,用力地几晃。

“赶快把季交恕同杨王鹏找来哟。”单兆祥立即提出这个具体意见，其他几位就同声应道："对呀！赶快写信去。"

"对！我们也这样想。季交恕在广东钦州衙门里，他来过信，我们也去过信，再去信叫他来。"刘复基和蒋翊武同声答道。"杨王鹏现在湘乡什么地方，你们晓不晓得？"

"在湘乡县连滨学校当教员。"不知是哪一位的声音。

现在队伍已经开差。时间已是夜半无人月自沉了。忙得连晚没有睡好觉，两只眼皮红肿得像桃子一样的刘复基，还坐在机关部里的桌子边写文件。习惯性的一手执笔，一手支着头，不停地挥毫落纸，很快就写成一大片。他站起来在房里踱去踱来，想道："咳！人才太少，交恕这么远，不知何日才可以接到信。军事上的准备，算是差不多了，只是辎重第八营靠不住，三十标的军官当中，有些旗人。"眉毛一皱："不要紧，三十标有王宪章，他是个有办法的人。"立刻坐下去，拿起笔写一封给王宪章的信。靠在椅背上又想：共进会的会员虽然好，就是孙武那个家伙……自叹一声："唉！难说。"依然端坐着，双手支着头，伏在桌子上。过了一阵，他又把墨盒揭开，写一张横单子：一、起义命令；二、作战计划；三、武汉街道图；四、旗帜；五、符号；六、文告。此时鸡声已经三唱，他才放下笔来，拉开抽屉，拿出一个烧饼咬几口，才又写出一张分头筹备上述各项工作的名单。

这以后十来天，汉口那边租界上忽听到嘭，嘭，嘭，震天动地的响声，熙来攘往的行人，一群麻雀似的东奔西窜。巡捕房里的步马巡捕，也都慌慌张张地出动了。这就是俄租界宝善里十四号准备起义的政治筹备处，因为转运手榴弹不慎起了火。孙武受伤，幸亏他逃跑得快，没有被捉到。可是旗帜、符号、印信等，统统被高鼻子捡进了捕房。洋大人真威风，真不客气——领事团的首席领事莫尔逊，立刻叫何翻译官道："你们中国这些官，全是板桶。赶快去打电话，叫齐耀珊马上派巡警在租界外巡逻。叫瑞澂马上戒严。"全是命令式的口气。

小小的巡警道齐耀珊不消说，就是所谓封疆大吏堂堂总督瑞澂，刚一听说是领事团的电话，也不得不亲自去收听。

“我是瑞澂，什么贵干？”

“——”

“呀！”瑞澂一惊，接着便边听边说边点头：“是，是，是，是。”就像部下对上司打电话，非常之客气。不，非常之卑鄙的口吻。

于是，武汉三镇宣布戒严了。到处搜捕，人心恐慌。

现在，小朝街机关部的刘复基，得到宝善里爆炸和到处捕人的报告后，虽较平常稍微紧张些，却仍不慌不忙地写好几张条子，交联络员送往各标。因为是隐语，不知他说的是什么。

恰好这时候，蒋翊武从岳州回机关部来了。一进门便问刘复基道：“近日情形如何？”

刘复基将汤和刚从上海回来以及宝善里的情形告诉他：“黄兴他们都不同意武昌首先动作，要多等个把两个月，约同各省同时起义。可是宝善里发生爆炸，一切秘密，都暴露了，到处搜捕，军队内捉了些人。我的意见，一切都准备好了，与其坐以待毙，不如先下手打他个措手不及。如若不然，一定会大遭破坏，你说怎样？”立将拟好了的各项命令、文件、地图、方略等拿给翊武看。

蒋翊武低着头，很慎重地考虑一阵，然后说：“且待开会商议如何？”于是立刻召集会议。邓玉麟首先发言：

“他妈的！只有马上干起来，免得俯首就擒……”他把两只袖子往上一捋，表现很奋勇的样子。“不能等啦。”

“我同意刘复基的意见，既没有等各省同时起义的机会，就只有先发制人，马上就动，……”单兆祥脸上的肌肉，虽然有些紧张，可是说话的腔调，依然同平常一样的轻声细语道：“现在是箭在弦上，不得不发，依我看，成功有希望。万一失败呢——”他把两只眼珠向大家扫射一下，又说出两句文绉绉的话来：“也只有‘宁为玉碎，毋为瓦全’，何况我们有准备，决不会一败涂地。”

“好！刘复基的话对，既然大家都同意，要干就干，时机是成熟了的。”蒋翊武的语气也很坚决。“那就提早两天起义好不好？”

“好，今晚就起义。”这是大家一致的应声。商讨一阵，便将刘复基草拟好了的命令，略加修改，交由总指挥蒋翊武签名，马上照样誊抄几十张分发各标营。

命令（八月十八日下午五点钟发于小朝街八十五号机关部）：

（一）本军于本夜十二时举义，兴复汉族，驱除满奴。（由炮队响炮为起义信号。）

（二）本军无论战守，均应遵守纪律，不得扰害同胞及外人。

（三）凡步、马、炮、工、辎等军，闻中和门外炮声，即由原驻地拔队，依左列命令进攻：

甲、工程第八营以占领楚望台军械库为目的。

乙、二十九标二营由保安门向伪督署分前后进攻，一营前队出中和门迎接炮队，左队防守中和门，右队防守通湘门，后队助工程营占领楚望台。（三营出防郧阳，故不列。）

丙、三十标扑灭旗兵后，即向各要地分兵驻守。

丁、三十一标留守兵，分驻各城门防守。

戊、四十一标留守兵，进攻伪藩署及保护官钱、善后、电报各局。

己、三十二标留守兵，由保安门进城，援助二十九标二营进攻伪督署。

庚、马队八标一营进城后，分配各处搜索，二营向各城外搜索，以四十里为止。（三营及混成协马队十一营因出防襄阳，故略。）

辛、塘角辎重十一营，于本夜十二时在原驻地放火助威，借寒敌胆。

壬、塘角工程十一营，掩护炮队十一营由武胜门进城，占领凤凰山。

癸、卫生队，于天明时往各处收殓阵亡尸首。汽球队，于十二点钟时，在谘议局听遣。（辎重第八营，现在伪督署守卫，谅不可靠。）

（四）炮队第八标，于十一点半钟即拔队由中和门进城，以一营占楚望台，向伪督署及第八镇司令部猛烈射击。以二营左、右队占蛇山，向伪藩署猛烈射击，中队留守原驻地。三营占领黄鹤楼及青山一带，防守江中兵舰。（我军占领时，均即停射。）

（五）四十二标一营左队，进攻汉阳城，前、右、后三队，占领大别山及兵工厂，以一队为援队。

（六）四十二标二营，占领汉口大智门硚口一带。

（七）四十二标三营，堵塞武胜关，兼防守花园祁家湾一带。

（八）武昌弹药枪支，暂由军械库接济，阳夏暂由兵工厂接济。

（九）凡各军于十九日上午七点钟，均至谘议局前集合，但须留少数部队防守已占领地点。（汉口、汉阳驻军，不在此例。）

（十）予十二时在机关部，十二时后在谘议局。

注意：本军均以白布系左膀为标志。

二　三烈士就义，工程营发难

散会以后，蒋翊武同刘复基就在机关部商量布置起义以后的事情。过了一会儿，嘭，嘭，嘭，嘭，有人在大门上，分轻重地连拍四下。一听是自己人拍门的暗号，他们立即就去开门。走进来一位方脸大个子，这就是三十标的王宪章。他问道：

“命令都发出去了吗？”

“都送出去了。”蒋翊武说。

王宪章站着还没坐，又问：“炮队的命令是谁送的？”

“邓玉麟。”蒋翊武坐在桌子边，一面查看那张攻守地图一面答复他。

“唔！邓玉麟的胆子不大啦。”

“那不见得吧？今天开会时候，他的气概多么壮。”刘复基这么说。因此，王宪章报告了他如何对付三十标那些旗兵、如何布置等事情之后，也就拔脚走出去了。

平常各城门，照例夜晚十点钟才关闭。这两天，因为特别戒严，提前两点钟。现在不到八点，递送炮队命令的邓玉麟，毫不迟疑不停步地一口气跑到中和门。可是，刚一望到月亮底下站在城门口那一大伙哨兵的影子，尤其看到那枪尖上都上着白亮亮的刺刀，不知怎的，他的腿一下就软了，老鼠似的，忽左忽右，兜了好几个圈子。他想一阵：“是否出得城呢？”越想心里越跳荡，最后才鼓起勇气来：“管他妈的，去。”刚刚往前走几步，那张又大又厚的城门，轰然一声关闭了。因而由炮队以响炮为起义信号的命令，没有送到。

就在这十八日晚，机关部楼下开动了一架留声机唱京剧，这是作为掩饰之用的。正听到《华容道》那张唱片时候，刘复基望着蒋翊武笑道：“关云长把曹操放走真傻。哼！假如我们捉到瑞澂同黎元洪、张彪他们，那就不会纵虎归山。——”说到这，砰，砰，砰，几下很猛烈的叩门声。刚一听到楼下有人问：“谁呀？”哗啦！全副武装的喽啰们一窝蜂似的打进去喊“抓”。刘复基和蒋翊武立即伸出头在楼上窗门口望一下：前后左右全是荷着枪的黑压压的一大群，四面围着。“怎么办？”刘复基喊一声：“打！”一颗炸弹抛下去，把冲进楼下的打死好几个。站在门外的那一伙，就开枪，这时，刘复基仍然不慌不忙地率领其他十来位，各自拿起炸弹，厉声说：“不要慌！跑不脱就拼。革命是要流血的。怕死就不是英雄，跟我来！”

嘭,嘭,嘭,又是一阵手榴弹,从楼上抛下去,又打死打伤他们好几个。围在屋前屋后和进入楼下的一大群,就像撵鸡鸭似的纷纷往后退。刘复基一手拿着手枪,一手拿着手榴弹走前头,一起下楼往外冲。已经出了机关部的大门,双方对峙一阵,冲不出去,炸弹打光了。因此,除蒋翊武他们三两位跑脱了之外,其余都被捕进制台衙门。这中间的三位主要人物就是刘复基、彭楚藩、杨洪胜。

总督瑞澂立命满人铁忠、双寿,汉人陈树屏三人会审。

“呀!这名册全是军人啦!”铁忠和双寿,从瑞澂手里接受刚从机关部搜出来的名册一看,面色苍白,四只眼珠往上翻。“请示大帅!怎样办?”

“严办!杀!赶快问!”瑞澂声色俱厉。

制台衙门里的大堂上,燃起了许多红字夹黑字的纸灯笼。一大伙持枪荷刀的丘八和差役,威风凛凛地站在东西两旁,铁忠坐在公案桌当中,坐在右边的是双寿,左边的是陈树屏。

“提刘复基。”铁忠拿起朱笔在名单上点一下。站在旁边的戈什喊一声:“提刘复基。”

刘复基昂着头,走近公案桌前,挺直胸脯立着,鼓起两只眼珠朝前望。

“你是刘复基?”

“是。”

“你是革命党?”

“是。”

“怎么不下跪?”

“哼!”刘复基鼻子一耸:“要我跪?你是什么东西!满奴!卖国贼!”

铁忠拿起长方木条在公案桌上重重地一拍:“混蛋!”几个差役走拢去,拉住刘复基的脚镣,往下压,他才坐在地下,依然没有跪。

“你们为什么造反?有多少人?照直供!”又拿起长方木条拍

一下。

“你们为什么强占我们的天下？出卖我们的江山？照直供！”刘复基把拳头一举，声震全堂。

“不要胡说啰！到底有多少党羽？”双寿的口吻软些。

“四万万。”

“头子是谁？是不是蒋翊武？”

“不是。”

“他在哪儿？”

“不知道。”

“刘复基！这是性命攸关的事情啦！你好好照直供！到底蒋翊武在哪里？如果把他捉来，就不会杀你，多么好。”陈树屏的态度更温和些。

“革命党是不怕死的，要杀就杀。”刘复基带着一种教训的口气，望着陈树屏问道：“你知道吗？‘人固有一死，死或重于泰山，或轻于鸿毛。’为革命而死是有价值的。”举起手，指着陈树屏：“真不懂你们这些汉官，为什么甘心替满鞑子当奴隶，怎么对得起自己的祖宗。你想想！惭愧不惭愧？”

铁忠大怒道：“不是好东西，杀掉他不要问。”立即提起朱笔写“谋反叛逆刘复基一名枭首示众”这十三个大字的条子，昭示刘复基。

“满贼！卖国贼！不怕你杀。杀一个刘复基，还有成千成万的刘复基。明天就要你们的狗命。”他把眼一瞪，脚一跺，手一指，望着铁忠大骂。“你们这些狗东西！霸占我们的天下，屠杀我们的祖宗不算数。——”说到这，大喝一声：“我问你，为什么把我们的许多江山断送给外国人？哼！你们可以做李完用①，我们不能当亡国奴……”

---

① 李完用是从前朝鲜卖国宰相，受了日本爵位的。

“拉下去!”铁忠把公案桌一拍,于是那伙差役簇将他推出去上刑场。他握着两个拳头左右挥:“不要推! 我有脚会走!”神色自若地走出衙门。因见围看的人多,他就边走边喊:“同胞呀! 你们大家快起来革命啦! 推翻满鞑子呀! ……”慷慨激昂,同他平常演讲的样子,说了一大串,观者无不动容。

“提彭楚藩!”铁忠仍旧拿起一支朱笔,在名单上点一下。

彭楚藩走上前去,也同刘复基一样,挺直胸脯立着。

“你怎么也不跪?”

“好大狗胆! 要我跪?”

铁忠一看,彭楚藩穿的是宪兵制服,吃惊地瞪他一眼。这是因为宪兵管带果清阿是满人,又是自己的亲戚,假如宪兵也是革命党,那么,果清阿就会办罪。他心里踌躇一会儿,然后问:

“你是不是彭楚藩?”

“是。”

“你是宪兵?”

“是。”

“你是宪兵,那就未必是革命党啰?”这像是启发他的问话。可是彭楚藩仍很坚强地答道:

“不论宪兵不宪兵都排满。”

铁忠沉默一下:“你们打算何时起事?”

“就是今晚。杀尽你们这些满鞑子,大清天下明天就寿终正寝。”

“你也不是一个好东西!”铁忠拿起朱笔在他的名字上点一下。

“提杨洪胜!”仍是铁忠的声音,几个差役将一位满身血渍的瘦长个子抬上堂去,这就是刚才被炸伤的杨洪胜。

“你这个样子造得反? 哼! 不安分,自寻死路!”

“我们是革命,怎么不安分?”杨洪胜卧在地下,仰起头来吼一声。

“哼！革命！先革你们自己的命。还有炸弹没有？藏在哪儿？照直供。”

“炸弹多得很，哪里都有，就是不照直供，要杀就杀。”

现在是四更时分，刘、彭、杨三位，同在制台衙门前慷慨就义了。这就是当日传诵一时的武昌起义三烈士。还有几位，交了陈树屏审讯。铁忠和双寿先退堂，一同进去报告瑞澂：

“大帅！革命党真倔强，卑职意见，就杀掉这三个为首的惩一儆百，其余的从宽处理，因为全是军人，恐怕牵动大局。”

这时，张彪、黎元洪均在座。瑞澂怒道：“呸！这什么话！多有几岁年纪的人，就只想省事，名册在手里，还不一网打尽它？”扭转头，望着张、黎：“你们亲自到各标去照册子捕人，只许严，不许宽，我已电奏摄政王了。”

同在这一晚上，各标、营、队代表接到起义命令以后，都十分紧张，而且极兴奋。可是，等到十二点钟，没有听到炮声。

钟已转点了。四十一标的标代表阙龙，偷偷摸摸地几个箭步跑上离营门外不远的蛇山，四周一望，静悄悄的，既没有听到炮声，也没有看到什么火光。站在抱冰堂那一块山顶上，心焦火急地望了一会儿。三十二标的标代表单兆祥假卧在床上，有神没气地想：“真奇怪！难道变更了计划？为什么不通知？”翻来覆去到天亮。还有很多标、营、队代表，都没有解衣睡觉。

天刚亮，都听到营门口的飞鸟和“东洋刀”唧唧喳喳的两种声音。一会儿，“嘘！”的一声，有人吹哨子喊“集合”！大家就连忙起来去站队，一看是各营管带领头，一面检查，一面捕人。各标、营、队和武学堂，都这样闹一个整天，并且，宣布了戒严令：一、封锁营门；二、不准出入；三、不准交头接耳；四、由各该管长官轮流巡查，亲自放哨；五、如有附和革命党者，一律杀无赦。这样一来，弄得大家莫名其妙，面面相觑。

很快就日上三竿。打开今天——阴历八月十九日——的报纸一看,头一版,满载着昨晚破获大批革命党的详细消息,也载着瑞澂的电奏和清廷的电谕。

电奏道:"……武昌革命党谋反。臣不动声色。一以镇静处之。当在小朝街拿获匪首十余人。名册数本。现已将匪首刘复基彭楚藩杨洪胜明正典刑。地方安谧。……正在按名搜捕。其余残匪。定可一网打尽。……伏乞圣鉴。跪候电谕。"

电谕道:"……两湖总督瑞澂。能于危急之际。一举而扫匪穴。弥患于初萌。定乱于俄顷。应予嘉奖。着记大功一次。电到仰就擒获各犯。严加讯鞫。按册缉拿。务绝根株。毋许漏网。……"

各标、营、队,尤其各代表,得到这个通讯,都很气愤很惊慌。听到刘复基被害,就像死了父母似的,个个都愁眉苦脸地流眼泪,谁也忍不住想哭,但又不敢放声哭。不知怎的,食堂里的饭菜,剩余了一大半。参加革命的这样想:我是上了名册的,照单点菜,只有砍头。束手待毙呢?还是冒险干起来?这是他们不约而同的想法。在另外一部分无所谓的士兵,觉得皂白不分,势必"城门失火,殃及池鱼"。何况现在已经乱捕了一些与革命党无关的人,与其死个不明不白,何不跟着他们一起拼。这是人同此心的另一种想法。人人自危,都有蠢蠢欲动的形势。可是,搜捕的还是乱哄哄地到处在搜捕。

第八镇官长放哨特别严。就在这一天,残缺不很圆的明月,刚从地平线爬上天空,工程第八营后队轮值的第一排排官陶启胜,正接上九点钟的班。

此时,工程营的共进会员熊秉坤、金兆龙和其他几位,正在东张西望地密谈这几句:

"怎么办?横直是死,管他妈的……"因为说话的声音小,陶启胜并没有听清楚,可是他看清了他们的神色不正常,立即趋近前去,牛样地吼一声:

“交头接耳干什么？想造反啦？”

“造反就造反。”熊秉坤和金兆龙把袖子往臂膀上一捋，脚一跺，再顶一句：“你敢怎样？”

陶启胜动手抓他。熊秉坤也当仁不让地举起一只碗样粗的臂膀，扑通扑通地回敬几拳头，大声喊：“同胞！快动手！”于是簇拢来一大群，拿起刺刀，几下就把陶启胜戳死在地下。

“起义呀！起义呀！”人声嘈杂，听不清是哪几位的非常雄壮的声音。大家就立即拿起武器，暴风雨似的跟着熊秉坤、金兆龙他们两位冲下楼。

“干什么？干什么？不要胡闹！”另来几个挂东洋刀的，举起手枪大声吆喝。“不服从，就枪毙。”这时，阮代管带正带着几个持枪的护兵，急急忙忙跑来弹压。

“打死他！打死他！”声震屋瓦的一齐吼。砰，一颗手榴弹，把那一伙挂东洋刀的打得血肉横飞。熊秉坤同金兆龙边吹哨子边喊：“同志们集合！起义呀！”不一会儿，整个工程营，很有秩序地齐集在操场。

熊秉坤同金兆龙威风凛凛地站在队伍前面，高声喊：“同胞们！我们起义呀！工程营的任务是占领楚望台，我们的目的是推翻满清。因为他过去屠杀汉人，现在卖国媚外。你们赞不赞成？”

“好呀！好呀！赞成！赞成！”就像发狂似的，大家跳起来。

“那大家就要服从命令，遵守纪律啦！”

“服从，服从，遵守，遵守。”七嘴八舌的众口同声。

熊秉坤从口袋里掏出一张纸，像是蒋翊武昨天颁发的命令，高声喊道：“立正！跑步走！”飞也似的一下就占领了楚望台。这是湖北全军的军械库，武器弹药很充足，又很齐全。

这时，驻塘角的三个营——混成协炮队十一营、工程十一营、辎重十一营，也已经动作起来了。老远可以望见那晚霞一样的红光，就是他们依照昨天命令放火助威的信号。随而炮队十一营，不费吹灰之力，一下就占领了凤凰山。守通湘门的三十标，望见塘角火焰，听到工程营枪声，也就马上领队发动。就在这几个钟头，凡驻武昌这方面的新军，都接二连三地起了义。

现在，各标、营、队的军官，大部分逃之夭夭了。瑞澂连忙打电话找张彪调兵，可是各标都没有人接电话。于是找黎元洪，可是黎元洪因为刚才枪杀了自己面前的一位革命党，看见形势不稳，早就逃跑了。他的马弁李士奎接着耳机子暗笑："他跑了呀，你们还不走，尽是革命党，还有什么兵调？嘻嘻。"

一会儿，砰，砰，砰，砰……占领蛇山的炮队，对着制台衙门的方向，火射流星似的，大轰一阵，把武昌正在睡梦中的所有老百姓，一下都惊醒了。大家爬起来，很恐慌，开门一看：全是左膀上缠有一块白布的军队，急急忙忙但很有秩序地在门口经过。他们边走边喊："同胞！我们是起义啦！只杀满鞑子，你们不要慌。"

又一会儿，二十九、三十一、四十一各标营，就像潮水一样地分三路向制台衙门猛攻。因为清军也分作两路布了防，连巡防营、消防队、陆军警察——宪兵队和新军辎重第八营合起来，还有四五千人，尤其正在制台衙门那里守卫的辎重第八营管带萧安国，是深受清朝厚恩的仕宦子弟，德国留学生，由瑞澂最近提拔起来的反动分子。而且这个营的战斗力很强，原来没有过革命工作的。他于是分作两个队，在制台衙门的东西街口，架起机关枪，发出哒，哒，哒的一片响声。

"报告标代表，打不进去，怎么办？我们死伤不少啦！"打先锋的一位营代表向阙龙请示。

"放火烧。"标代表阙龙喊一声。可是，他恐怕延烧民房，马上又收回成命："且慢！"仍然相持不下，约莫又是个把钟头。

"叫老百姓马上搬开东西，我们要放火，你去问问他们同不同意。"阙龙就像胀破了肺管似的提高嗓子喊队代表叶得胜。

"好呀！好呀！"王府口那一带铺户和居民，很痛快地同声答应这一句，就纷纷各自搬东西。一会儿，火光烛天。“哒，哒，滴，杀！杀！杀……”这是交错着的号声和喊声。阙龙把右手一举，猛虎扑羊似的领着队伍往前冲。因为烟雾弥漫，彼此看不见，只听到机关枪声愈响愈远，他们就更加拼命地追。这时，已经冒险穿过了熊熊火焰的队伍，看见了制台衙门前巍巍高耸的钟鼓楼。

这钟鼓楼全是大方块石头砌成的，像是一道城门。破晓以前，半暗半明的月亮，照见那楼上站满了黑压压的一大伙，架了很多机关枪，发出咯，咯，咯的响声；不但攻不进去，而且被打死打伤不少。

“怎么办？”此时，走在队伍最前头的阙龙，满头大汗，回转身子叫一声：“停止前进。”望着叶得胜：“只有火攻！让炮兵对着火光瞄准。好不好？”

“对！硬攻不行，我去。”叶得胜自告奋勇，立即领着几位士兵，飞也似的在火焰中跑来跑去，全身是黑灰。

啪，沙，沙，沙，手榴弹和火油瓶，打进了衙门。砰，砰，砰，接连就是一阵炮声。“冲锋！杀——”喊声震天，这一下，才势如破竹地攻到东辕门。可是，辕门口的机关枪，密似雨点般地狂射。“卧下！前进！”阙龙和叶得胜领着几位士兵，往地下一趴，就像一条蛇，一起一伏地往前跃进。砰，砰，两颗手榴弹抛去，敌人的机关枪哑然无声了。可是阙龙和叶得胜的膀子上，都穿了一个洞。“杀！杀！杀！”他们这两位力战不退的英雄，依然领着排山倒海般的队伍冲进了辕门。

这时，火光烛天。架在蛇山上面的炮队，很明朗地看清了制台衙门前的那两支旗杆。于是对着它不断的轰，轰，轰，连发几十炮。钟鼓楼和大堂，同时起火了。沙，沙，沙，“哎呀！哎呀！”劈啪，劈啪，这是制台衙门内乱成一团的火声、人声和脚步声。

现在天亮了。武昌城内最后的反动堡垒——制台衙门，就这样全部攻下了。辎重第八营和宪兵队等清军，就只有举起手来全部缴了枪。到处搜索，只剩得一部分当差役的人员。

“瑞澂那个满鞑子躲在哪里呀？照直说！凡是汉人不动你们一根汗毛，不要怕。”他们一面搜一面问。

“逃，逃，早就逃走了。”一个年轻戈什，胆战心惊地答复他们。

“逃往哪里去了？”

“由文昌门出城的，听说上了兵舰。”

三　黎元洪怎么当都督

晨光虽已初启，旭日尚未东升，从宾阳门经长街一直到长江边，除开左膀缠白布的“民军”而外，都静悄悄地关着门，就像阴历正月初一过年样。可是，聚集在阅马厂那一幢洋式大建筑——湖北谘议局开会的人们，就异常热闹，也异常复杂，因为有很多宪政派的议员，穿着长袍大褂，同革命党在一起。还有许多又高又大毛色不同的洋马，拴在门前。其中有两匹是人一般高，熊一般肥，同样全身栗黄色。据说这是张彪花了一千两银子刚从日本买来阅操的，现在是“一朝天子一朝臣”，换过了新的骑士孙武。

今天是戎马仓皇，人声嘈杂，既没有准备好而秩序也相当紊乱的第一次大会。虽主要是商讨成立一个什么机关、谁来主政、如何指挥作战等问题，可是，一到会场，大家都没有了主意。七嘴八舌，人各异词。

“就推举十几个人来，暂设一个谋略处，以后再成立都督府，好不好？”蔡济民提出这么一个意见。

“好呀。”

于是就推出了十五人。

“都督呢？举谁呀？”

全场的人，都像是汉阳龟元寺的那排罗汉，谁也不开腔。因为前晚机关被破坏，部署被打乱，主要人物，牺牲的牺牲，逃跑的逃跑，一时想不出适当的人来。沉默了好几分钟，没有得到答案。

“举黎元洪做都督好不好?”一个穿蓝湖绉长褂,操黄陂口音,姓刘名更卓的宪政派,就乘机在人丛中冒叫一声。因为他看出革命党群龙无首;他知道黎元洪在新军中比较温和得兵心,又是自己的同乡,将来可以为宪政派所利用。

“黎元洪不好,把季交恕他们赶跑,破坏过文学社。”一部分人的喊声。全场又哑然。过了一会儿,才又交头接耳地你语我言:“没有一个有威望的人为头不行啦,怎么办?”“可惜刘复基死了。”“没有马,只好把黄牛当马骑。”“他在新军里是有资望的,比张彪总好些。”“是呀!吃饷也少些哩。”“指挥作战总比我们强,将就一点算了。”多数人这样说,就如此乱哄哄地举出黎元洪为都督。

“他逃跑了啦!”阙龙把脚一跺,很着急似的神情。

“找得到,找得到,我知道。”李士奎从人丛中拼命地挤出来,自告奋勇当向导。于是就公推阙龙跟着李士奎去捉都督。

中和门附近的混成协皮工厂,规模很大,房子也很多。黎元洪于昨夜起义时,因为逃不出城,就转身躲在皮工厂里,这是李士奎一清二楚的。

左膀绑着绷带的阙龙,领着一班武装,脚不停步地一口气跑进了皮工厂。那些工人,虽然不认得他是谁,却认得这位高个子——李士奎是协司令部的马弁。阙龙问:

“黎统领是躲在这里吗?”

“我们不知道。”工人们一面如此答复,一面望着李士奎朝仓库那方面努努嘴,有的暗中伸出指头打手势。

“快拿钥匙来开门!”阙龙的声音很洪亮。

“厂长锁的,不晓得他往哪儿去了。”守仓库的人边说边打颤。

哗啦,几枪托,打开了库房门,这十多位士兵一齐拥进去搜查。堆满皮囊马鞍的后面,像是一个人,可是把他抓出来一瞧:嘴上没有了胡髭,头上戴的是瓜皮帽,身上穿的是夹长袍,涂上了肮脏的黄土脸皮和白鼻子,活像个戏台上的小丑。

"嗳呀！饶命啦！老总！我是汉人，不要杀。"黎元洪扑通跪下去，双手伏在地上，不断地边叫边哭边磕头。

"谁杀你？起来！起来！"阙龙俯下半个身子，用力地拉他一把，因为他死也不肯起来，胖得像只肥猪，又重又笨，拉不动。这时，阙龙才和颜悦色地变换过口气：

"统领！请你起来，不要怕，我就是你的部下。"黎元洪立即抬头瞥他一眼道：

"你，你，你，你是谁呀？哪，哪，哪一标的？为什么要捉我啦？"发了疟疾似的，全身发抖，仍然跪在地下，大汗涔涔，哭几声。

"统领！不是捉你呀，我们起了义，公举你做湖北大都督，就是刚才开会公举的。你莫误会！不要怕！"

现在是哑巴吃蚕豆——黎元洪心中有了数，他才慢慢地站起来，边擦眼泪边踌躇，口气不同了："谁同你们造反？"瞪大眼睛这么说，一个箭步从仓库里边跑出去了。

阙龙他们，也就跟着他屁股后面边跑边喊："统领！不要跑呀！"一直追进左旗后营门。

老鼠窜洞似的黎元洪，往靠近这营门的四十一标一营前队楼梯下没有光线的藏放灯油的小屋里面一钻，趴在洋油箱底下，缩成一团，又像一只刺猬。

"出来哟！统领！"阙龙仍很客气很耐烦地喊一声，同时，向跟随自己的士兵做一个手势。两个士兵钻进去，抓着黎元洪的辫子，一下就拖出来了。他也就只"这，这，这，"这几声，说不出话来。

"放手！放手！"阙龙摇一下掌，制止士兵扭辫子，恐怕不礼貌。

黎元洪立即爬起来，折转身子又跑了，活像孩儿捉迷藏，往黄土坡的瓜棚底下一躲。

这时，跟着阙龙的十来位士兵生气了："妈的！杀掉他！"哗的一声，上起了刺刀："快些出来！那就不杀你。"

"好！好！好！我出来，我出来。"黎元洪从瓜棚底下窸窸窣窣地伸出半个头,偷偷地朝外面望一下,满身是泥浆。

"不要乱来!"阙龙不断地对士兵们摇手,同时钻进瓜棚内,把黎元洪牵扶着,劝他:"统领!大家举你当都督是一杯敬酒,难道敬酒不吃吃罚酒吗?"

"这不是胡闹吗?北洋兵一到怎么办?"黎元洪的态度仍很坚决:"我不去。"

现在阙龙也生气了,拖出枪对着他:

"你到底去不去?生死就是这一句话。"

黎元洪的额角上的汗珠迸涌,脸皮上涨得同全熟了的西红柿一样,石菩萨似的站着想一阵,然后问:

"去哪里?"

"去谘议局。你如果同我去,那不但现在做都督,革命成功还会做中华民国大总统,多么好呀。假如不去,我们不杀你,满清也会杀你,横直是死嘛,不要三心二意。"阙龙这几句话,打动了他的心弦。

"满清政府怎么会杀我啦?"

"因为我们都是你的部下,假如革命失败,满鞑子说你纵兵造反,你辩得脱吗?"

黎元洪一愣,抬起头,望着阙龙:"咳!真是不顾性命,胡闹!"低着头,慢慢地一步一步往前走。

此时,红灼灼的太阳,已经照满了武汉三镇,江头两岸,看见了十八个星的军旗。还有红、黄、蓝、白、黑的五色国旗,也不久就挂起来了。瑟缩震颤的黎元洪,被大家一拥走上了谘议局楼上。

"都督!这是安民布告,这是檄文,这是……"一位黄冈人的口音。他拿出一堆预先拟好的公文,请黎元洪签名。

"嗳呀!"黎元洪又哭丧着脸,连说几句:"莫害我呀!莫害我呀!……"拼命地摇手,没有看,也不签字。

"算了吧!只要人到就行,赶快发。"大家这样说。"快些成立都督府,暂请黎都督到房里去休息。”另派一班人持枪实弹,日夜伺守着。就在这天正午时候,武昌城内外,贴满了“中华民国军政府湖北大都督黎元洪”的布告。布告末尾写的是:“黄帝纪元四千六百零九年。”

现在,黎元洪进都督府一天了,木菩萨一样地坐着不动,也不开口。蔡济民忽然想起一件事:明天就要开大会祀黄帝,全体军民都一律剪了辫子;而黎都督豚尾长垂,不仅有碍观瞻,还担心他留着那条家伙向后转,有退路,只有强迫他剪掉。于是约同另几位,暗携一把剪刀,走进他的房子里,恭恭敬敬地行一个礼:

“报告都督! 辫子是满鞑子进关,强迫我们汉人蓄起来的。现在我们要光复汉土,都剪了,请都督也剪掉它,这是革命的标志。”

“呀! 那,那,那,做不得,做不得。”黎元洪吓得一跳站起来,张开两只手掌左右摇。

蔡济民出其不意地绕过去,喊的一下,把他的辫子剪掉了。

黎元洪奋身往后转,曲转手去摸脑后:“嗳呀!”往睡椅上倒下去,放声大哭道:“灭九族的啦! 北洋军一到怎么办? 死路一条。”全身发抖,两只脚乱踢一阵。

次日,东方刚发白,都督府门前,站满了左膀缠白布的“民军”,正中搭一个高台,全体肃立,形势很庄严。这就是黎元洪就都督职位,登台祀黄帝的场面。宣布开会意义后,先请都督讲话。这时,全场的人极兴奋,鸦雀无声地尖起耳朵听。

“元洪不德。”黎元洪踱几步,望望台下,说出这四个字,停了好几分钟,才又嗫嗫嚅嚅地说:“蒙,蒙各位推举。”没有下文了。

蔡济民站在台上着急了,悄悄地向站在他身旁的人说:“怪不得大家叫他做黎菩萨。”同时,他就高呼:“中华民国万岁!”“黎都督万岁!”顺手把黎菩萨拉一下,收个场。然后演讲革命宗旨,末了通过“告全国父老书”。

这书是文言的,长约六七百字,大要是:中华是文明古国,自满清入关，变法易服，残杀汉人，暴虐无比。近更内政不修，外侮益急，今日献地，明日割城，卖矿卖路，为所欲为。而且修园陵，治宫室，民脂民膏，朘削殆尽。假预备立宪之名，行集权专制之实；借举行新政之说，为搜刮聚敛之端。本政府用是首举义旗，深望我十八省父老兄弟，勠力同心，执竿起义，推翻帝制，永建共和。

“都督府的组织太小了，不好办事。”祀过黄帝以后的当天，蔡济民在会议上提出意见。大家商讨一阵，又决定分设参谋、军务、军令、编制、民政、财政、外交、交通、司法等九部。

“谁当部长？大家举出人来！”在开会时，一位穿长袍马褂，嘴上有点仁丹胡子的声音。沉寂了一会儿，然后你推我举，首先被提出的是前湖北谘议局议长汤化龙及与他接近的两个宪政派。再就是两个逃跑了的旧军官。还有一位是无党派的人。另一位是日知会的会员。共进会虽然也得到两席，可是，没有文学社的人。

现在，都督府的人选已经确定了以后，原来监禁在汉口的詹大悲与逃亡在汉川的蒋翊武，这时才到武昌。武汉三镇，虽已完全“光复”，湖北各地驻军虽已一齐“反正”，可是各省还没响应。而陆军大臣荫昌所派遣施从滨的先锋队，将抵信阳。又听说清朝将起用袁世凯为两湖总督，并节制长江水陆各军，已派定冯国璋统率北洋第一军，段祺瑞统率第二军，很快就会南下。部长们的心里，自不免有些惊惶，连忙将这些情况，报告黎元洪。

“好啦！北洋兵一到，看你们怎么办！”都督府开始会议时候，蒋翊武同詹大悲刚刚走进去，黎元洪靠着椅子背，皱起眉头，望着他俩发牢骚。

“这是瑞制军逼成的啰，可以向袁宫保说得清楚的，都督不必着急。”宪政派的汤化龙说这话时，两只眼珠，四面张望一下，像是观察大家的脸色。

“怎样说得清？”黎元洪双手拍大腿，叹一声：“哼！我这条老性命，没有死在黄海，就会死在长江。”用手支着头，伏在桌子上，发出微弱的窸窣声，仿佛又在掉眼泪。

“要干就干到底，生米煮成了熟饭，还有什么迟疑！”蒋翊武大声喝道。“湖南同安徽老早就有联络，我可以派人去催他们马上响应，只要守住武胜关。”

“那好，那好，就举你担任‘联络使’，请你们多做些外面的联络，我们多做些里面的事情，内外合作，两全其美。”孙武首先望一下汤化龙，然后装成一副笑脸向着蒋翊武道。“派谁去？”

蒋翊武把嘴巴凑在詹大悲的耳朵旁边问一句：“好不好？”詹大悲点一下头，他才回转脸来答道：“我马上派任质存去湖南，派吴旸谷去安徽。”

“北面很重要，应该在汉口那边组织一个军政分府，抓紧阳夏这两个重镇，才好就近指挥武胜关的军队，你说怎样？”詹大悲先同蒋翊武商量几句，然后歪转脖子向军务部长孙武说。

“可以。”孙武点头。

“这个意见对。”这是大家附和他的声音。

“汉口困难些啦！派谁去主持？”外交部长胡瑛问。

“我去好吧？”詹大悲毫不客气地自告奋勇。劈劈啪啪地大家都鼓掌，因为一个分府不算是首脑部门。

“北兵一南下就会打仗，假如外国人帮助他，看你们怎么办？”黎元洪特别害怕这一着，仍用第三者的口吻，像是在旁边说风凉话的神气。

“是呀！这是件大事情！”几位部长同声说。

“不要紧，请外交部长同我们过江去，找领事团办交涉。”蒋翊武向着胡瑛望一眼，好像有把握似的。詹大悲接着补上两句：“只要声明我们是保护外人的，要求他们守中立，总可以。”

“哼！守中立，你们知不知道？汉口的兵舰有多少？只要几炮，武昌就没有了。多么厉害！中日战争，我是吃过苦头的。”黎元洪根据甲午战争的失败经验，全是一套看不起中国自己的悲观论

调。可是并没有人驳他,胡瑛才开口:

“这是要看外国人的态度如何才能决定的,假如他们依照国际公法承认民军为交战团体的话,那就会守中立。要不然——”

“要不然怎样?”黎元洪伸长脖子问胡瑛。

“假如现在不承认我们为交战团体,那将来也就不会承认中华民国。”胡瑛拿出资产阶级法学家的观点,也许是代表当时一般党人的心理,伸伸舌头:“得不到国际上的承认,那国家就不算是正式国家,政府就不算是合法政府啦。”

“假使外国人不承认,怎么办?”大家说这话时,面面相觑,会场内的空气顿形紧张起来。

沉寂一会儿,胡瑛才想到:早几年同盟会总部曾拟好过一个对外宣言,是尊重各国在华的既得利益和一切特权的。他于是就把这个根据和理由讲一些:“我们就这样照会领事团,再郑重声明一番,那他们一定会考虑的。”

“对,对,对。”大家的愁脸一下就变成笑容。“那好,就请你起草。”

外交部部长胡瑛,当然是义不容辞,立即拿起笔来,综合大家的意见,起草一道致汉口领事团的照会:

中华民国军政府湖北大都督黎

为照会事:我军政府……复祖国之情殷,愤滥清之无状,命本都督起兵武昌,共图讨贼,推翻专制政府,建立中华民国。同时,对于各友邦,则益敦睦谊,以期维护世界之和平,增进人类之幸福,特将民军对外行动,先为知照,免生误会:

一、前此凡清政府与各国缔结之条约,一律继续有效。

二、凡赔款、外债,照旧担任,仍由各省按期如数摊还。

三、凡居留在军政府占领地区内之各国人民财产,均一律保护。

四、所有各国之既得权利亦一体保护。

五、各国与清政府在此次照会以后所成立之条约、权利、外债，则军政府概不承认。

六、如各国有助清政府以妨害军政府者，概以敌人视之。

七、如各国以战争用之物品接济清政府者，一经搜获，全部没收。

以上七条，特行通知各贵友邦，俾知师以义动，并无丝毫排外之性质掺杂其间也，相应照会贵领事转呈贵政府查照，须至照会者。

大家传看一下，都说："双方兼顾，这样做，总不会惹起外国人干涉。""哈，哈哈！"黎元洪也微微地笑了一笑。

刚好成立了汉口军政分府，办好了外交——领事团答应守中立，正在欢呼"好呀！好呀！"的当儿，料不到原定文学社阳夏支部占领武胜关的命令到迟了一点，而张彪率残部联合巡防营，就勾结施从滨的北洋兵，排山倒海般地打进了武胜关，正在向前猛攻。砰，啪，哒，哒，哒，震天动地的一片响声，从早到晚没有停。黎元洪得此消息，胃口又不好了，从早到晚，仅吃几根油条。

这时，武胜关附近地名李家嘴一带与阳夏支部有过联系的铁路起卸工人、农民、帮会好几百人，拿起土炮、刀矛，拆毁关北铁路十多里。可是被施从滨的回马枪，一下就打散了，还捉了一些人。

"报告都督！北洋兵退出武胜关了。"过了一天，军务部长孙武朝黎元洪敬个礼。"听说北军后路被截断了。退却时候，我们缴获武器不少啦，沿途老百姓真好，拿起锄锹斧头，拦路夺取他们的枪支。"口一张："呀，汉口的商家更好啰，拿出许多猪羊牛肉慰劳我们的士兵。军心民心都旺盛。"说话的神气十足，声音也很大，好像胜利有把握的样子。

"呀！那就好啦！嘿，嘿。"闷了几天的黎元洪，轰地从靠椅上站起来，又像有点笑容。可是，大家都看得出这种勉强苦笑，掩盖不了他的真正心情，所以至今还没有撤销他跟前名为护卫的武装。

“湖南‘光复’了，陕西也宣布独立。”又过了几天，军务部长孙武，拿起一叠电报和报告，走进都督室报告道。“据各处报告，江西、江苏、浙江、广东、广西、福建、云南、贵州、山东、山西这十个省，已经跃跃欲试，可望独立。都督！消息好得很。”马上将手里的这些文件，恭恭敬敬地用双手递给黎元洪，最后又补一句：“哦！还有上海也快会独立。”

就职十多天从不看文件的黎元洪，这一回，居然浏览了一下，满面是笑容，精神也振奋了些，望着孙武道：“尧卿！看样子，好像有点希望。”

“都督的洪福，大有希望。”孙武斜着肩头带一种谄媚的微笑，但很郑重地提醒他：“都督！打仗要军队呀！我们的实力不够，还应该多扩充几个镇，物色几个可靠的镇、协统。”走近黎元洪跟前，叽叽咕咕地说：“汤化龙的意见同我是一样的。”还有些话，李士奎没有听清楚。

黎元洪灵机一动，感觉到自己是孤家寡人，连忙站起来，重重地在孙武肩膀上拍一下，表示很亲切的样子：“对，对，对，你想有什么人？”

孙武正在思考，蒋翊武一脚踏进去。他们就马上掉转话头，商谈一阵蒋翊武所提再要派人到江西、四川各省去取联络，与催促湖南出兵等问题。

就在这天傍晚，雨点虽不大，可是满天云雾，黑沉沉的，看不见一点星光。黎元洪心里，也许是受了气候的影响，正在焦虑自己无实力，满面是愁容，越发觉得孙武的话对，文学社不是我可靠的。马上喊一声：“李副官。”

李士奎三脚作两步地答应一声：“有。”

“请孙部长来。”因为近，孙武也就招之即来。李士奎仍然出出进进在打招呼。他们商谈的结果，打算将起义后成立的原有八协扩充为四镇，再招两镇，增加些共进会员，起用些从前的军官。

此时,屋檐上淅淅沥沥的雨声还没有停止,而劈劈啪啪放鞭炮一样的枪声响了,大家都手忙脚乱起来。这就是原三十标的满人管带部宸翔,领着藏在民家的旗籍兵百多人,冲进了都督府。

黎元洪听到枪声,兀的一跳:“呀！快来!”随手摸起一根手杖,就像死了父母的孤哀子神气,慌慌张张地从后门往外奔。几位护卫人员,也只好扶着他一口气跑在蛇山曾公祠躲藏一阵。事平以后,才又把他找回来,好些人正在围着安慰他。

“李副官！请孙部长来!”黎元洪左右扫射几眼,望着李士奎喊一声,马上往靠椅上躺下去,挥挥手,闭着眼睛在养神。于是大家也就走开了。

桌上的洋油灯,大概是燃干了些,房子里的红光,渐渐地微弱下去。现在黎元洪从孙武手里接着那张纸,眯起眼睛,凑在灯前瞅一下,随即把椅子拉过来:“你坐。”孙武遵命坐下了。两个人叽叽咕咕,不知道谈些什么。李士奎尖起耳朵,也只听到孙武说的这么几句:“新成立这六个镇的统制窦秉钧、邓玉麟、杜邦俊都是我们共进会的,就只有张廷辅是文学社的。个把人不要紧,将来总有办法的。”黎元洪点点头说:“对。”脸上有笑容:“嗳！吴兆麟同王安澜是有经验的老军官啰。”这以后,就只看到他们两个人的嘴唇颤动,不知说些什么话,一会儿,孙武起身走开了。

四　从钦州奔回武昌了

这几天,谣言很大:“冯国璋、段祺瑞的北洋兵,因为火车装不了,要不然,早就进了武胜关。”武汉非常恐慌。离开此地将近半年的季交恕,就在这时候,从广东钦州经上海乘船奔武汉。刚刚望见龟、蛇二山,就听到断断续续劈啪的枪炮声。旅客们挤在船舱外互相惊问道:

“什么事呀?”

"革命党起了义啦。"茶房答。

"在哪边打?"

"汉口那边。"

"那怎样起得坡?"

"这是英国船,在一码头抛锚。外国租界怕什么!"一个穿西装,戴眼镜,口里插一支雪茄烟的高胖个子,站在船舷上的人群当中,带着一种像骄傲又像得意的神气抢着说。"老虎身上的虱子,谁敢惹?"

"那是个什么人啦?"和季交恕同住在一个舱位的人,悄悄地问他。

"你看啦! 洋气十足,还不是当买办那一类的家伙。"此时,季交恕怀着十分愉快的心情,两只眼睛朝着汉口边望边说。

现在,船已驶近江边,看见了在过去人山人海嘈杂不堪的汉口码头,冷清清的,仅有几艘小火轮,正在往往来来地过江。可是一登岸,租界上就熙熙攘攘,挤满了从中国街上逃兵荒的人们,七嘴八舌地嚷闹着:"北洋兵快到啦!"租界上所有大小客栈都挤满了,在平常五角大洋一天的客栈,一下就涨价到五元。过江去武昌,要有军政分府的通行证。

"怎么办?"季交恕心里很着急。好在汉口地方还熟悉,匆匆忙忙走一阵,才找到一家小旅馆。肚子也饿了,让挑夫卸下行李,喊茶房打开房间,买点酒和烧腊包子,很兴奋地一面吃一面想道:"这可好了,没有白吃苦。只要革命一成功,满清皇帝一倒,那就不会当亡国奴了。将来同欧、美、日一样的独立、平等、富强。国耻家仇一笔扫,多么美呀! 嘻,嘻,嘻。"想到这里,笑起来,端着酒一口吞下去,好像是自己对自己祝贺而干杯。吃过茶点,就连忙往汉口军政分府去交涉过江与打听武昌情形。

"啊! 你来了,好得很!"恰巧在军政分府门前,一下碰见单兆祥。他老远跑近前去,双手拉着季交恕的一只手拼命地摇。"军政分府的主任就是詹大悲啦。他刚才去武昌。来,来,我同你进去拿通行证。"

单兆祥领着这位新到的老同志,走进詹大悲的房子里,刚一坐下就问:"你接到蒋翊武的信吗?"

"接到了。"季交恕因担心时局不好,紧接着问:"街上这么紧张,没有打败仗吗?"

"打胜仗。"单兆祥满面是笑容。"好多老百姓拿起锄头扁担,跟着队伍,摇旗呐喊追北兵……"他把起义以后的各次战役,有声有色地述说一番。又从准备起义到打仗的经过,一直说到现在的情形:"冯国璋将大举进攻汉口,我们的力量不大够。"

"怎么?"季交恕两眼一瞪,吃惊似的插问一声。

"就因为起义以前,湖北新军,多被分调四川、岳州、襄阳那些地方。"说到这,单兆祥的脸上,表现一种很兴奋的神色道:"可是现在新招募六镇,老百姓踊跃从军,几天就招足了。汉阳兵工厂的工人很积极,枪支子弹都不成问题。"

现在,听到单兆祥这一番乐观论调的季交恕,心头就松了些,觉得既然形势这么好,人心这么齐,革命成功是一定有希望的。可是一想到刚才在报上看到黎元洪的名字,自不免诧异起来。于是问:"黎元洪怎么当了都督!谁把他搞出来的?"

"临时举出来的,特别是谘议局的人,都说他有声望得兵心啦!"

"哼!真糟糕!得兵心!我这个兵心,他就得不到。——"季交恕奋身站起来,两只眼睛就像要爆裂。恰巧阙龙走进去,把他的话头打断了。寒暄几句,阙龙问:

"你们讲谁有声望?"

"讲黎元洪,很好笑啦!叫他讲给你听。"单兆祥扭转头望着阙龙打几个哈哈。阙龙就像说书一样,将自己捕捉黎元洪的经过,从头到尾,指手画脚,绘影绘声地说一阵。

这时,季交恕边听边笑起来,伸出一个小指头:“哈,哈!这就是声望,好都督。将来历史上可替他大书特书一笔。丢丑,丢丑!”待阙龙说到进攻制台衙门时,他就换过一个大指头,连声不断地称赞:“英勇!英勇!”停一下才问:“嗳!你们两位担任什么职务啦?”

“标代表还不是当标统,文学社当标统的很多,镇、协统就很少啦!我们都在汉口这边前线上打头阵,发号施令的都督府,差不多都是他们那些穿长褂子,拖过东洋刀或是别个团体的人。”单兆祥同阙龙都表现懊丧的神气,并告诉他哪些人负哪些责任。

季交恕一听,那些负责任的很多是与革命无关的人,默然不语踱几步,叹一口气:

“哼!狗嘴里怎么长得象牙出来!刘复基死了真可惜。”仰着头,回想一下过去的情景又问:“蒋翊武咧?搞什么?”

“唔!当一个有职无权的什么联络使。究竟詹大悲这个军政分府还多少有点实权,也可以起点作用。”

此时,季交恕心里更加惶惑起来:“怎么搞的呀?”虽从此知道一个大概,然而都督府的情形,还是丈八金刚,摸不着头脑。他拿起一张通行证往皮包里一塞,道:“再见。我就过江去找翊武。祝你们努力!打胜仗!”

渡过江,走进都督府。恰巧蒋翊武、詹大悲、蔡济民同孙武几个人,正在黎元洪房子里谈问题。他们前两位,立即跑出来,就像拾了宝贝似的笑哈哈,双手拉着季交恕:“快进去坐,快进去坐。”

“到会客厅去坐。”季交恕一见房门口那块小木牌上写的是“都督室”三个字,他立即就停步。“我不去见他。”

蒋翊武和詹大悲仍然左右并排地拉着季交恕的手,边走边谈话。

詹大悲这么耳语一句:“今日是我们的天下。”翊武接着说:“还是‘不念旧恶’的好。”彼此用力地拉着他,走进都督室。

“都督认识吗?这就是下书进营,你送他下棚的季交恕啦!”他们这三位刚一脚踏进都督室,蒋翊武首先介绍。

“记得,记得。”黎元洪立即站起身来打招呼,可是脸色不大自然,手一挥:“请坐!请坐!”

蔡济民和孙武他们都一齐站起身,彼此寒暄一阵。

“你来得好,正要人。”詹大悲走近季交恕跟前,拍拍他的肩膀,望着黎元洪道:“都督!就要他到都督府搞秘书厅吧?”黎元洪点一下头,说出两个字:“可以。”“参议厅也要人啦!”蔡济民插一嘴。“可以。”黎元洪两面都答应。

现在他们又继续谈问题了:

蒋翊武说:“都督!形势这么紧急,我主张马上派个人到湖南去催他出兵。如若不然,单靠几个电报,单靠新招的这几个镇,很难抵住冯军。”

“对呀,再要派人去。”詹大悲接着说。“湖南早就答应出兵的,如何拖到现在还不开拔?真奇怪!”

“听说军务部长黄鸾鸣那个人太谨慎。”黎元洪这样说。

“哪个黄鸾鸣?是不是从前四十九标标统平江黄鸾鸣哪?”季交恕坐在旁边插上一句。

“原是标统,不晓得哪里人。”黎元洪随随便便地答复他。

“哦,平江的,同我们还是亲戚。”

“你认识他吗?什么亲?”黎元洪这才注意了,站起身来,笑眯眯的。

“认得,他是我伯伯季昌志的儿女亲家,彼此相隔只有十多里。”

“都督!那就派他去湖南走一趟好不好?”蒋翊武紧接着说。其他几位都一致赞成:“那好呀!都督!派个有关系的熟人去更好。”黎元洪随手拿起笔,歪歪斜斜地写了两张委任季交恕的条子,字有大指头那样粗。大家七嘴八舌地谈一阵到湖南去应该注意的某些事情。其中蒋翊武说的话多些。

因为今天没有班船,由都督府专派一条小火轮,第二天他就赶到长沙。这时,湖南都督,不是焦达峰而是谭延闿了。他先见黄鸾鸣,出乎意外地又见到了湖南都督府秘书主任杨王鹏。谈一阵,才弄清究竟,并不是黄鸾鸣阻挠出兵,而是因为谭延闿徘徊观望。

黄鸾鸣手里拿着黎元洪签署的介绍信,领着季交恕晋见一个细眼酡颜,脸庞丰润,谈话十分投机,从表面上看,仿佛很温和谦逊的高个子。这就是以圆滑著名,绰号水晶球的谭延闿。他一面将信件递过去,一面介绍:"这是黎都督派来的敝亲季交恕。"

谭延闿立即站起来,伪装着满面笑容,连忙叫请坐,边看信边叙几句寒暄:"呀!要湖南马上就出兵啦!那,那……"抬起头望望黄鸾鸣。

"是的。因为形势紧急,既蒙你都督答应援鄂,湖北方面,就像久旱望雨,迫不及待,特派我来要求马上出兵。……"季交恕赤裸裸的,不但表示湖北的要求,而且把黄鸾鸣刚才对他所说的话也一起说出来了:"据黄部长说,可以马上出兵,只要都督下命令。"

谭延闿一愣,脸上有点红,两只眼珠钉着黄鸾鸣。可是立即侧转头,望着季交恕,依然笑眯眯地答道:"出兵援鄂是应该的,我已电复黎都督。不过,湖南原只有四十九、五十两个标,现在招募新兵,还要训练一下才行。"

"据黄部长说,只要都督下令,原四十九标、五十标都可以调。"季交恕就这样将他一军。"都督!两湖是唇齿相依的邻省,假如湖北失败,湖南就独立不了;黎都督站不住,你谭都督就会孤立啦。"

谭延闿又一愣,他的脸皮微微有点颤动,望着黄鸾鸣。略停一下,仿佛有所踌躇:"那,那,调原四十九标去,行不行?"

"行。"黄鸾鸣立即答应。"那就请都督下命令,派王隆中带去。"于是才决定马上出兵。

季交恕离开都督室,喜形于色地告诉杨王鹏:"谭都督不错,比黎元洪好。"

“什么好?”杨王鹏生气似的:“你才来,不晓得湖南的情形。”

这一下,把季交恕愣住了,两个人对看一眼,他然后问:“子畅!湖南的情形怎样啦?”

“这里不便谈。”杨王鹏一手拉着季交恕,走进另一个小客厅里。

“你知道谭延闿吗?”杨王鹏歪着头,用试探的语气问。

“鼎鼎大名的人物,哪有不知道的?他是茶陵人哒,世家子弟出身,有万把几千担租。他的父亲谭锺灵做过两广总督的。”

“他自己呢?怎么样?”杨王鹏这句话的意思是问谭延闿为人怎样。

“他自己是由会元点翰林的。”说到这里,季交恕忽然回忆起在田岩经馆学堂黄杏村说“会元到底是会元”那时候的情景,笑起来:“我曾经读过他中会元的那篇文章,不错。”

“不是讲做文章啰!你以前认不认识他?”杨王鹏似乎有点不耐烦。

“这回才见过,从表面看,好像很谦逊和蔼的样子。”

“哼,谦逊!和蔼!汉朝王莽不是谦恭下士吗?为的是篡位嘛。”杨王鹏毫无顾忌地畅所欲言。“你要注意!不要以为谭延闿是革命的!他是前湖南谘议局议长,宪政派,滑头,阴谋家。焦达峰、陈作新就是死在他们那班人手里,比黎元洪有什么好。”

季交恕这才知道湖南的情况是这样,大吃一惊。想起单兆祥所说的湖北情形如彼,杨王鹏所说的湖南情形又如此,革命前途可乐观吗?他开始有点怀疑,问道:

“到底湖南是谁起义的?怎么把焦、陈都杀掉了?你谈谈!”

“焦、陈起义的。你总还记得,我们不也曾派人同他们联系过的吗?湖北起义之后,我从湘乡赶来长沙,同焦达峰、陈作新发动小吴门外的新军响应,把抚台余诚格赶跑了,把反对起义的巡防营统领黄忠浩杀掉了,推举焦为都督,陈为副都督,谭延闿为民政部长。这时宪政派和旧军官就一起钻进来了。你们贵县的黄鸾鸣还不是一个旧军官。”

“怎么一下把焦、陈杀掉了?”季交恕不等他的话说完就插嘴。忽然听到客厅门外的脚步声,杨王鹏立即站起身来,伸出半个身子,朝外面望一下,仍旧回转头,两个人并排坐着继续谈:

“因为我们年轻无经验,焦达峰又事事让步,他们这些老家伙,就得寸进尺,诡计多端,在北门外和丰火柴厂制造一个火灾事故,欺引焦、陈离开都督府,由梅香指使一部分叛兵……”杨王鹏边说边流泪。“出其不意地把焦、陈一下都杀死了,谭延闿就当上了都督。这都是宪政派的阴谋!”

“唉!两湖都督一样。糟糕!”季交恕长叹一声,额角上现出几道皱纹。“你搞什么咧?”

“当了几天秘书长,焦、陈一死,我就打算去武昌,可是他们扣住我不放。”杨王鹏皱起了眉毛。“到底湖北的情形怎样?为什么举黎元洪做都督?”

“嗳呀!老兄!”季交恕下意识地发出一种不愉快的声音。“湖南如此,湖北也不妙,因为我到那里不久,内面情形不大清楚。”只将单兆祥、阙龙对他所说的那些话,转告杨王鹏。“我马上就要动身,你最好设法到武昌去。”

下水船快得多,泊在大西门外江边的那一条专轮,不到一天光景,就驶过了洞庭湖。季交恕看到龟蛇二山,俨像是两个巨大的动物,雄踞在武汉江边。租界上千百只亮晶晶的电灯,接二连三的,俨像是一大串明珠。这时候,虽太阳已经没入地平线,而暮色并不深沉。忽然间,望见汉口那边的远处,喷射出一大片火光和浓焰。接着就是一阵很猛烈很密集的枪炮声,而且愈响愈近,仿佛在大智门那个方向。季交恕站在船头上边看边猜:“难道是民军退却?”两只手交叉着在背后,很着急地踱去踱来。船一靠岸,他就连忙直奔军政分府去探听情况。

“杀掉他!”季交恕刚刚走进军政分府,看到詹大悲正在大发脾气,睁大两只眼睛拍桌子,随即拿起一支笔,写一个将张景良立正军法的命令。

“什么事呀？哪个张景良?”季交恕问。

“杀奸细！就是以前的二十九标标统张景良,他当临时总指挥,暗中放火烧粮台。”詹大悲气得脸皮上发青。

“这也奇怪！为什么要他去当总指挥?”

“你不知道,我们是下错了棋呀！真是‘一着失败,全盘皆输’。告诉你吧:本来张景良这个东西,在起义时候逃跑了的,因为黎都督一上台,他就当了临时参谋长。”詹大悲左右看一下,挥挥手。站在房子里的那两位——秘书或者是副官,退出去了。他然后说:“后来北兵南下,张景良在黎元洪跟前阴谋反水,那时候本应当杀掉他。因为黎元洪袒护旧军官,说他有经验。蔡济民也保他,说是老上司。仅只禁闭几天,这已经是太姑息了的。这一回,黎元洪又把他搞出来当临时总指挥。因为士气旺盛,人自为战,同冯军激战两天,打了胜仗。哪晓得张景良这个东西,暗中放火烧粮台、造谣言,说北兵已经包抄后方,使得兵心大乱,一下就退到大智门。这是我们的同志粮台李总理刚才报告的。只有来他个先斩后奏,要不然,又会杀不成。”

就这样略谈一下,季交恕就起身走:“嗳！我过江去复命。你知道吗？湖南就会出兵咧!”

“知道,在都督府看见你的电报。”詹大悲也很忙,送出房门就转身。

五　袁世凯的阴谋诡计

都督室内外的煤油吊灯都燃亮了,厅子里坐着十来个人,有好几个不相识的。季交恕刚一走进去,黎元洪的态度,比前次见面自然得多,连忙站起身来望着他哈哈笑道:“你回来了,辛苦辛苦。”竖起一个大指头:“很好很好。刚才接到谭都督的电报,湖南军队出发了。”

季交恕还没就座,先将在湖南交涉的经过约略报告几句,就向在座的几位客人请教。其中有一个猫头鼠眼,中等身材,年约四十来岁的人,乃是都督府顾问孙华序。

“老兄!请问你:湖南派来的是老兵还是新兵?”孙华序操着安徽口音,异常客气地望着季交恕干笑一下。

“大半是老兵。”

“呀!北洋军全是老兵啦!”孙华序眼睛一睁,故装一种惊讶的神色,扭转头望着黎元洪:“都督!”

“是呀!北洋兵的战斗力强。”黎元洪的语气,像有点被他这句话吓唬了的样子。

“那还是要看军心巩固不巩固。我们的士气很旺盛,新兵多一点,也没有关系,这一向打得多么好呀!”蒋翊武这么说。

季交恕觉得肚子里空虚了,回去自己房子里吃晚饭。蒋翊武跟着他走进去,谈了一阵湖南的实际情形,交换了一些意见。

“孙华序那个人如何?刚才听他说的那几句话,有点不对头。”季交恕问蒋翊武。

“我也不大清楚。黎元洪同孙武都说他有才能,信任他。但也有人说他是袁世凯派来的高等侦探,没有证据很难说。不过他总喜欢在黎元洪面前鬼鬼祟祟,同孙武搞得热火朝天,不大正派。”

“那就值得注意啦!如果内部有奸细就糟糕。”季交恕把自己坐的椅子,往蒋翊武的跟前挪动一下,放低声音说:“我们的人都摆在军队里,上面的情形,摸不着头脑,怎么好?黎元洪身边全是旧人,刀把子操在他手里,到底可靠不可靠?你要设法插进去,拉住他。”

“怎么插得进?人家会说我们争权夺利。”蒋翊武叹一声气:

“咳！我们几个人都错过了机会，只有在下面抓住几杆枪。”

突然一阵很急又很重的脚步声，响到房门口停住了，在门片上猛敲几下。季交恕以为是黎元洪有事叫他去，站起来把门打开，乃是第二镇参谋长蔡大辅。他还没有坐下，连忙说了一大堆：

“北兵真野蛮，到处抢劫，打死打伤的老百姓好几百。真糟糕！在汉阳防守黑山的那个管带钱明汉反水了。有人说他是报私仇，有的说他是同张景良一样地被敌人收买，正在查究。”蔡大辅很警惕地告诉蒋翊武：“你要叮嘱詹大悲，汉口那边的情形比武昌更复杂，要他严防汉奸啦。”

“是呀！我们就一路过江去把前线的情形详细查清一下，布置一番——”蒋翊武的话还没有说完，房门外一片喧嚷声：

“王隆中来了呀。”“等两天湘军就会到。”

他们这三位，于是一同走往都督室，恰好从上海来汉口不久的战时总司令黄兴，也同时进去。“这好了，这好了。”一大群人围着王隆中，又欢呼，又问好。黎元洪的脸上，显出从来没有过的笑容。在座的杨王鹏是同湘军的王隆中一路来的，然而这一群，除蒋翊武和蔡大辅以外，没有人理睬他，任听他瞪着两只眼珠坐冷板凳。

“妈的！认红不认黑，‘喧宾夺主’的东西。”季交恕心里很愤慨也很难过：“子畅，到我房里去坐。”一手拉着他走出去了。

过了一天，黎元洪下了一个条子：“委任杨王鹏为军令部人事局局长。”季交恕一见就慨叹：“咳！阿弥陀佛。”因现在正是要人做事的时候，而杨王鹏很有才能，埋没了，他心里抱不平。

今天是旧历重阳。满天星斗，几片彩霞。放连珠炮似的劈、啪、砰的声音，把正在睡梦中的人们，一下都惊醒起来了。这就是武汉民军拂晓攻击北洋军的时候。激战半天，正在下火车的清兵，被民军大炮打得落花流水，争先恐后，从车厢窗子里往外奔逃。散兵壕内的清兵，因见援军溃散，也就纷纷向后面乱窜。“快来拾枪!""快来打北兵!"一群又一群荷锄头扁担的农民喊声震天。"他妈的!你还抢老子的东西吗?"同三道桥那次战役一样,许多北兵被老百姓打死在山沟和田野。

"恭喜都督!贺喜都督!打了大胜仗。"孙武走进黎元洪的房子里,恭恭敬敬地行个礼,将汉口这次打胜仗的情形报告他,谄笑一声:"哈哈,真是都督的洪福。"黎元洪听到打了大胜仗,加上孙武这一套非常悦耳的甜言蜜语,笑得两只眼睛,只剩一条缝。接着蒋翊武、孙华序也前前后后地走进去了:

"都督!好消息。"孙华序的安徽腔。

"还有什么好消息?"黎元洪又惊又喜地张大了嘴巴。"是不是又打胜仗?"

"不——是。贵同乡柳辰恩来了。"

"哦!他来了,你认识他?现在哪里?"

"他是我的老朋友,在袁宫保那里当过幕友,现在客厅内,我就去领他来晋见吧?"孙华序立即转身,把柳辰恩引进都督室。

"都督是劳苦功高的开国元勋啦!"柳辰恩很知趣,改变了清朝礼节,毕恭毕敬地朝着黎元洪深深地来一个鞠躬,又朝大家拱拱手。寒暄几句,立即拿出袁世凯的一封信,滔滔不绝地说:"袁宫保派兄弟来的使命,是想劝都督化干戈为玉帛,免得生灵涂炭。① 所以武昌起义,满清政府起用他作两湖总督,统率水陆各部打民军,他不出来,就是这个原因。后来,因为外国人同北洋军队都希望他出山,不久以前,庆亲王又派徐世昌到河南去劝他出山,这时候他才答应,并提出六个条件:要宽容起义人员;解除党禁;明年开国会;组织责任内阁;授予他指挥水陆各军全权;与以十足军费。他的意见,对起义诸公,不独应该宽容,并且应该网罗天下豪杰,共襄朝政。"说到这里,柳辰恩的两只眼珠,不停地四周扫射,看出了黎

---

① 干戈,指战争。玉帛,指和平。生灵,指人民。涂炭,指遭难的意思。

元洪面有喜色,连声称道:"好的,好的。"其他各位,也都不断地点头,没有什么不愉快的表情。他便觉得民军大有可以摆布的余地,于是继续地大胆说道:"现在满清政府要他出来当内阁总理大臣,授以全权。他抱着和平愿望,准备马上去就职。就因为北洋六镇,是他在小站一手训练出来的,战斗力很强,假使全部出动,那民军就无法抵抗。民军失败,全国局面就会不可收拾,所以他不能不出来调和。"

"调和是最好的……"黎元洪说了几句希望调和但是不关痛痒的话。

"我们也愿意和平解决。不过先决条件是要开国会立宪……"汤化龙开口不离本行。

"当然谁也赞成和平解决,免得生灵涂炭。不过我们革命的目的,主要是推翻满清专制,建立民主共和,总而言之,不应该有皇帝……"这是蒋翊武的话,接着还有孙武他们那几个人的表示,也是要取消君主。

柳辰恩仅如此试探了一下,吃过午宴,连忙退出都督室,在孙华序房子里,叽叽咕咕地谈了几个钟头,当天晚上就走了。可是,从这时起,不知怎的,南北和平的声浪,逐渐冲淡了革命战争的气氛。

"宣统皇帝下了罪己诏,摄政王退位,隆裕太后听政。你们看!袁宫保做内阁总理大臣。"孙华序逢人替袁世凯吹牛皮,同时散播些吓唬党人的空气:"他调动了段祺瑞来汉口增援冯国璋啦!那我们就要当心些,恐怕抵不住。"

现在冯国璋因为得到援军,猛扑汉口,激战四昼夜,胜负不分,他就改用火攻。这时候,好久没下雨,经常刮秋风。天还没有黑,听到汉口北面一阵炒爆豆似的枪炮声。从蛇山高处望去,可以看见硚口那个方向,喷射出一股又一股的红光和磷火一样的绿焰。俄而这里是烟雾,那里是火光,很快就扩展到中心市区,延烧三天三晚,灾民几万家。因而湖北民军,败退汉阳了。可是,说也奇怪,冯国璋并不乘胜直追。而黎元洪就时刻发抖，生怕他打过江来。

“都督！不要着急！依我想，现在是袁宫保当权，不会逼人太甚的。”孙华序站在黎元洪的身旁，弯着腰肢，轻声细语地劝他。

“怎见得不会逼？他有的是北洋兵。”黎元洪把手一挥：“请坐下。”

“他是汉人，如果把民军消灭了，那还不是摄政王又复位，清朝还在，哪有他的份儿？我想袁宫保是当今豪杰，不会这样傻。”孙华序就这样一口气说出了袁世凯心内的事。“嗳！都督！袁宫保是真正主张和平的啦！柳辰恩对我说过，他只讨厌同盟会，并不讨厌都督，我也曾经告诉过孙部长。……”因为他们的声音愈说愈低，李士奎站在窗子外的阶沿上，有些听不清。仿佛说，只有同袁宫保站在一起，革命就容易成功。他——李士奎马上把刚才听到的这些话告诉季交恕。

汉口失守以后，武昌方面虽然显得有些紧张，但江那边的汉口和汉阳，反而安安静静，再没有昨前两天那样惊人的枪炮声音。加上柳辰恩北上后两次写信给黎元洪，一再表示袁世凯愿意和平解决，孙华序逢人劝说“和为贵”，因而革命党当中，也就有很多人不见得怎样恐慌。可是，和呢？战呢？意见不一致。为了这，蒋翊武邀同季交恕、杨王鹏他们两位怀着三颗不同的心，一路过江去，正在汉阳召集文学社同志开会了。

“现在袁世凯又有信给黎元洪，并派柳辰恩为正式代表，只要民军承认君主立宪，就可停战讲和，要不然，就武力解决。……你们大家的意见如何？”蒋翊武刚刚说完这几句，蔡大辅带着惊异的神气，连忙就开口：

“唔！真奇怪！到底袁世凯的葫芦里装的什么药？他在汉口打了胜仗，不追我们，反而派代表来同我们讲和，这是什么道理？”

“莫不是想松懈我们的斗志，涣散我们的军心？”单兆祥也只想到这一面。

“有点像,有点像。不然的话,他为什么拿下汉口就收兵?”廖湘芸同意单兆祥的看法。

“哼! 袁世凯那个家伙,反复无常,靠不住。”季交恕说。

“那不见得吧? 他是汉人。”蔡大辅说。

“你没有看过梁启超写的《谭嗣同传》啦? 袁世凯原本是同康、梁站在一边的,谁知他会反水向慈禧告密,发生政变。”季交恕接着把昨天李士奎听到孙华序的话,述说一遍:“唔! 讲和是讲和,莫不又是他的什么阴谋诡计啰? 我是主张积极准备,要打就打——”大家都拍掌。

“对,要打就打。”杨王鹏抢着说。“革命为的是反满,现在湖南、陕西、江西等十多个省,均已先后独立。那些都督,虽是满清的抚台或协、标统等宪政派,然而挂起了五色国旗的地方,总算是我们的世界,不是满鞑子的天下了,还讲什么君主不君主!”

“对是对,黄兴、张振武他们也是这个意见,主张打。不过汤化龙、孙武、胡瑛他们都主张和,黎元洪更想和。他们认为袁世凯有力量,只要一反手,就把满清天下拿过来了,可以不要再打仗。……”蒋翊武和和气气地说了一阵。“好吧,明天都督府开会,我就把你们大家的这些意见转告他们。”

正在散会时候,一位穿便装的少年,手里拿着詹大悲从九江寄来的信,递给蒋翊武。

“呀! 孙华序的确是侦探,把湖北内部的一切情况报告了袁世凯,你们看!”蒋翊武看过以后,首先递给季交恕。信里还说到机关和军队里边也有他的人。于是大家很气愤,骂几句:“这个东西,只有杀掉他。”虽则因为无权力,但也想不出一个什么方法对付,就这样说一说散了会。

现在是袁世凯一面派人讲和,一面准备进攻的时候,因据柳辰恩回去报告,民军内部不团结,各党派意见分歧,只要再打一下,他们就会就范的。于是决定派段祺瑞第二军增援冯国璋,攻取汉阳;

姜桂题所统率的步兵进据武胜关。

这两大的和平空气消逝了，民军这方面，正在手忙脚乱地准备战争。可是由于汉口失守，若干打乱了的部队，还没有来得及整编就绪。已经笑逐颜开的黎元洪，一听到还要打仗，又恢复了从前那一副哭丧着的脸孔，肩并肩同孙华序坐着诉苦道："这，这怎么办？新兵那么多。"

"不要紧，袁宫保会原谅都督的。这边的情形，柳辰恩全知道，有办法的。……"孙华序边说边抬起头来，一眼看到李士奎，他就转口："长江天堑，无论如何，打不过武昌来。"

这时，部队已将近整编就绪了。但还有在汉口战役中被打垮了的两个标，实际只剩下四个半营，决定把它改编为一标。可是，原来那两位标统，都是文学社起义有功的人员，而且资历差不多，谁也不服谁。蒋翊武坐在都督室，为了这人事问题很踌躇：如果派别人去，他们一定不舒服，只有派季交恕或杨王鹏去才指挥得了。他于是把这二位名字向黎元洪提出来。

"那好，就派季交恕，叫他马上去。"黎元洪适中下怀，好像去之唯恐不速。

季交恕也就奉命马上过江，坐在小火轮里边，一面研究作战计划，一面翻阅军用地图。他想到自己本来是个文人，虽然当过三两年兵，在特别班学过一些军事学，但从来没有上过火线，怎能够带兵打仗？因而信心不大高。忽又转念：难道从母亲肚子里生下来就会打仗吗？大家都一样年轻无经验，还不是从起义打到现在。主要是靠革命热忱和勇气，不怕困苦与艰难。"妈的，老子把条性命同他拼。"他又记起了叶得胜那句话。

现在奉到战时总司令黄兴的命令："所有全线各军，限于本夜偷渡汉水，拂晓反攻……"所有船只和排筏，也都准备齐全了。太阳还没有离开龟山时候，季交恕率同教练官廖湘芸穿上夹军服，挂上东洋刀，精神奕奕的在襄河边前线上，拿着望远镜，察看一周。

因为这个标在左翼,他的任务是向硚口方面攻击。那里的河面更窄些,船只虽然少一点,估计也容易强渡。

明朗的天渐渐黑下来,微微有点风。对岸边的北方口音,就从这荡漾的微风中,隐隐约约地传进人们的耳朵里。此外,就只听到哨线上问"口令"的声音。可是夜间动作,表面上虽很平静,实际上却更紧张。官兵们的心情,就像勒紧了缰绳的马,两条腿时时颤动,只想往前奔。

廖湘芸从各营回来,报告季交恕:"……士气这样旺盛,不怕不打胜仗。"看一下表:"时间还早哩。"

季交恕也像急盼天亮似的:"是呀!怎样今天夜晚特别长!"随即带着几个马弁,连忙往前走。

月落星稀,金鸡三唱,一阵炒爆豆似的枪炮声,响彻了霄汉。第四营后队队官叶得胜,奋不顾身地领着敢死队由木划上首先跳上坡。砰,砰,砰,砰,一阵手榴弹,打死很多北洋兵,自己也死伤几十个。于是一大群鹅鸭似的木筏和小划,就在这霎时间,三篙二桨,涨潮一样的气势汹汹渡过了襄河。季交恕一面下令喊上刺刀,一面带领队伍,挟着猛虎扑羊之势,一直往前冲。只听到"杀!杀!杀!"一片震天动地的喊声,就这样一阵白刃战,把冯军打得落花流水,一下溃退十几里。可是,一会儿,段祺瑞的援兵赶到了,大举反攻。正在相持不下的时候,呜的一声,季交恕的左腿带了花。这本来不是什么重伤,然而叶得胜一见就心疼,马上跑过来,曲着腰肢,一手拉着他的膀子,一手托着他的屁股,三脚作两步地背下火线去上药。激战至午,不知怎的,忽然接到命令:"停止前进。"

"正在打胜仗,为什么要停止前进?"季交恕跺一下脚,喊一声:"湘芸!快去打军用电话问个明白!"

"糟糕,黑山炮队谭森林反水,把冉管带打死了。引进北洋兵由扁担山渡过汉水,占领黑山,向我们后方包抄。"廖湘芸气喘喘地边说边擦汗。"要准备撤退守汉阳。"

撤退以后这几天，轰轰隆隆的枪炮声，简直没有停。一阵一阵的西北风，就像是火线上的拉拉队，时时在呼啸，仿佛故意地替北洋军助威。双方同拉锯一样的互进互退，比起汉口战役，剧烈得多，死伤人数多几倍。

战至最后那一天上午，没有风，可是雾气沉沉，仅从云罅中露出一点微弱的黄太阳。汉阳兵工厂拆卸了的机器，光晃晃的，正在扑通扑通抛往襄河里边。这就是打算放弃汉阳的重要准备。

"沉着些呀！打！打！"叶得胜勇气百倍。可是正在这样呼吼时，突然倒下去了。

"报告统带，叶队官阵亡。"这后队的一位护兵，跑至季交恕跟前哽咽着，撩起衣角揩眼泪。

此时，季交恕一愣，两个眼眶，好像快要炸裂，瀑布似的热泪，一股一股地迸涌出来。没等那护兵的话说完，就拔起脚往前跑。刚一看到叶得胜满头是血浆的遗体，扑通一下跪下去，紧紧地抱着他痛哭。——回忆起他过去在左队帮自己做差事、抬尿桶、泡臭虫；也记起他做半辈子长工，家里很穷，还有五六十岁的老父母；尤其想到他这几年一贯的英勇奋斗，同患难共艰苦，季交恕心里充满悲伤，几乎忘记这是在火线上。

"好吧！算了！赶快收殓去掩埋！"廖湘芸用尽九牛二虎之力，才把季交恕拉曳起来。他的眼眶，也同交恕的一样红。

就在这天，鄂湘民军一下子退回武昌。战时总司令黄兴，被迫辞职往上海去了。这是起义以来最纷乱最危急的局面。

"假如北洋兵乘胜追击，虽说长江天险，未见得不可以偷渡或强渡，打过江来怎么办？"正在武昌江边布防时候，廖湘芸喊喊地向季交恕说。

季交恕没作声，拿起望远镜，朝着江那边瞭望一下。只看到龟山上面的大炮，像闪电一样地朝武昌这边轰，却看不到江那边有什么船只渡江的迹象。他边走边想：有点奇怪！大概北洋兵的准备工作还没有搞好。不知道袁世凯这种盘马弯弓，适可而止，就是对民军一打一拉，对清朝讨价还价，“鹬蚌相持”，以便他自己从中取利的做法。

一会儿，都督府召开紧急军事会议，标统以上都参加。季交恕立即带着马弁骑上马，飞也似的往城内奔。黎元洪宣布开会的议题，就只两个：(一)推举一人继黄兴为战时总司令；(二)准备退守岳州。

“为什么要退守岳州？我们只有城存与存，城亡与亡……”季交恕刚刚说这么几句没有完，会场里的气氛就很激昂也很纷乱——你一言，我一语：“对，只有城存与存，城亡与亡。”“岳州也不是铜墙铁壁！”“只有死守武昌！”……

黎元洪坐在主席座位上，仍是一尊木菩萨似的不开口，过了一会儿，才“这，这，这，”说一声：“好，好，好，先推举一个总司令出来再说吧。”

有总司令资格的本有两三位，可是，当此危急存亡时候，谁也不肯戴上这顶破纱帽。只有蒋翊武“见义勇为”不推辞，才形式地由黎元洪下了一道“兹任命蒋翊武为战时总司令”的任命状。然后谈到第二个议题，蒋翊武首先开口道：

“革命形势这么好，怕什么啦！现在离起义还不到两个月，阳夏战役虽然失败，全国的反满空气，正在高涨，已经宣告独立的省份这么多，各都督派来武昌的代表不少。广西、江苏各省的北伐联军，马上就会到。北洋兵又没有翅膀飞得过江来，为什么要放弃武昌？真奇怪！我是赞成季交恕他们大家的意见，只有死守待援。——”蒋翊武的话还没说完，大多数人的掌声就劈里啪啦响起来了。

黎元洪也只好点点头这么说几句：“如果北洋军的吴统制、蓝协统[①]打算进攻北京的谣传是真的，那就好了啦。”

---

① 吴统制，指吴禄贞。蓝协统，指蓝天蔚。

“这两位都是我们湖北人哩,他们既敢通电要制定宪法,召集国会,赦免党人,如果清廷不答应,有兵在手里,或许会响应我们也说不定。”孙武也把希望寄托在他们身上。

“有人说吴禄贞在石家庄被袁世凯暗杀死了。”张廷辅轻轻地把嘴巴凑在蒋翊武的耳朵边告诉他。

现在退守岳州的计划虽然没有实现,而黎元洪他们那班人,仍是动摇的。幸亏蒋翊武接任战时总司令,他一散会,就立即调遣部队,沿江布防,这才稳定了人心。

就在这几天,砰,砰,砰,江那边的大炮,对着都督府连发几响。哗啦,府前的房子打垮了,熊熊的火焰,喷出一股黑烟。正在一时纷乱当中,黎元洪就脚底搽油,溜之大吉。

“都督哪里去了呀?”派人到处找。

“哦!恐怕那就是都督?刚才碰着一乘出城去的放下帘子的小轿,不晓得里边坐的什么人,只看见几个挂有都督府符号的护兵跟在后面。”一位通信兵用手指着宾阳门那个方向这样说。

出宾阳门约莫六七十里的王家店,是一个小市镇。黎元洪真朴素,只带着一颗都督印信和几位侍从及护兵,就这样偷偷摸摸地坐镇王家店,遥领武昌城。一直到快要停战议和时候,他才移驻卓刀泉,在大门口写上一个“湖北大都督行署”七个字的纸条,劝也劝他不回城。

这一回,可把蒋翊武忙煞了,虽则北兵始终不渡江,然而龟山的大炮,时在威胁。尤其都督府的人心涣散,很难维持。这就使得他不得不一面要从军事上加紧布置,一面又要从政治上打气加油。在平日暗中排挤他的人们,现在不仅不反对他,反而称赞他:“倒是蒋翊武行!”可是,正在忙于准备作战时候,战时总司令部忽从江那边得来一个出人意料的消息:“袁世凯请汉口领事团出来作调人。”

这时,各省都督府代表,正在汉口开会,湖北方面的蒋翊武也参加了。

“怎么调停啦?”他一回来,在司令部等候消息的好几位跟着问。

“据英国领事说,袁世凯问过英国公使朱尔典,主张停战议和,免得人民遭殃。现由英国公使朱尔典电告汉口领事团的首席领事,也就是英国领事出来调停。他还说,英、美、日各国,都担心他们在中国的生命财产有危险,也希望停战议和。不然的话,外国人就不再守中立。”听到最后这一句,有些人的脸皮变了色。蒋翊武边答复他们边站起身来打电话:

“报告都督!我刚才在汉口同各省代表开过会了。大家的意见,都赞成停战议和。已决定先行局部停战,后谈条件,打算就以汉口为‘南北议和’地点。我们这方面,公推伍廷芳为谈判代表。都督的意见怎样?”

“——”

“你同意呀!没有确定日期,只决定暂停三天再说。”蒋翊武回复黎元洪这几句,把耳机子挂上就走开了。

现在已经停战三天了,又来了一个三天,五天,十五天……拖泥带水的一再展期。又说谈判,又说会破裂,弄得大家都莫名其妙,尤其在部队里的人们。

“到底还打不打?是不是袁世凯的缓兵之计?情形怎样啦?”季交恕同廖湘芸很不耐烦似的跑去问蒋翊武。

“我也不是诸葛亮,不晓得他用的是什么计。”蒋翊武边笑边摇头。“情形经过是这样,我们南方所提出的是取消君主,承认民主共和为先决条件。北方的议和代表唐绍仪,只肯答应先召开国会;君主还是民主,由国会投票公决,暂时不谈。满清政府是同意的,我们的代表不同意。就因为这君主和民主的问题,争论不休,所以一再展期。”

“还讲什么君主不君主!各省代表会,不是已经公举孙文为临时大总统吗?只要等他一回国,就可以成立民主政府同他打到底。”季交恕举起一个拳头晃几下。“把直隶①、河南这两个省打下来，满鞑子就没有立足之地了，只有逃回东三省老家去。”

“事情不是这样简单。满清还有什么力量呀。议和的成败，全在袁世凯手里，只要他一反手，宣统就会滚蛋。”蒋翊武也是一知半解地希望调和的口气。“不要着急！慢慢来，且等孙文回来再看！”

“为什么忽然把和谈地点改到上海？各省的代表改到南京去开会？”季交恕又问。

“说起来真气人！前一向，不是用黎元洪的名义，电请独立各省派代表到武昌来开会，并组织临时中央政府吗？——”

“是呀，各省也派代表来了的吧，为什么又走？”季交恕插进这一句。

“原先就因为上海都督陈其美，同原来的抚台江苏都督程德全、浙江都督汤寿潜、江苏谘议局议长张謇那一伙，反对在武昌开会，经过力争，才不得不尊重我们首义之区的意见，派代表来。气人的就因为汉阳失守，他们就借此为口实，硬要把代表会改在南京开，打算在那里成立临时政府，因此谈判地点也改在上海。”

“军人以服从为天职，我们只管打不打，问这些做什么！”廖湘芸一手拉着季交恕：“时间不早了，我们走吧。”

这几天，没有了炮声，纷传南北议和快成功，黎元洪也壮起胆子搬回了都督府。天还没有黑，季交恕连忙进城去，行至离城门不远处，望见前面栗色马背上的一位瘦矮个子，很像蔡大辅。他把缰绳拉紧向左边扭一下，赶向前去：“是不是蔡参谋长？”蔡大辅也扭转脖子向左一望：“哦！你呀。”彼此都从马上跳下来了。

“议和快会成功的消息是不是真的？”季交恕问。

“说是这样说，进城去打听看看。死气沉沉的不战不和真讨厌。”蔡大辅四周望一下，凑近季交恕的身边：“又得到一个消息说

---

① 直隶，即河北省。

孙华序的确是袁世凯派来的奸细。还有人说,黑山炮队反水,就是由柳辰恩经过孙华序收买张振成去运动的。”说到这里,他重重地跺一下脚:“咳!你看!汉阳失守,吃多么大的亏,他还在我们内部挑拨离间,播弄是非啦。这个家伙,非杀掉不可。”边说边上马:“进城去再谈吧。”

转眼就是阴历十二月。刚听到孙文在南京就任临时总统的佳音,接着从上海又传来另一消息:北洋军段祺瑞他们四十多个人联名通电,定要君主立宪,反对民主共和。袁世凯大发脾气,说南方不应该先举总统,破坏和平,谈判快要决裂了。武昌这方面的很多高级负责人员,就像患了神经衰弱症似的,愁眉蹙额,胆战心惊,不等吃饱饭,就赶去开会。

钟还没有打八点,都督府的大厅上,黑压压地坐满了,因为参加这次会议的人,比往常多,到会的也比往常早。孙华序是顾问,又曾做过代表会的代表,仍让他照例靠近都督的主席座位,坐在上方。

“和好些?打好些?君主立宪可不可以?请大家发表意见。”首先由黎元洪简简单单地把和谈情形说明几句。

“当然是和的好……”接二连三的七嘴八舌,都这样说。孙华序一面微笑,一面点头。可是一说到君主,绝大多数人不赞成。这时孙华序才站起身来说话:

“各位的意见很对,我也是主张和平的,我们革命的唯一目的是反满,只要不是满洲人做皇帝,只要能够实行宪政,那就民主可以,君主也未尝不可以——”

性急的蔡大辅不等他的话说完,就奋身立起来,从腰间掏出一支手枪,沉重地往桌上一搁:“放屁!妈的!宪政派!帝制余孽!还讲什么君主也可以。”拿起枪指着孙华序:“你是汉奸!听说黑山炮队反水,就是你搞的鬼!”额角上的血管膨胀得同蚯蚓一般大,两只眼珠用力地盯着他。

此时,大家一愣,纷纷站起来劝阻。孙华序就像一只抢吃猪骨头的狗,立即蹲下身子,往桌子底下一钻。

从来不敢摆出都督架子的黎元洪,这一回,不知怎的,怒气冲天,严责蔡大辅鲁莽无礼不应该,要惩罚他。可是统制张廷辅不同意,举出许多事实证明孙华序是侦探,主张要锄奸。蒋翊武和季交恕他们都一致附议。黎元洪这才收回成命,转口道:"好吧,还是讨论和战问题,这件事以后再谈。"结论是电告上海,赞成继续谈判,但必须取消君主;如果袁世凯能逼迫满清退位,那就同意代表会选举他为正式总统的提议。第二天,孙华序也就不声不响地离开了武昌。

现在已经改元为中华民国元年元月了,虽然形式上和议已经停顿,可是逼迫清帝退位,公举袁世凯做总统的幕后活动,仍在秘密进行。武昌和上海、南京之间的公务人员,也照样地往来如梭,没有什么战争气氛。就在这元月,武汉各报登载了两件特别新闻:第一件,仍是北洋军段祺瑞那四十多个原人联名发表反对君主的通电;二是满洲贵族所组织的拥护皇帝的宗社党首领良弼被暗杀。

"呀!快来看!好消息!好消息!"廖湘芸情不自禁地跳起来,拿起那张报狂叫。"真奇怪!段祺瑞他们不是联名打过拥护君主通电的吗?怎样不到一个月,又转过来反对君主?"他一时没有想到段祺瑞这班人,原是袁世凯从小站练兵一手培养出来的亲信,更没有意识到这一类圈套,全是袁世凯摆布的。

照阳历已是二月了,可是老百姓还同往年一样,三三两两地穿着新衣拜旧历年。

"恭喜恭喜请拜年。"仍然下个跪。紧接着一句新闻:"和成了啦!听说皇帝老子退了位!孙文也退位,归姓袁的什么人做总统,黎都督兼做副总统啦。"说到最后这一句,武昌市民的表情似乎很喜欢。机关上就更兴奋些,虽则也同样喊拜年,还加上一句尾巴:"革命成功了,恭喜贺喜!"大家都以为从此没有皇帝,就算是民主国家，万事大吉了。因而不久，就撤销粮台，并开始准备复员。同时，不知来自何方的“革命功成革命党消”等话头，一下子传遍了武昌。“功成身退”“解甲归田”“出洋深造”“清高”这一类论调，不断地出现在报纸上面。

这时，在革命队伍里边的年轻读书人中间，比较稍微有点点警觉性的季交恕，虽同样认为没有了皇帝，就是革命成功，可是一想到武昌这个小圈子，还是那些旧文武官和宪政派、绅士们占优势，早就有点不舒服，现在更加不愉快了。情不自禁地一脚踏进隔壁廖湘芸的屋子里发牢骚：

“湘芸！空气这么坏，你将来打算归田，还是出洋？”脚一跺：“哼！‘牛耕田，马吃谷’，这就是革命成功的下场！”

“我可不听那一套，让他们撵。”廖湘芸的眼珠，睁得和铜铃一样大。

恰巧詹大悲来了，一眼看见他们两位的神情不正常，忍不住问：“什么事？”季交恕把刚才所谈的话告诉他。

“这不仅湖北如此。你们看，各省都督，除开江西的李烈钧、安徽的柏文蔚、广东的胡汉民、福建的孙道仁以外，还有哪个是真民党？不过，也不大要紧，只要等袁世凯到南京就总统职，实行责任内阁制，那民党在中央就会拿到实权，谁敢撵我们？”詹大悲满有信心似的。“不要神经过敏！缩编好了的四个镇，不会再有变动，你们第四镇的蔡统制①，也是共进会员，文学社的好朋友，担什么心？”

“这也对。可是行不行责任内阁制，权在袁世凯哒！”季交恕站起身来，眼睛望着天。

“会行，这是临时约法规定了的。约法就是宪法，谁敢不遵守？何况孙文让位给袁世凯时候，早就提出过新总统必须遵守约法的

---

① 蔡统制，指蔡汉卿。

条件,袁世凯也接受了的。孙文比我们总高明得多,他放心,你我还不放心?"詹大悲微笑。当啷啷,当啷啷,季交恕房子里的电话铃响了几下。

"喂!你哪里?找谁?"季交恕拿着耳机。"哦!翊武呀,詹大悲在这里。"掉转头来喊一声:"大悲!翊武找你。"

詹大悲连忙跑过去接电话。他只哦哦几声:"有这么一回事呀!好,我就来。"没有听到其他的话。季交恕马上就问:"有什么事?"

"有什么事?还不是建都的争论问题。现在北洋第三镇反对迁都南京,一部分部队哗变了,段祺瑞他们就借口,定要袁世凯坐镇北京。这还不是袁世凯自己搞的鬼。黎元洪那一伙主张迁都武昌,也好笑。"詹大悲边说边走。

现在正是日暖风和,百花齐放的时候。武建营门口的油菜,开满了金黄色的蕊花。三三两两的浪蝶狂蜂,围绕着飞来飞去,像是很得意似的在欣赏,在炫耀。季交恕和廖湘芸送詹大悲出门时,虽然吃过他那一颗定心丸,心窝里比较松了些,可是见此景物,一下就发生另一种感觉:

"湘芸!你太太有信吗?接不接她来?"季交恕很嗫嚅的,脸上有点红。

廖湘芸也羞答答的:"有信,想是想接。你呢?"

"现在和议已经成功,派人去接来也好。为革命做了这几年的单身汉,实在有点难熬。"

"接来,接来,我的也接来,武昌物价虽然比乡下贵一点,一个月收入几百块,无论如何花不了。只要不打仗。"

"哈哈!"他们这两位,也同其他革命党人一样,以为从此可以太平享乐过日子。季交恕马上就派人去平江接家眷,同时,又想起:"自己当了官,叶得胜作古人了。他有老父母,很穷,怎么办?"两眶热泪,一下就瀑涌出来,很忧闷地思考一阵:"还没有抚恤,只好自己先掏腰包,也是应当的。"于是拿出二百块钱及一些东西,派人送到他沔阳家里去。

这几天,刚刚颁布过优待革命军人的退伍条例。武昌城内,又出现一个惹人注意的新机关——湖北稽勋局。可是大家都不大了解稽勋的办法怎样。恰好蔡大辅从黎副总统府走出来,笑眯眯地告诉季交恕:

"你知道吗?袁世凯还好,现在就要叙勋啦,还会发勋章,文武都有份。文的是嘉禾章,武的是文虎章。嗳!还会补授实官哩!"

"补什么实官?"季交恕的脸上,现出一丝笑容。

"分将、校、尉九级:将级是特授,校级是简授,可是要有革命功劳的军官才行。我们不成问题——"蔡大辅拉长嗓子。"补了实官的还有年俸,这算没有辜负革命。"

"军官的退休金,校级起码二千元,将级起码五千元,真多啦!假使得了年俸的又归田,岂不得双份?"廖湘芸拍着蔡大辅的肩头问。

"当然!这是两回事。如果出洋的,还有留学费咧!到底湖北是首义之区。"蔡大辅把刚才所听到的叙勋办法,很高兴地畅谈一阵。

果然,过了一时期,大家都受了勋。蒋翊武是陆军上将衔,勋一位。季交恕也得了一个什么少将衔,文虎勋章。于是大家就像夏天吃了一杯又凉又甜的冰淇淋,愉快得很,谁也不想到这里边有麻醉素。

季交恕一向最喜欢看报。就在这过后不久的一天,还没有吃早饭,拿起一份报,首先看到袁大总统的一个电报:"……黎副总统为开国元勋,……深望早日移京,共商国政。蒋翊武将军,功在民国,定将畀以重任,俾能辅佐中枢,……其余均由柳辰恩面达。"

"快来看!袁世凯这个电报,是不是调虎离山哪?"季交恕立即把那张报递给廖湘芸。

“黎元洪是什么虎，一只猫。蒋翊武也不算是虎。”廖湘芸开玩笑似的边看边说。“吃过饭去蒋翊武那里打听一下吧。”他立即伸出一只手，拿起桌子上的呼人铃，重重地按一下，望着马弁：“快些开饭来。”

六　革命党瓦解土崩

现在，孙武被袁世凯调京。这位被人排挤而辞掉战时总司令、刚才接任军务部长的蒋翊武，觉得从南北和议告成，革命党人就涣散，自己力量很孤单。于是把杨王鹏从军令部调出来创办一个《民心日报》，想在舆论方面，多做些振聋启聩的工作。此时，正和杨王鹏商谈如何扩大宣传的问题。季交恕同廖湘芸把门一推走进去，听到杨王鹏两句很清朗的声音：“这些家伙，把《民心日报》看作眼中钉。”他们也没有问，因为这是早已知道的事情。

“翊武！袁世凯想调你晋京是什么意思？”季交恕还没有坐下来，就问。

“依我看不是好意思，恐怕是想拿掉他的军权。”杨王鹏这样插一句。

“那不见得。一个省的军务部长，有多大军权？”蒋翊武摆一下头。“据柳辰恩说，湖北是首义之区，袁世凯很重视，想把一些起义有功人员，调到中央去重用。”嘴角边现出几缕笑纹。“不管怎样，大总统的命令，谁敢不服从？”

“假如当真要调你晋京去，文学社怎么办？谁来负责？”季交恕睁起两只眼珠，钉着蒋翊武，郑重地说。“翊武！革命团体很重要啊！要早些布置好，马虎不得啦！”

“你们的意见怎样？”蒋翊武望着他们三位这样说。“要想改良政治，不是单靠我们这些军人办得到的。要有大政党，选举国会，实行内阁制。宋教仁就是这样主张。就全国来说，我们文学社的团体小,最好同别的团体合作,力量就大些。——"刚刚说到这,詹大悲进来了。

"你也算得半个政客。"季交恕望着蒋翊武一笑道。"像我这个脑筋简单的人,就没有这样想过。"欲言不言似的,唆一声:"不过从南北和议告成以后,各种各样的党,简直同雨后春笋一样多得很。同哪个党合作好些,那就值得研究啦。"

"哼!什么党!就像上海四马路的野鸡拉客一样,大大小小的党几十个,算也算不清。还不是一些老官僚政客立宪派,狐群狗党。"杨王鹏边说边吐口沫。

"不能这样说。大一点的党派已经合并为四个党了。虽还有些小党派,也不算很多。同盟会是革命的。只有共和党、统一党、统一共和党,才是拥护袁世凯的官僚政客立宪派。"詹大悲装出一副很庄严的面孔。

"哼!黎元洪也居然做了共和党的党魁!"季交恕一笑,随即放下脸皮:"章炳麟不是光复会的首领、同盟会的老会员吗?早几年,我在《民报》上看见过他的很多文章,特别驳康有为的政见书,写得好。他现在又倒转来同张謇那张宪政派搞统一党,反对同盟会!真是个朝秦暮楚的家伙!"

他们这几位,就如此东扯西拉谈一阵分了手。不久就召集会议,全体都同意将文学社并入同盟会了。就在这时候,蒋翊武也被袁世凯的十二金牌催促,准备进京去。

现在,各个党派,为要竞争国会选举和责任内阁,在各省大肆活动。汉口租界的菜馆和堂班,比往常更加兴隆起来了。有些党人,就从此开始腐化和分化。

"季大人,菲酌候光,席设汉口英租界海天春。"这是摆在季交恕桌子上的一张请柬。还有两三张时间不同,地点不同,也同样写的是季大人。

"大人!"廖湘芸翻开这几张请柬,鼻子里哼一声:"哼!同满清一样的称呼,反什么正?”

“真肉麻。”季交恕耸耸肩膀,笑一下。

“这是替翊武饯行的,我也有份。”廖湘芸拿起一张联署几个名字而地点是在一品香番菜馆的请柬。“这些家伙,都是政客。”又看第二张,问道:“张白丽是谁?”

“你不知道?就是以前同孙华序、孙武、汤化龙他们组织民社替黎元洪捧场的张白丽。听说这一向在汉口天天请酒,军、政、商、学各界都有份,不晓得搞什么。”

将近黄昏,海天春的电灯,亮如白昼,很多穿长袍马褂和几位穿西装的宾客都到齐了。

“茶房,拿堂条来!”张白丽大声叫。海天春的茶房们,立即拿出一叠印好了的只待填写名字和日期的纸条,恭恭敬敬地递上来。于是大家就七嘴八舌地纷纷写条子去叫堂。

此时,季交恕脸上的肌肉很紧张,心头也有点惶惑。因为他虽在平江,在长沙,在钦州,也曾经领略过这一套玩意儿,可是像汉口这样的大城市,觉得自己就很外行了。叫谁的堂呢?没有一个相熟的,又不懂得她们的规矩。

“你叫谁?”主人张白丽笑嘻嘻地问交恕。

“我不叫堂。”

“那不行!大家都吃荤,你这样漂亮的少年军官反倒吃素!我替你荐一个堂,呱呱叫的。”他马上提起笔代写一张堂条:“三分里十五号胡翠喜”。

“我不是军官哪,你看!”季交恕指着自己身上穿的西装。

约莫十把几分钟,走进来一位既不高,又不矮,既不肥,又不瘦,明眸皓齿,而肤色有白有红,极为美丽的姑娘。整套首饰是黄的,全身服装是软的。她后面还跟着一位拿着胡琴的男子和赤手空拳的婆妈。

“哪位?”茶房领着她走进来。

“这位。”主人立即打招呼。胡翠喜照例坐在季交恕背后。

“吸烟。”季交恕随手拿起一根香烟递给她,马上问:“你叫胡翠喜? 多大年纪?”

同席的都吃吃地微笑。坐在对面的蒋翊武和詹大悲,望着季交恕眨一下眼。因为照规矩,不应该随便问她们的年纪。可是主人张白丽却很机巧,立即岔一句:“她同你都年轻漂亮啦。哈哈!”端起酒杯:“请! 请!”

因为胡翠喜是汉口堂班里的红牌,刚刚唱完一出戏,就有好几位接二连三地写“转堂”条子。其实一块钱一次的堂,只要稍微坐一下,唱几句,甚至不唱也行,可是她故意撒娇似的:“啊哟! 不要作孽! 累坏了我啦。”然后才扭扭捏捏地转移她的座位。

一次相交,二次相熟。就在这参、众两院竞选运动的浪潮中,季交恕每次提笔写堂条,离不了胡翠喜,也常到她家里去玩玩。

一个月明天朗的夜晚,武昌民心报馆的客厅上,坐着几位从汉口吃花酒过江来的少年,就是季交恕、杨王鹏、詹大悲、廖湘芸。还有一位本来是循规蹈矩的单兆祥,也像受了传染似的变得很风流了,首先说:“胡翠喜比姚曼倩更漂亮? 赛珍珠同小白玉她们两个,也都长得不错哩。”于是他们这几位,评头论足,畅谈一阵风月:

“胡翠喜比姚曼倩品貌好得多,身份也高些,长三。”季交恕笑了一笑。

“都是堂班,下贱,有什么身份不身份!”单兆祥不服气似的。其余三位,也许因和她们都有各自的关系,没加评判。

“对! 在上海班子里是有长三、幺二、野鸡、烟花灯四等区别。”詹大悲望着季交恕微笑:“哦! 你到过上海,到底比老单内行些。”

季交恕忽然站起身来,带着几分感慨的意味道:“唉! 才晓得世界上还有这么多的可怜虫。我这一向在胡翠喜那里,听到很多意想不到的事情,等于上了一门社会常识课。”复又坐下来,将胡翠喜口中的话述说一阵:“堂班、窑班里的姑娘,大半是贫苦人家卖出来的女子啦！也有少数是被人拐骗卖与班子里的。胡翠喜就是苏州一个农人的女儿，因为父亲欠了三百块钱的租债，把她卖到上海长三班子的。现在还不是自由身，真可怜。”

“什么自由身？”廖湘芸也不懂得这个新鲜名词。

“那说来就话长。胡翠喜告诉我：凡是被卖给班子里的，她的身子就成了龟公龟婆——开班子的老板所有，首饰衣服更不消说。只要谁有钱，不管她愿意不愿意，就要接谁。不然的话，要骂就骂，要打就打，打死了没人敢说话的。除非有人替她赎了身，脱离那个班子，才算是自由身。”

“胡翠喜是不是自由身？”杨王鹏问。

“不——是。”

“那你就替她赎身吧！哈哈！”单兆祥笑起来。

“我有老婆，也没有这么大的力量。”季交恕摆摆头：“据胡翠喜说，她是十三岁卖给班子里的，身份五百元，现已七年了，曾经有人想替她赎身，不说利上加利，单只五百元七年的息钱，就是三千五百块，还要算七年吃饭穿衣的账。所以她至今没有法子跳出这火坑，她一说就哭。”

说到这，季交恕的眉毛微微有点皱，眼眶也红了。因想起占人口半数的妇女是弱者，母亲童少英，也就是因为穷，才卖给人家当丫头、做小老婆，痛苦半辈子，夭了寿。

“交恕呀！‘愿天下有情人，都成眷属’。哈哈！”詹大悲看出他脸上的表情不愉快，以为他是眷恋胡翠喜，这么说两句，笑一声。单兆祥也没体会到他的心情，就插嘴：“交恕是观音菩萨的慈悲心肠。”

“你们的话都不对，现在的世界是认钱不认情的。”季交恕好像不好意思把他的感想明白告诉他们，抱着一种怀疑和不满的神气道。“唔！真不懂！为什么可以把人当东西做买卖？难道女子就不是人吗？不晓得外国有没有这样的事情？”

“有,哪一国都有娼妓。”詹大悲肯定地答复。其余几位不作声,因为都不懂得这也同其他游民盗匪一样是私有制社会的产物,哪里都一样。

“唔!拿钱买笑,没有意思,同他们那些官僚政客花天酒地鬼混,更没有意思。”季交恕像有什么心事似的,表现很不愉快。随而望着杨王鹏,把话题调换到另一方面:“子畅!你说得对。他们那般人为着准备竞选拉拢人,真像野鸡拉客,奇奇怪怪的花样多,鬼鬼祟祟的手段也多,应该在《民心日报》上披露一下。”

“对。”杨王鹏连点几下头。

“可是可以披露。不过请客吃花酒,那是免不了的,也不能不同他们联络一下。”詹大悲紧接着边说边望着交恕笑:“你不是说,不爱高官爱名誉,不爱金钱爱美人的吗?”

“你要搞省议员,当然应该同他们联络。”廖湘芸伸出一个食指对着詹大悲。“我们是军人,联不联络没关系。”

“这是团体的关系,所以他们也一起请你们,不去不大好。”詹大悲仍然是习惯地低声细语的说话。

“是呀!走!时间不早了。”大家哄然一笑而散。

过了一个时期,杨王鹏走往武建营第十六标标本部,刚坐下来,就气冲冲地问季交恕:“同盟会变了样啦!你知道吗?要改国民党。”

“知道。为什么要改成国民党?”交恕问。

“哼!就是为竞争国会选举,说什么新旧合作,朝野合作,把统一共和党、国民共进会、国民公党、共和实进会那些乱七八糟的宪政派小团体一起拉进来,改为国民党。”杨王鹏愈说愈生气,脚一跺:“唔!革什么命!还不是王八龟子摇身一变,都是革命党!”谈一阵,走了。季交恕依然皱着眉头,在房子里踱去踱来,不知他在想什么。

就在这时期,詹大悲就像寻找什么东西似的天天在各处奔走。

因为大家都这么说:现在是革命成功,尚文不尚武了,只有从议会政治里边找出路,所以内定詹大悲竞选湖北省议员,希望将来当议长。他正在国民党汉口交通部主任杨王鹏那里畅谈这些问题,季交恕同廖湘芸一脚踏进去,把他们的话打断了,一同站起来:

"哦!你们来了,吃过饭吗?"

"没有。"

"那好,我们也没有吃,同到一品香去吃番菜。"詹大悲一手拉着季交恕,散步似的从英租界一码头的江边,慢慢儿往一品香走。此时,暖烘烘的太阳,直射在人们的头顶上。詹大悲的脸庞,微微有点红,显出一种得意的神色。时而车转身子,看看杨王鹏,也看看季交恕,边走边谈:"这一回省议会的选举,替我抬轿子的人不少,应该有希望。"他把竞选的情形,断断续续地说了一些。

"可惜我们这些军人,没有选举权。坐不上轿子,也当不上轿夫,就只有站在圈子外边看热闹。"季交恕看了詹大悲一眼,似笑非笑地说。

"你就丢掉那把东洋刀吧。"

"对,我也这么想。看样子,恐怕不丢也不行。"

行行复行行,一拐弯,就走进了一品香。刚一上楼,出乎意外地碰见四个熟人——覃振、张白丽、胡瑛、汤化龙,还有两个不认识的。"啊哟,你们来了。"张白丽立即起身打招呼,拉着这三位:"来!我们还没有开始,请坐下!"望着茶房:"添三份!"表示非常热情的样子。因为他也不是正式请客,而是吃便餐,东拉西扯地边吃边聊天。季交恕也间常插几句嘴。可是,一谈到国会的什么两院制、一院制、一党内阁、混合内阁这些问题的时候,他就翻翻眼睛。吃过几杯白兰地酒,猜过一阵拳,他们这三位,就起身告辞。

"国会就是国会,还有什么两院制、一院制?……"季交恕心里好像猜谜似的,刚一走出一品香的大门就想问,但一说到嘴唇边,觉得有点不好意思,忽又咽下去了。因为近,仍然是慢步当车,三个人一同走

回国民党汉口交通部。沉默一会儿,季交恕忍不住地开口问:

“老詹!何谓两院制?这与国会有什么分别?”

詹大悲微笑:“国会就是议会嘛。如像欧美那些国家的国会,很多是采上议院下议院的两院制,我们的国会,就是参议院和众议院的两院制。参议院的议员是代表地方的,所以要由省议会选出;众议院议员是代表老百姓的,所以要由各县人民选出。”

“哦!他们那几个想搞哪一院?”

“胡瑛搞参议员,覃振搞众议员,这是我们同盟会的啰。”詹大悲微笑,表现一种羡慕的神气。“汤化龙同张白丽都搞众议员,哼!汤化龙将有当议长的希望咧。”

“到底国会有什么味道?就像苍蝇追臭肉一样,这么多的人争。”

“你不知道。国会是立法机关啦,总统与内阁,都要由他们选出来的。当上了国会议员,就可以卖票受贿,有资格的,一下就可以当总长,所以很多人想当国会议员。张白丽、汤化龙他们天天请酒,为的是什么?还有不少的人出钱运动选票的哩。”

“什么选举?还不是做买卖!”杨王鹏正在写信,放下笔来插一句,连忙起身,拿着信走了出去,好像不愿意听的样子。

“怎样叫混合内阁?张白丽、汤化龙都说这比一党内阁好些,对不对?”季交恕仍然接着问詹大悲。

“混合内阁就是由各党派联合组成的,所以又叫联合内阁,没有什么好不好。这是因为我们同盟会改成国民党,比他们的人数多些,假如是一党内阁,就不会有他们的份。所以汤化龙、张白丽都说混合内阁比一党内阁好。”

“为什么胡瑛也同意他们的话?”

“哼!胡瑛①!恐怕靠不住。很多国民党员被人家拉去了啦,

---

① 此时胡瑛已逐渐离开民党,后来变成向袁世凯“劝进”做皇帝的筹安会六君子之一。

可是我们国民党也拉进他们一些人。分的分,合的合,大家都是混血种。嘿嘿!"詹大悲张开嘴巴笑。

"啐!这成什么党!"季交恕噘起两片嘴唇皮,站起身来:"我走啦。"

现在,上下两院,虽然是国民党员占多数,可是道地的民党却很少。然而袁世凯还不放心,还想分化他们。于是嗾使梁启超的民主党和共和党、统一党,合并为进步党,与国民党对抗。武汉各报,经常载有他们在议场内拍桌子、掷墨盒、吵嘴打架等类的新闻。

"哈哈!这就是国会!成什么体统!难怪人家笑骂。"季交恕拿起一张报递给廖湘芸。恰巧詹大悲、杨王鹏也同到他公馆里来了。

"你们笑什么?"詹大悲还没有坐下就问。

"笑这。"廖湘芸立即把那张报递过去。

"哦!这有什么稀奇,议会争吵,欧美各国都一样。现在宋教仁正在各方活动,想组成国民党的一党内阁,假如达到目的,那国会里的争吵,就会减少的。"詹大悲满有信心似的边说边笑。

"老詹!你说袁世凯是不是会尊重国会,服从民意?"季交恕问。

"那不怕啰,有临时约法可以限制他嘛。"詹大悲慢吞吞地说。"去年孙文到北京与袁世凯见面后就说过,彼此意见都接近,他赞成共和是诚意,不要怀疑。"

因为大家都不高明,无主见,没有什么争论。吃过饭后,詹大悲走近季交恕的身边,轻声问:"季太太不晓得你同我们吃过花酒吗?嘿嘿。"又转脸望望他的老婆钟桓英:"多谢多谢。"一手拉着杨王鹏:"走,走,走。"

一个云雾布满了天空的半夜里,武昌长街那一带,黑漆漆的。仅一所四面是高墙厚壁,第二镇司令部的大门前,燃着一盏玻璃灯,微微有点光。统制张廷辅就住在这屋子里。

劈,声音不大的一声枪响,把睡在对面房子里的一位护兵惊醒了。他连忙跑过去,大叫:"快来呀!统制打死了!"司令部的参谋副官等人拥进去一看,张廷辅依然侧身睡着没有动,只是脑盖骨上穿了一个洞,枕头边全是鲜血。大家都愕然。蔡大辅着慌了,一面打电话报告都督府,一面下令关着大门搜捕。可是,没有搜查出一点证据来。

"真奇怪!只有一重大门出入,外面的人进不来,我想必有内奸。"胡参谋的神经锐敏些,气愤不过地说。"黎元洪同孙武是一党,报告都督府有什么用?"

不久,第二镇被解散,《民心日报》被封闭了。杨王鹏穿着一套三不像的白纺绸西装,刚一走进季交恕的屋子里,取下那一顶黑边白草帽,朝桌子上一摔:"他妈的!革命,革命,革到我们自己头上来了。"脑顶上冒出一股热烟,鼓起眼珠,就像两个小铜铃。他将袁世凯利用黎元洪、宪政派、旧官僚,摧残革命党这些事实边说边发牢骚:"有什么正义!比满清还不如。"

"比满清还不如?"季交恕睁着眼睛,表示不大同意杨王鹏说这句话的神情。"那不然啰!"可是,他也没有说出,辛亥革命虽然失败,但推翻了清朝二百六十多年的统治,结束了中国两千多年的君主专制制度,产生了中华民国,提高了中国人民的民主主义觉悟,促进了中国人民的革命。这是季交恕当时没有、也不可能认识到的。

时局变化越来越大:力主议会政治的国民党要人宋教仁,被袁世凯暗杀;湖南、江西、广东、安徽、福建五个省因而宣告独立,发生了反袁战争,可是,很快被袁世凯镇压下去了;接着就是袁世凯下令解散国民党,通缉孙、黄,严拿"乱党"……以后的几十年,成为北洋军阀统治,连年混战的局面。

七　出东洋

还在这以前，就是季交恕同詹大悲、杨王鹏、廖湘芸他们，从一品香吃番菜，回到国民党汉口交通部那一回，他们谈罢两院制、一院制、国会竞选和党人分化情形以后，也谈到各人自己的前途问题。

“我想辞职出洋去留学，你们赞不赞成？”季交恕这样说。

“为什么？”杨王鹏侧转头，望他一下。

“我觉得知识太少，许多政治问题不大懂。加上我们这位上司蔡统制，处处作难，只想找岔子把我撵走。过去一起搞的同志——”说到这，声音有点哽咽，额角上现出几道皱纹：“死的死，走的走，分的分，各行其是。”他站起身来，长叹一声：“咳！‘党同伐异’，势必‘同归于尽’，有什么搞手！”屈指数一下：“我今年二十四岁，出洋去留它几年学，回来再干，或可以替国家多出一点力，少怄些气。”

“到处可以学知识，不一定要出洋，再搞一下看看。”杨王鹏不赞成。

“对。我也不赞成。”廖湘芸附和一句。

詹大悲的话不同些：“出洋留学是好的。学成归国，好当国会议员。过去的种族革命要武力，现在的政治革命，就要靠议会哩。”习惯地低声细气笑一下：“嘿，嘿，各行其是，那是因为政见不同啰，免不了的。”

这以后，季交恕天天想着出洋的事，总觉得没有学问和知识不行。可是老婆钟桓英却另有一种想法：因为自己离开猪食桶和锅铲不过年多，假使丈夫出洋去，不晓得多少年才回得来。一家四口，回到乡下怎么办？因而听到“出洋”两个字，就扁嘴，劝他不要去。

有一天,季交恕不在家,在汉口坐号的堂叔叔季凤梧同季曙阶过武昌来了。这位季凤梧,虽在早几年讨厌季交恕,可是,自光复以后,态度全变了。每次过江来,总要买些东西。这一回,还买几件衣料给钟桓英。

“叔公,你侄子硬想辞职出洋,劝也劝不听!”凤梧和曙阶,刚刚坐下来吃茶烟时候,钟桓英就低着头,哭丧着脸,一五一十地告诉他们。

“唔!为什么硬要辞职出洋?怕钱多刺手?”季凤梧生气似的,把跷起了的一条大腿放下来,重重地往地下一跺。“你告诉他,多少做官的没有出过洋,出洋的未必个个有官做,为什么有现钱生意不做做赊账?你要劝阻啦!要不然,你就会跟着他吃亏受苦,……”

钟桓英越想越觉得凤叔公说得有道理。送走他们以后,仍然站在自己公馆门口,皱起眉头,望到暮色将临才进来。

这时季交恕回来了。一眼看见钟桓英脸上的神色和平常有点不同,他就问:“什么事不高兴?”

钟桓英仍然侧着身子,歪着头,靠在枕头上,当作没有听见,不作声,过了一会儿才坐起来:“凤叔公同曙叔公来了,叫我劝你不要出洋。……”她将季凤梧所说的话,转告于他。

“不要听他的!革命不是做买卖。学本事有什么亏吃?你不懂得,不辞职反倒会吃亏。”季交恕把现在的政治情形,略微透露一点:“告诉你吧,呈请辞职资送出洋的公事已经送上去了。太太当不成,只有早些回平江去吃薯丝饭好得多。”钟桓英虽然是家庭妇女,一听到这些利害关系问题,也就哑然无语。

过了十来天。“自请洁身引退,足见磊落光明,深堪嘉许。当照退休办法,从优待遇……”的回批下来了,但没有半句允许资送出洋留学的话。季交恕领取了五千元的退伍费和一本由财政司每月发给八十元休养金的折子,就立即办移交,将家眷送回泼头,在平江县城里住了几天。虽然隔了几年,一切情形没有变,可是,请他吃饭的人,就比从前多起来了。第一张请柬的署名是全义生。季交恕马上拿起笔,在请柬上写上“谨辞”两个字退回去。可是,凌尚琴立即派人去说:“这是专为你‘接风’的,没有外客,定要请你降驾。”表示很诚意的样子。他才不好不答应一声:“领情。”

“贤世兄!只有几样乡菜哪,表表意思,请!”凌尚琴右手举着筷子,左手捏捏胡须,笑眯眯地向着季交恕问道:“……赚了多少钱?”

“……只有几千块钱存在汉口准备做留学费,带回来的不多。”季交恕很坦白地说直话。

“买点田吧?”

“这时候,谁卖青苗?我不久就要走。”

“请你伯伯见个让,赎回董家源吧。”凌尚琴望望季昌志。“你们伯侄是一家人。”

“可以。董家源就是我经手买进来的,伯伯老了,巴不得做侄子的步步高升,好照顾晷生。”季昌志表示很大方:“就照原价赎取。”

季交恕一惊,觉得很突然,不知道这是出自季昌志“惠而不费”的手法。同时,他一转念:这是母亲的遗产,照原价三千块钱两百担租很便宜:“好吧,只要伯伯肯见让。”

就在这两天,季昌志凭着凌尚琴、钟莲舫他们几个人,就在那张契尾上批明照原价赎取等字句,交与季交恕,决定从明年起由他收租,没有另外换契。已经破产几年了的季交恕,现又成为董家源的田老板了。一般俗人,都恭维他少年“得志”,他自己心里也很高兴。可是,一想到早几年跟着母亲童少英被迫搬出凌家湾和董家源的情形,又有些不愉快,尤其凌尚琴、季昌志也加入了国民党。

现在,大码头原来的宝积寺旧址,粉饰得焕然一新。这就是国民党平江县县党部。大厅上摆着几桌杯筷。

“好几年不见,哈哈!这就是欢迎你这位老同志的啦!”季交恕同凌雍雄从启明女校走进县党部时候,庶务科长周郁,连忙跑出来,双手拉着他,领进大客厅。

这厅里,已经坐着十多个穿长衣长了岁数大半不相识的人。问候起来,多是地方上的劣绅,仅只三四位是规规矩矩的教员。季交恕一面应酬一面想:“这些人都进了党!同武昌的国民党一样糟。”满肚子不高兴的心情,正在心里起伏。

“哈,哈,哈!”好像是很熟悉的笑声。季交恕抬头一看,乃是季小村、赵再云、李杜,还有几个不认识的花白胡子,从厅外走进来。“哈哈,两年不见,换了朝啦!好得很。”季小村走在前面,大摇大摆地回转头,望着那几个胡子作介绍:“这就是刚从武昌回来我们国民党的老同志敝本家季交恕。”拱拱手。

“唔!一些好党员!”季交恕心里暗自嗟叹,仅仅互道几句寒暄就登席。吃过饭后,行色匆匆地回他老家泼头去了。

在泼头虽然住的日子不算长,而时局变化却很大。从报上看到一连串的新闻:宋教仁在上海被刺杀;湖南等五省宣告独立反袁,南北将会有战争。季交恕忽然高兴起来:要革命就革到底吧!“天下无难事,只怕有心人。”留学还不是为革命。可是一转念:这样乌七八糟的党,而且意见分歧,是不是能领导革命把中国搞好呢?信心仍不大。约莫是夏季,他就一肩行李下长沙。此时湖南都督还是谭延闿,蒋翊武乃是鄂豫招讨使。杨王鹏同他正在组织反袁的军队。

“情况怎样?”季交恕从长沙大吉祥旅馆走进都督府,便问蒋翊武。“谭延闿的态度如何?”

“有什么如何!他已经加入了国民党,还不是强奸一下子。”杨王鹏笑一声。“人家都说他是溜滑的水晶球,这一回,可被我们盯住了。”

“盯是盯了,可是不大稳当。”蒋翊武摆摆头。“情况不大好,就是我们党内意见不一致，虽然孙文和李烈钧他们坚主讨袁，而黄兴、陈其美他们却很怀疑无信心；在国会里边的国民党员，就主张用法律解决。头来脚不来，麻烦啰！”边说边起身，伸出半个头看看门外，才又回转脸来，低声地继续道：“进步党真坏！都倒在袁世凯那一边。嗳！梁启超的徒子徒孙，在湖南的不少，说话要小心些。”

“听说外国也借款给袁世凯帮他打国民党，是不是？”季交恕轻声问。

“还有什么不是，五国银行团，已经交给他两百万英镑作军费，高鼻子‘助桀为虐’，真可恨！”蒋翊武咬紧牙关，狠狠地哼一声，又指着杨王鹏：“他要出发去安徽。想请你马上到九江去一趟，然后去湘西。不管它，只有‘破釜沉舟’干一下，你缓一点去留学行不行？”

“行。”他们三位，就这样各抒所见，商量一阵，满怀着一股革命热情，各自分手，离开了这个房间。季交恕立即去九江。

料不到这一回的所谓“二次革命”，就像昙花一现，不到三个月，被袁世凯打得烟消云散了。季交恕刚从湘西回长沙时候，谭延闿自动地取消了独立，袁世凯的北兵已经开到岳州。蒋翊武和杨王鹏因被通缉，急急忙忙地正在收拾行李，准备逃亡，一手拉着季交恕这么问一句：“你怎么办？”

“我又不是出头露面的主角，还不是留学去，一切手续早已办好了的。‘过海神仙’，怕什么，他妈的！总有一天。”季交恕声色俱厉，随即变换了口气：“你们就要当心，也只有去日本。”

“是的，我也这样打算。可是汉口熟人多，想绕道走广西。”蒋翊武① 顾虑很多。

---

① 蒋翊武绕道广西被捕，袁世凯电令陆荣廷就地枪决。现葬长沙岳麓山。在桂林还有孙中山亲手写“蒋翊武将军就义处”的石碑。

“我想回湘乡去暂躲一躲风再看。”杨王鹏[1] 的原因是家内太穷。

“再见,再见。”就在这一片纷乱仓忙中,各自分了手;季交恕从都督府仍然搬回大吉祥旅馆。不知怎的,今天晚上这样热,他手里拿着一把蒲扇和一条手帕,坐在窗门口,披开胸襟,望着天空,边想边摇边拭汗,十分烦闷的样子。而嗡嗡不绝的蚊虫,打游击似的四面在包围,这就使得他心头的愤火,更加热辣辣的,就像一颗快要爆裂的什么东西压着他。因为他不但担心国家的命运,而且担心自己的前途,将来学成归国,走什么路呢? 想到这里,奋身站起来:“不管它,回家去布置一下再去。”揭开蚊帐倒下去,东方已经发白了。他雇好一乘轿子,吃过早饭就起身回平江。

现在季交恕由平江到了上海,住在英租界三洋泾桥鸿安栈。这时,正是反袁军失败,湘、赣、皖、闽、粤五省先后取消独立之后,长江流域,完全归了袁世凯的势力范围;而且各省都督均已换过人,到处充满了恐怖气氛。因此,吃过午饭,他就换上西装,一直往日租界虹口日清公司去买票。恰好后天就有开往日本神户的海船。第三天,季交恕正在动身时候,这鸿安栈涌进来一大伙逃沪的国民党员,其中有詹大悲。因为怕开船误钟点,他们匆匆忙忙地略说几句分了手。从此,季交恕毕业回国以后,走上另一条革命道路了。

---

① 杨王鹏在长沙被湖南督军汤芗铭枪杀。

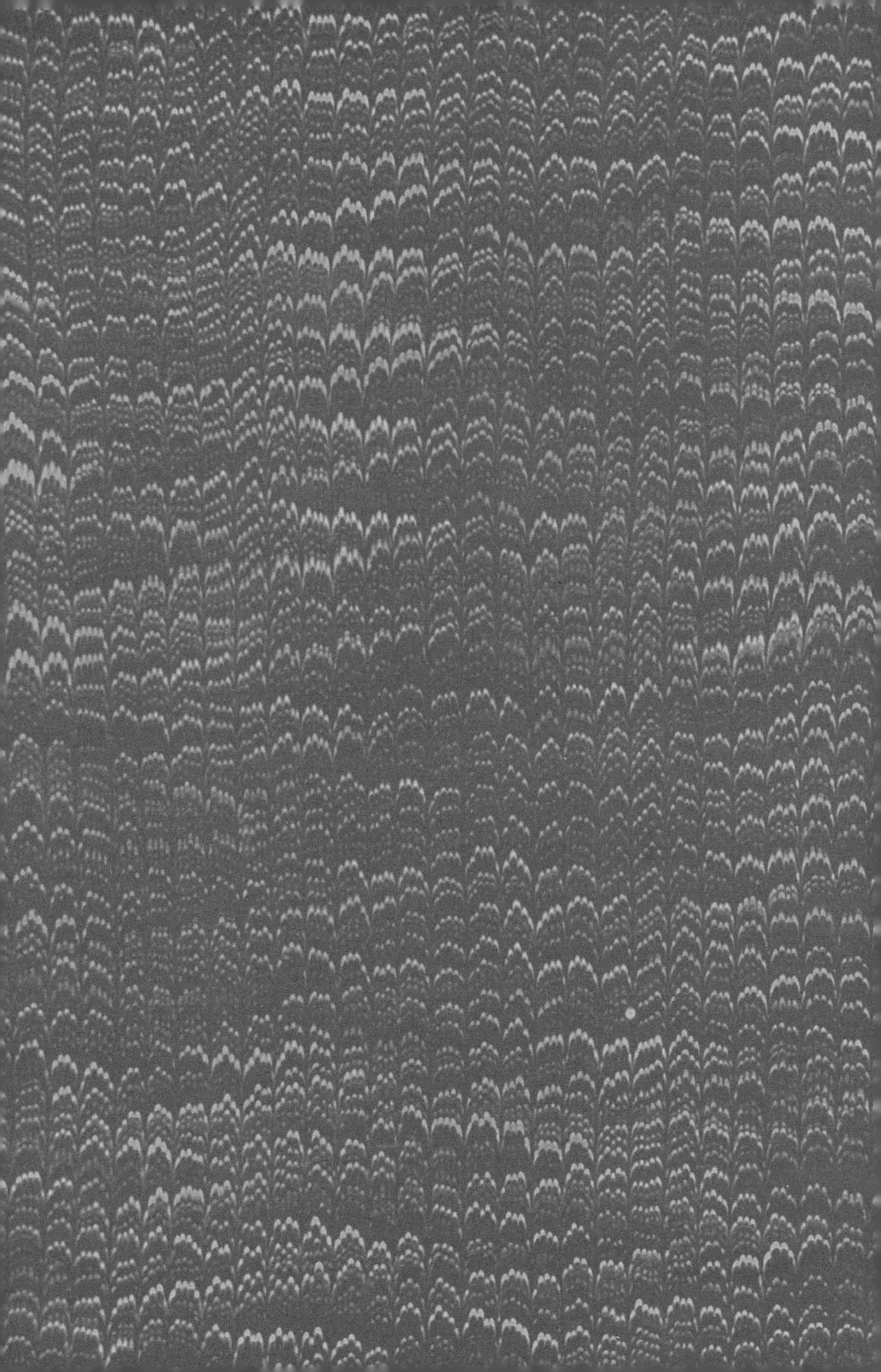

LIUSHINIAN

DE

BIANQIAN